T0246788

ESTE AMOR ARDIÓ TRES VECES

INÉS PINTOR
Y PABLO SANTIDRIÁN

ESTE AMOR ARDIÓ TRES VECES

PLAZA JANÉS

Primera edición: octubre de 2023

© 2023, Inés Pintor y Pablo Santidrián
© 2023, Penguin Random House Grupo Editorial, S. A. U.
Travessera de Gràcia, 47-49. 08021 Barcelona

Penguin Random House Grupo Editorial apoya la protección del *copyright*.
El *copyright* estimula la creatividad, defiende la diversidad en el ámbito de las ideas y el conocimiento,
promueve la libre expresión y favorece una cultura viva. Gracias por comprar una edición autorizada
de este libro y por respetar las leyes del *copyright* al no reproducir, escanear ni distribuir ninguna
parte de esta obra por ningún medio sin permiso. Al hacerlo está respaldando a los autores
y permitiendo que PRHGE continúe publicando libros para todos los lectores.
Diríjase a CEDRO (Centro Español de Derechos Reprográficos, http://www.cedro.org)
si necesita fotocopiar o escanear algún fragmento de esta obra.

Printed in Spain – Impreso en España

ISBN: 978-84-01-03238-7
Depósito legal: B-13811-2023

Compuesto en Comptex & Ass., S. L.

Impreso en Black Print CPI Ibérica
Sant Andreu de la Barca (Barcelona)

L032387

A aquellos que alguna vez nos amaron,
a los que alguna vez nos rompieron el corazón
y a toda la gente de La Palma que nos acogió
cuando acaban de perderlo todo

PRÓLOGO

LA CHISPA

Cuando la tierra tiembla, los que viven en la isla muchas veces no se dan cuenta. Es imperceptible para ellos salvo si hacen caso de los ladridos de sus perros o se encuentran sumidos en el más absoluto silencio. Esa noche el temblor es tan pequeño que nadie se entera. El túnel que llevan meses construyendo las hormigas que viven debajo de la palmera más alta de la plaza se destruye. En menos de unos segundos sepulta toda la colonia.

Uno de los tornillos que sujeta la lámpara de la parada de guaguas se suelta y la luz se apaga. El nombre del pueblo, escrito en la marquesina, deja de estar iluminado.

En una casa se abre una grieta entre dos ventanas, tan pequeña que sus dueños no la verán hasta pasados muchos años. Aunque nadie se da cuenta, ni el túnel de las hormigas, ni la marquesina del autobús ni la casa volverán a ser lo que eran antes del temblor.

Esa misma noche también cambia para siempre la forma de un acantilado que está situado al este de la isla. El pequeño terremoto hace que la tierra y las piedras empiecen a caer, de forma muy lenta al principio, pero cogiendo más y más velocidad a medida que se acercan al agua. Su trayectoria llega a su fin al alcanzar un aparcamiento improvisado en el que los turistas tienen que dejar sus coches para bajar andando a la playa. Nunca suele haber mucha gente, ya que el camino hasta el mar es de cuarenta minutos por un sendero, que luego cuesta demasiado subir.

Al ser de noche, apenas quedan turistas en el aparcamiento, pero hay una pareja en un coche blanco haciendo el amor, aunque nunca se han dicho que se quieren. El ruido de las piedras chocando contra el suelo no los distrae de sus gemidos. Tienen casi cuarenta años, y, sin embargo, se besan como adolescentes. Los dos están casados, pero solo la mujer lleva el anillo puesto. Tiene una frase grabada en su interior: «Juntos para siempre». Ella siente que no le queda ningún centímetro del cuerpo de él sin lamer, pero sigue haciéndolo, como si fuese un día de calor y se estuviese derritiendo. El hombre se suele quitar la alianza antes de subirse al coche, se la mete en el bolsillo trasero del pantalón. Es una forma de sentirse un poco mejor consigo mismo. Nunca suele hacer ruido cuando tiene sexo, es más, es casi inexpresivo, pero esa noche acaba gritando. Ella sabe muy bien que él también está casado y conoce a su mujer, es la dueña de la heladería a la que va todos los domingos. Ella se corre y eso hace que él lo haga inmediatamente después. Se quedan tan pegados que, por un momento, piensan que podrían permanecer así para siempre. Nunca hablan de sus respectivos matrimonios, como si no existiesen, como si lo suyo todavía fuese un secreto en la isla.

Para no dejar el olor a tabaco en el coche de su amante, él sale a fumar fuera. Como hace viruje, ella se queda dentro y pone la música a todo volumen, por lo que se escucha desde fuera. Es una de esas noches en las que las nubes están bajas y no permiten ver qué hay al fondo del acantilado, que no es nada, solo la oscuridad del mar. Se aleja unos metros para intentar vislumbrar qué hay más abajo, pero ni siquiera es capaz de intuir las olas rompiendo contra las rocas. De repente, es consciente de que hay un sonido que lo envuelve. No sabe cómo empezó, pero lo llena todo. No sabe de dónde proviene,

I
EL FUEGO

1

Había bajado la temperatura solo tres grados, pero era suficiente como para tener frío en la calle cuando desaparecía el sol. Nisa se calienta las manos con la llama del mechero que le ha robado a su padre. Es un mechero amarillo, el más barato, el más normal. Todos los mecheros de su padre son iguales. Los compra siempre amarillos para que no se los robe nadie. Cada vez que lo prende, el fuego ilumina su rostro y su cabello rizado, más rizado que de costumbre por la humedad que había esa tarde en el paseo marítimo. Ha caminado cinco kilómetros para llegar hasta allí y sus pies todavía están calientes, pero no tardarán mucho en enfriarse, por eso no se sienta y sigue dando vueltas alrededor de las tres casas desperdigadas que hay por la ladera. En el primer chalet no vive nadie desde hace años, las ventanas tienen verjas y los dueños vienen de vacaciones de vez en cuando. En el segundo vive una familia que ríe demasiado, come demasiado y ve demasiadas cosas en la tele todos juntos. En el tercero hay una pareja de casi sesenta años. No hablan mucho ni se miran y cada uno parece hacer su vida por separado. Mientras ella lee, él juega con su móvil. Cuando ella merienda, él hace un crucigrama. Si él arregla el jardín, ella toma el sol. Pero siempre lo hacen en contacto. Sus pies se tocan, él acaricia el brazo de ella o se cogen de la mano. Nisa piensa que esa debe de ser la relación perfecta y que por eso llevan tantos años juntos. Donde acaba el jardín de la pareja perfecta empieza la finca que pertenece a los apartamentos turísticos, los únicos que hay en ese valle.

Nisa solo tiene que esperar una hora más para que el chico de la recepción se vaya. En una hora se pueden hacer muchas cosas. Es lo que tardaría en leer unas cincuenta y cinco páginas del libro que tiene a medias. Es el tiempo que invertiría en ver casi tres episodios de la serie a la que lleva enganchada desde hace un año. Es lo que le costaría llegar hasta el otro lado de La Palma, a la capital, donde puede dar vueltas sin que nadie la conozca. Pero esa noche no tiene ni libro, ni serie ni la posibilidad de estar lejos.

La primera vez que lo vio, le pasó algo que no le pasa con muchos chicos. Imaginó cómo sería su vida, qué le gustaría hacer en sus ratos libres, qué desayunaría o cómo besaría. También se preguntó cómo sería su cuerpo debajo de ese uniforme color azul cielo, si tendría ya pelos en el pecho o qué tipo de ropa interior usaría. Mientras lo observa, el chico coge el teléfono y atiende tres o cuatro llamadas, es entonces cuando Nisa tiene la necesidad de saber cómo será su voz y busca en el móvil la página web del alojamiento. *Apartamentos El Valle, tu lugar de descanso y aventura en el centro de La Isla Bonita*. Marca y llama, el chico mira el teléfono con desdén antes de cogerlo.

Apartamentos El Valle, le atiende Jose, ¿en qué le puedo ayudar?, dice la voz al otro lado del móvil.

Analiza si la voz encaja con el cuerpo que lleva días observando. Quizá es demasiado grave para su tamaño o para su edad.

Hola, buenas noches, mira, quería saber precio y disponibilidad de una habitación, dice Nisa.

Muy bien, ¿cuántas personas?

Dos, somos una pareja.

¿Y cuándo tienen pensado venir?

La semana que viene, dos noches, de viernes a domingo.

Genial. Te lo miro.

Gracias.

Tiene una sensación muy extraña al verle. En el teléfono suena feliz y sonriente, pero su cara no tiene ninguna expresión. El chico se queda un segundo mirando al frente, en dirección a Nisa. Ella siente que la ha descubierto y cuelga. Ve como el chico, Jose, habla solo antes de colgar. Su inexpresividad ha pasado a ser una mezcla entre enfado y cansancio. Ahora se siente un poco tonta por haberle cortado, está a cien metros de él y protegida por la oscuridad, es imposible que la haya visto.

A las diez, el chico apaga la pantalla del ordenador, se levanta, comprueba que todas las ventanas y puertas están cerradas, coge un Clipper de fresa de la máquina de *vending* que hay fuera y sale. A las diez y cinco, el chico ya está en su casa, que es uno de los apartamentos de la finca, el único que no está decorado para turistas.

Ojalá no quede Clipper, piensa Nisa. Y ese cambio en su rutina le haga volverse loco.

Jose da el último sorbo a su lata antes de tirarla al cubo de basura que hay en la entrada de su casa. Abre la puerta y enciende las luces. Los muebles antiguos de madera oscura contrastan con su piel pálida, su pelo decolorado y su uniforme, que ha perdido su color original después de tantos lavados. Pese a que su aspecto choca con ese lugar, se siente en casa. Sube al piso de arriba, se mete en el baño y se desviste con cuidado para no rozar el plástico que cubre su último tatuaje. Tiene todo el pecho lleno de pequeños dibujos con trazos muy finos, inconexos entre sí y separados los unos de los otros por distancias desiguales. El que solo existe desde hace unos días es una porción de pizza y decidió hacérselo porque el día anterior había cenado una que estaba muy buena. El primero se lo hizo con catorce años. Es una fecha: 19/09/2015. Es el único de sus tatuajes que tiene un sentido, pero cuando se lo preguntan siempre miente. También es el único del que se arrepiente porque cada vez que lo ve siente una pequeña náusea en el estómago. Cuando le preguntan por el resto dice la verdad, pese a que con la verdad no satisface nunca a los que buscan algo más. Se ducha y antes de ponerse el pijama vuelve a ver la fecha reflejada en el espejo del baño. Otra vez siente esa náusea.

Jose tiene quince minutos para hacer la cena antes de que llegue Pedro, su padre. Hay tantas cosas en la nevera que no sabe qué escoger, aunque muchas de ellas están ya malas. Al final salva una berenjena, tres cebollas y queso que está duro por no haberlo tapado. Coge su teléfono y se lo acerca a la boca.

Qué cocinar con berenjena, cebolla y queso, dice Jose.

Esto es lo que he encontrado, responde una voz robótica.

Va pasando de receta en receta hasta elegir una. Berenjenas rellenas de cebolla y queso. Jose se ríe solo. Mientras pela y corta los alimentos deja el móvil en la mesa y pone vídeos de fondo. En la pantalla se reproduce uno tras otro. El que está viendo ahora se titula *Try Not To Laugh Watching Funniest Pranks*. Vuelve a reírse solo. El sonido del vídeo se corta por el timbre de una notificación. Aparece escrito Papá. Mensaje. Hace clic para leerlo y deja el vídeo a medias.

Llego tarde
Vete cenando si tienes hambre

Jose contesta.

Ok

No le gusta cenar solo o más bien no le gusta el silencio. Cuando cena con su padre, no ponen la tele, su conversación es poca, pero repasan todo lo que han hecho en el día. Hoy no tenía nada interesante que contar, las clases bien, la tarde bien. Solo podía quejarse de la llamada de esa chica que le ha colgado a la mitad. Criticar a los turistas siempre es un punto de unión entre padre e hijo.

Si Pedro no viene a cenar, Jose pasa de hacerlo en la mesa del comedor, coge su plato, un trozo de papel de cocina y se sienta en el sofá frente a la tele. La enciende y empieza su búsqueda. Con solo estar un segundo en cada canal, ya sabe que no ponen nada que le interese. Coge el móvil y acaba leyendo un artículo que se titula *Las 50 mejores series del año 2018 que no puedes perderte,* pero sigue sin encontrar nada que le apetezca. Al final decide volver a ver una que ha visto tantas veces que casi es una melodía de fondo, como cuando su padre se pone la radio en la recepción. Ha tardado más de veinte minutos en decidir qué ver y al probar la cena ya está fría, así que recalienta su plato en el microondas.

Nisa lleva días observando cuál de los apartamentos está vacío. Hay uno que nunca tiene la luz encendida, será porque es el único que no tiene vistas al mar y nadie viaja hasta allí para tener vistas a la montaña. Sabe que hay un pequeño hueco en la valla que separa los chalets de la terraza de uno de los apartamentos. Se agacha y se cuela por el agujero, muy lentamente para no pincharse con los alambres sueltos. Anda como un dibujo animado, tratando de no hacer ruido, sin ser consciente de que ya en su día a día ella es una persona silenciosa.

Nisa rodea el apartamento e intenta entrar por la puerta trasera, pero está cerrada; prueba por la principal y ocurre lo mismo. Aparenta tranquilidad, pero su corazón va más y más rápido, quizá porque sabe que lo que está haciendo no está bien, pero también porque sabe que si la pillasen tampoco pasaría nada grave. En silencio, va probando una a una las ventanas, desliza las manos por el cristal de la tercera y consigue abrirla con facilidad. Apoya las manos en el poyete, que es de piedra negra como el resto de la casa, y salta hasta colocar el culo en él. Pasa una pierna, luego la otra y se deja caer.

Sus sospechas eran ciertas, nadie ha estado en ese lugar en meses. La mesa está llena de polvo, huele a humedad y la casa está helada. Va hasta una de las habitaciones y busca en el armario algo con lo que abrigarse, encuentra una manta vieja y se envuelve en ella. Nisa se lanza al sofá y enciende la tele; cree que nadie puede descubrirla. Mientras el presentador del concurso habla, se siente protegida, como si nada ni nadie pudiese hacerle daño. También se siente un poco sola, aunque está acostumbrada a ese sentimiento. Saca el móvil y le escribe a su madre un mensaje:

No ceno en casa, estoy con estas

Nisa levanta el teléfono y se hace una foto; parece triste, se recoloca y dispara otra vez, fuerza el gesto, en esta parece un poco más feliz. Dispara un par más en esa misma postura, el *flash* ilumina su falsa sonrisa. Escoge la foto en la que se ve más guapa, retoca sus labios, sus ojos y la sube a Instagram con un emoji de un corazón negro. En los diez primeros minutos la fotografía recibe veinticinco likes y tres comentarios. El primero de ellos es de @elchicodelavozenoff y dice «bellaaaaaaaa <3». Los otros dos solo son una mezcla de llamas y corazones. En ese tiempo no ha recibido ningún mensaje privado. Para que su decepción no vaya a más, cierra Instagram y abre Tinder. Actualiza su perfil con la nueva foto y comienza a ver perfiles de chicos y chicas y a dar muchos más corazones que equis. Hace *match* con Víctor, 20, y Elena, 19. La última le escribe un mensaje que solo dice «Interesante...» con puntos suspensivos. Víctor escribe un clásico «hola q tal». El rostro de Nisa no cambia ni un milímetro al leer los mensajes, en realidad no tiene ganas de hablar con nadie pese a que es lo que buscaba desde que se hizo la foto. Piensa en lo automático que es todo lo que acaba de hacer. Al final ella es como el chico de la recepción; cuando cierra la pantalla, comprueba las ventanas, saca un Clipper de la máquina de *vending* y se marcha a casa.

Si alguien me observase a mí, pensaría lo mismo que yo pienso de él. Se dice a sí misma.

Jose se masturba en su habitación, tiene la mirada fija en un punto del techo. Hace unos minutos que ya no hace caso a las ocho pestañas que tiene abiertas con vídeos porno. Su respiración se agita. Siempre le pasa lo mismo; empieza viendo un vídeo, luego pasa a otro y a otro y después se agobia al no saber cuál elegir. También se agobia cuando piensa en todo lo que hay detrás del porno, en si lo que está haciendo está bien, en si su visita número ocho mil trescientos veintiocho será la decisiva para mantener una industria maligna. Es entonces cuando deja de mirar los vídeos y empieza a pensar en alguna chica de su clase, como Clara, Marta o Irene y eso, a veces, le parece que está aún peor. Sin saber muy bien cómo, consigue acabar, coge el trozo de papel higiénico que tiene ya cortado en la mesilla, se limpia y lo lleva hasta el baño. Intenta no hacer ruido porque su padre ya está dormido.

Al levantar la tapa de la vasija, Jose mira por la ventana y le llama la atención una luz parpadeante que sale de una de las casas. La única que cuesta alquilar porque no tiene vistas al mar. Se pone nervioso y piensa en despertar a su padre, pero en lugar de eso, decide apagar la luz del baño para que no puedan verle a él. La luz parpadeante se apaga de repente y la respiración de Jose se agita mucho más que hace unos minutos, cuando su única preocupación era conseguir correrse.

Joder, joder, joder, joder... es lo único que puede pensar Jose mientras intenta saber qué hacer.

La puerta de la casa se abre y una chica sale, aunque él solo consigue ver una silueta. La chica cierra con cuidado, como si no supiese que ya ha sido descubierta, se cuela por la valla y desaparece en la oscuridad.

Los «joder» en la cabeza de Jose se van espaciando.

No despiertes al viejo, se dice a sí mismo. Puede haber más personas. Esto es culpa tuya porque te habrás dejado la puerta abierta. No seas cobarde y vete a mirar.

Pese a haberlo hecho miles de veces, el camino hasta el apartamento esta vez es diferente. No se fija en el cactus moribundo que está junto al empedrado, ni tampoco en el banco comido por la humedad y que sabe que debe lijar, barnizar y pintar desde hace meses. Jose piensa en cómo lo más rutinario se vuelve algo nuevo cuando estás nervioso, cuando tienes miedo.

Al abrir la puerta del apartamento no le llega el olor a humedad, huele a colonia. Una mezcla de frambuesa y chicle que le recuerda a Clara, a Irene o a Marta, bueno, le recuerda a cualquiera de las pocas chicas de su edad con las que habla. La mesa está llena de polvo, y aparentemente no hay nada que esté descolocado. La televisión está en su sitio, y no hay nada más de valor en toda la casa. Aun así, revisa los cajones de la cocina y del baño; tampoco se han llevado el secador. En el armario, la caja fuerte sigue abierta, nadie guarda nunca nada ahí. A Jose le llama la atención lo bien doblada que está la manta. Siempre las dobla él y nunca consigue que le queden las cuatro esquinas juntas.

La foto de Nisa arropada con la manta ya tiene setenta y ocho likes. Los cinco perfiles que le han escrito por Tinder le han hecho desactivar su cuenta otra vez. Enciende la linterna del móvil para iluminar el camino de vuelta a casa, aunque apenas le queda batería. Todos duermen cuando ella llega. Coge las sobras de la cena, unos huevos fritos helados con unas papas duras, y se las lleva a la habitación sin ni siquiera calentarlas. Después de cenar se tumba en la cama y desliza la mano entre sus piernas. Nisa, a diferencia de Jose, no mira a un punto fijo del techo: cierra los ojos.

2

¿Dónde están las velas?, pregunta Yeray.

Escondidas en el cajón de los paños, contesta Mar.

Ella coloca las velas en la tarta y él saca los platos. Parecen estar sincronizados. Nisa no recuerda cuándo fue la última vez que vio así a sus padres, quizá en otro cumpleaños de Hari, o quizá mucho antes, en alguna Navidad cuando ella era pequeña.

Es curioso lo bien que se les da mentir juntos, piensa mientras los observa desde el salón.

Cada vez que los pilla en una de sus mentiras, el cuerpo de Nisa se agarrota, como si recibiese un golpe o estuviese enferma de repente. El enfado con sus padres le suele durar unas horas como mucho y pierde fuerza después. Al final no tiene mucho sentido odiarlos por ser unos mentirosos cuando ella también lo es. El día que se enteró de que los Reyes Magos no existían, no lo dijo en casa, no quería interrumpir la función de teatro de sus padres. A ellos les encanta mantener esa idea de familia feliz y Nisa no iba a ser quien estropease su fantasía.

A su lado está Hari, su hermana pequeña, abducida por la película de dibujos que está puesta en la televisión. Cuando las luces se apagan, ella no deja de mirar la pantalla, pero cuando la canción de *Cumpleaños feliz* empieza a sonar, Hari busca con su mirada la tarta, las velas y la idea de familia perfecta en la que todavía cree.

Nisa, en lugar de sentir alegría por su hermana, siente lástima. Le recuerda a sí misma hace doce años y piensa en todas las pequeñas decepciones que habrá acumulado cuando tenga diecisiete. En realidad, de la que siente lástima es de sí misma, atrapada en esa casa mientras lo único que quiere es estar sola en su apartamento con vistas a la montaña.

Hari sopla las velas y abre los regalos. Le han comprado de todo. Dos muñecas, muchos cuentos y un peluche con forma de unicornio, demasiado rosa y demasiado grande. Nisa se entretiene montando el castillo de miniaturas que también le han regalado y al que apenas ha hecho caso.

¿Unas fotos?, dice Mar.

Sí, contesta Yeray.

¡Sí!, repite Hari imitando a su padre.

Yo se las hago, contesta Nisa.

No, ponemos aquí el móvil y así salimos todos.

Claro, con el automático, apunta Mar.

Diez, nueve, ocho, siete… la luz del teléfono cada vez parpadea más rápido y suena ese disparo que imita al de las cámaras antiguas. Mar coge el móvil para ver cómo ha quedado la foto.

Hija, sales muy seria. Vamos a repetir, ¿vale?

Que no, mamá, que está bien así.

Venga, hija, otra.

La familia vuelve a colocarse. Nisa tensa la cara intentando sonreír, pero es incapaz. Tres, dos, uno… suena el disparo de nuevo. Y al coger el móvil, los ojos de Mar se clavan en Nisa.

¿Otra vez?

El padre coge el móvil.

¿Ni el día del cumple de tu hermana puedes sonreír un poco?

Si ya estoy sonriendo, contesta Nisa.

Ya veo cómo sonríes.

No entiendo por qué siempre tienes que estar de malas, dice Mar.

Chacha, déjame en paz, suplica Nisa.

Hari siente la tensión. Ya no es tan pequeña como para no notar que su feliz cumpleaños no es tan feliz. Nisa decide callarse. En ese preciso momento se teletransporta y se arropa con su manta vieja. Se sienta en su sofá con olor a humedad y se oculta en la noche, sin encender ni una luz para que no la descubran. Allí no tiene que aguantar gestos ni miradas que le hagan daño, lo único que tiene que aguantar es el tiempo. Las cinco horas que pasan desde que cae el sol hasta que puede volver a casa porque ya están todos dormidos.

Es un poco confuso cómo empezó a pasar. Nisa tenía, o bueno, tiene, ni ella misma lo sabe muy bien, una mejor amiga que se llama Gara. Nisa siempre iba a su casa después del colegio, jugaban, hacían los deberes, y un día, a eso de las nueve, la madre de Gara le preguntó si quería quedarse a cenar. Ella escribió a su madre:

Puedo quedarme a cenar en casa de Gara?

Mar contestó:

Sí

Al principio, a Nisa eso la hizo muy feliz. Con el tiempo, quedarse a cenar en casa de Gara pasó de ser algo especial a una costumbre, y la pregunta que cada noche le hacía a su madre dejó de ser una pregunta. Solo escribía:

Me quedo a cenar en casa de Gara

Las respuestas de Mar variaban de «vale» a «ok» o a «recibido» y el sentir que nadie la esperaba en su propia casa empezó a ponerla triste.

Con quince años, después de meses cenando en casa de

Gara, las dos amigas se pelearon. Ni siquiera recuerda bien el porqué, pero sí recuerda notar cierta incomodidad al estar cerca de su amiga. Una incomodidad parecida a la que sentía con su propia familia. Ese día, Nisa decidió no quedarse a cenar, pero ya había mandado el mensaje a su madre diciéndole que no iría. Le dio tanta vergüenza tener que explicar lo que había pasado que prefirió dar vueltas sola por el pueblo. Gastó todo su dinero en un sándwich empaquetado de la tiendita del centro y volvió andando a casa porque no tenía para pagar la guagua.

En estos dos últimos años Nisa ha aprendido que es más fácil evitar estar en casa cuando no hace frío. En verano se queda sola en la playa, sube a la caseta de los socorristas si hace viento y espera mirando al mar a que sea la hora de volver. En invierno todo es más complicado. Tiene que esforzarse en ser más simpática en clase, buscar planes que llenen sus tardes y amigos que la inviten a cenar. Nadie parece ver que no quiere estar en casa, todos piensan que es la última en irse porque es la más divertida, la que nunca se cansa, la más libre.

Nisa tira a la basura los restos de tarta que quedan en su plato. Recoge la mesa y dobla los trozos de papel de regalo que hay por el suelo. Quiere compensar de alguna manera lo que ha pasado. Se asoma al pasillo, intentando ver si la luz del cuarto de su hermana está encendida. Hari lee un cuento que le han regalado esa misma tarde. Al entrar en la habitación, Hari ni siquiera aparta la mirada de las páginas.

¿Te ha gustado tu cumple?

Sí, Hari mira a Nisa.

¿Te lo has pasado bien?

Sí.

¿Cuál es el regalo que más te ha gustado?

Hari murmura, señal de que está pensando qué decir.

No sé, todos.

¿Pero el qué más, el qué más?

Hari levanta la mano con el cuento.

Este.

Mentira.

Hari se vuelve a reír.

Perdona si chafé un poco tu cumple, dice Nisa.

Hari no contesta, la mira, confusa.

Yo no quería discutir.

Vale, concluye Hari.

Nisa sonríe, besa a su hermana y sale del cuarto. Odia sentirse mal sin saber si ha sido culpa suya o no. Hace unas horas tenía claro que no había sido por ella, pero ahora ya no lo sabe.

Jose mira el reloj y ve que son las once y treinta y tres. Si a esta hora no ha llegado, es posible que esta noche la chica no venga. Hace semanas que la ve colarse en el apartamento. Los primeros días revisaba después de cada «visita» si se había llevado algo o había provocado algún desperfecto para convencerse de que tenía que hacer algo ya y contárselo a su padre o llamar a la policía. Pero siempre estaba como lo había dejado la noche anterior.

Luego empezó a observarla con cuidado. La chica cogía una manta, se sentaba en el sofá y ponía la tele. No entendía qué clase de persona hacía eso. Una noche consiguió verle la cara cuando salía del apartamento y le pareció reconocerla. Era de su edad y alguna vez la había visto en la playa; una chica guapa, con pelo rizado, tez morena y ojos claros.

Esa misma noche estuvo buscando entre los perfiles de sus amigos hasta que la encontró en una de las fotos de las fiestas de las hogueras del año anterior. El mismo pelo rizado, la misma tez morena y los mismos ojos claros, aunque un poco rojos por el reflejo del *flash*. Se llamaba Nisa y vivía al otro lado de la montaña. Tenía diecisiete años, una hermana pequeña y estudiaba en el instituto público El Paso. Parecía una persona especial o quizá era algo que solo veía él. En una de las fotos salía envuelta en una de las mantas del apartamento. Cuando la vio, Jose sonrió.

Decidió ponerle todavía las cosas más fáciles y empezó a dejarle la puerta de atrás siempre abierta, como si fuese un descuido. Así no tendría que saltar por la ventana cada noche. Se imaginaba que un día sería capaz de acercarse, llamar a la puerta y hablar con ella, pero nunca llegaba a adivinar cómo continuaría y entonces decidía no hacerlo.

No quiere irse a dormir todavía por si aparece. Baja a la cocina y bebe leche del cartón directamente. Su padre no ha llegado aún y eso lo cabrea. Quizá Nisa no ha ido porque no ha visto el coche de su padre aparcado fuera y le ha dado miedo que pudiesen descubrirla al entrar. Jose escucha un ruido, y con cuidado se asoma a la ventana del baño, pero allí no hay nadie. Por la puerta principal entra Pedro. Su enfado aumenta, aunque sabe que es irracional porque su padre no tiene la culpa.

¿Ya cenaste?, pregunta Pedro.

Sí. Queda pollo en la nevera, contesta Jose.

No te preocupes, comí algo en el bar. Mañana se van muy pronto los del apartamento tres. ¿Estarás tú para la salida? Me dijeron que sobre las siete y media.

Joder, vaya horas… ¿Cogen el vuelo de las diez o qué?

No sé, imagino.

Pues pensaba madrugar y estudiar un poco, pero bueno, dice Jose.

Si quieres lo hago yo…, contesta Pedro.

No, no te preocupes… ¿Puedes hacer tú la tarde? Es que tengo que entregar un trabajo.

Sí, claro.

A veces se olvida de que su padre es su padre; le trata como a un igual y eso, en parte, le gusta. Sus conversaciones siempre se basan en repartir tareas y hacerse la vida fácil el uno al otro, por eso su forma de relacionarse se parece más a la de dos compañeros de trabajo. Normalmente hablan de arreglar el aire acondicionado del apartamento dos, de si la puerta automática se ha vuelto a estropear o de cuándo va a pintar el banco del jardín. Algunas veces parece que los planetas se alinean y cada uno adquiere de nuevo su verdadero rol: Jose vuelve a ser el hijo y Pedro el padre. Suele pasar cuando ha tenido un mal día, está triste porque algo le ha salido mal o necesita algún tipo de consuelo. En los pocos momentos en los que Jose ha necesitado hablar, Pedro siempre ha estado ahí para él.

Hubo un día que Amalia le dijo a Jose que ya no sentía nada por él. Llevaban saliendo solo tres semanas y tenían catorce años. Aún no se habían besado, pero ya se habían cogido de la mano. Jose subió a su cuarto y se puso a llorar. Pensaba que Amalia sería su primer amor y no le había dado tiempo ni a empezar. Cuando Pedro lo vio, se sentó a su lado sin decir nada muy elaborado.

Venga, ya está.

Tras un largo silencio y tras mucho pensarlo, su padre volvió a hablar.

No sé si soy la mejor persona para ayudarte, pero estoy contigo.

Hay un tema del que nunca habla y, por contagio o por imitación, Jose tampoco. La muerte de Carolina. Ni siquiera hay fotos de su madre por la casa, bueno, sí que hay, pero están casi todas en la alcoba de Pedro, encima de una cómoda, donde él las ha ido poniendo.

Aquel día, cuando Jose estaba llorando, también echaba de menos a su madre, pero no dijo nada para no poner triste a Pedro. Es una especie de pacto no hablado al que han llegado los dos. No tocan ese tema y así no se ponen más tristes. Alguna vez Jose ha pensado que eso es un poco injusto; siente que a su madre le gustaría que hablasen más de ella, que la recordasen más.

Esa noche sueña que es Carolina la que se cuela en el apartamento. Él sí que se atreve a tocar la puerta y pasan un rato juntos viendo la televisión.

Cuando suena el despertador a las siete y cuarto, Jose revisa el apartamento de Nisa y ve que esa noche no ha ido. Coge su móvil y mira si ha subido alguna foto, pero nada. Piensa que es estúpido sentir preocupación por alguien a quien no conoce. Llega cinco minutos tarde y en la recepción ya están esperando los huéspedes del apartamento tres. Es una pareja joven que lleva semanas recorriendo La Palma. Tienen la típica pinta de aventureros. Jose los tiene calados: van con sus mochilas y su ropa descuidada, pero esa gente siempre decide pagar un poco más por quedarse en el mejor apartamento.

¿Qué tal fue todo?, sabe hacer su papel y ser amable y complaciente con los huéspedes.

Muy bien, aunque, bueno, el tirador del armario estaba un poco despegado, dice ella.

Sí… y hacía un poco de frío, pero, bueno, hemos estado muy a gusto, todo muy bien, dice él.

Ya, es que han tenido un poco de mala suerte, es la única semana del año que ha hecho mal tiempo, contesta él con su mejor sonrisa. ¿Ya se vuelven a casa?

No, vamos a seguir viajando, queremos conocer el resto de las islas. ¿Cuál es tu favorita?, dice la chica.

Duda si decir lo que quieren oír o la verdad.

Pues solo conozco Lanzarote.

¿Y qué tal? ¿Qué nos recomiendas?

No puedo decirles mucho, fui cuatro o cinco días y cuando era muy pequeño.

En el rostro de los turistas puede notarse la decepción.

Vaya, bueno y… ¿no tienes ganas de escaparte? Al estar

aquí tan cerca… Todas las islas son muy diferentes. O eso dicen.

Jose se arrepiente de haber sido sincero.

Sí, lo haré, aunque aquí tenemos de todo. Playa, montaña, ciudad… esta es mi isla favorita.

Qué bien, genial, gracias por todo. Nos ha encantado, lo recomendaremos a nuestros amigos, dice él.

Gracias a ustedes, que tengan buen viaje.

Mira la montaña a un lado, al otro tiene el mar. El camino desde su casa hasta el instituto solo le lleva unos quince minutos en guagua. Quince minutos son cuatro de sus canciones favoritas. Cuando le preguntan cuál es su preferida, no sabe qué contestar, las nombra una a una hasta que se da cuenta de que no ha contestado. Pero una de las canciones tiene algo más especial, siempre lo transporta a cuando sus padres y él todavía no habían comprado los apartamentos y vivían en un piso en la playa de Tazacorte. Estaba en la cuarta y última planta de un edificio que intentaba ser moderno. Jose recuerda cómo era su habitación: paredes verdes azuladas llenas de dibujos hechos por él, una ventana pequeña, pero desde la que se veía el paseo marítimo y una estructura de cama que no le dejaba crecer más de un metro sesenta. No recuerda mucho más de ese lugar, solo que en el salón se reunía toda la familia en Navidad, personas a las que hace años que no ve.

Esa casa estaba muy cerca de la heladería a la que sus padres tenían como tradición ir cada domingo. Lo hacían después de dar un largo paseo y de comer los tres juntos. Pedro pedía el helado de gofio, su madre de limón y Jose iba cambiando, cada semana uno nuevo. Siguieron yendo a esa heladería incluso después de comprar los apartamentos y mudarse tierra adentro.

Jose está estudiando para poder llevar algún día el negocio familiar, cuando Pedro se jubile. No sabe si lo decidió por sí mismo o si su padre le fue convenciendo poco a poco con frases indirectas y consejos. No sabe si quiere estar toda su vida llevando esos apartamentos. No sabe qué otra cosa podría hacer, pero sí sabe que le gusta lo que estudia. Es un grado medio de Administración y Gestión y lo hace en el mismo instituto donde sus antiguos compañeros estudian el bachillerato. Ya no los ve tanto como antes, a veces coinciden en los pasillos, pero ya no quedan después de clase.

Ahora se sienta siempre con Marcelo, al que no conocía de antes. No lo definiría como un amigo, pero tampoco como un conocido. Es con el que comparte café en el descanso o a veces incluso una cerveza a la salida. Un día lo invitó a ver un partido en su casa, pero Jose dijo que tenía que trabajar, aunque era mentira. Siente que Marcelo tiene más ganas de ser su amigo de las que tiene él mismo.

En medio de la charla de la profesora sobre presupuestos, Marcelo se gira hacia Jose.

Oye, ¿no currarás esta noche?

Él se cubre por si acaso.

Pues no lo sé, tengo que hablar con mi padre. ¿Por?

Tío, porque hoy es lo de las hogueras. Que van todos.

Ya... no sé.

Jose repasa en su cabeza las fotos que ha visto de Nisa hasta que llega a la de los ojos rojos por el *flash*, en la fiesta de las hogueras.

Te puedo recoger a las nueve, insiste Marcelo. Ya me han pasado la ubicación, añade.

Venga, vale, concluye Jose.

No es la primera vez que Nisa no conoce el lugar exacto donde se celebra la fiesta. Podría haberles preguntado a Rafa o a Lis dónde es este año. Tiene la suficiente confianza para hacerlo, pero le parece más divertido adivinarlo ella sola. Es casi como un juego: empezar el camino que sube a la montaña y, entre los sonidos del viento, el movimiento de las hojas y los gruñidos de los animales, buscar la música. Lo primero que se escucha son los bajos, un ritmo constante que parece el de un tambor. Nisa sigue esa pista y, unos cien metros más adelante, descubre notas y melodías. Ya sabe que está cerca cuando escucha las voces, que retumban en todo el valle, aunque no se fía del todo hasta que no ve las luces del fuego. Un año siguió la música y las voces hasta una plantación abandonada y, cuando llegó, vio que no había nadie. Había seguido el eco y estaba perdida. No pasó nada, sacó el móvil y volvió al punto de partida. En el segundo intento lo consiguió, pero llegó cuarenta minutos tarde a la fiesta.

¡Nisa!, grita Rafa. No sabía que venías.

Yo siempre, sentencia ella.

Ya… pero como no me has contestado.

Nisa sonríe de lado y no dice nada. Rafa la mira, esperando con ansia algo más que nunca llega. Por la mente de Nisa pasa una frase: no contestar es una contestación, pero solo sonríe. Es consciente del poder que ejerce sobre las personas. Rafa no es el primero en querer llegar a una parte de Nisa en la que ella no deja entrar a nadie. Antes del verano los dos empezaron a quedar, van al mismo instituto y se conocen desde niños, pero hace unos meses se hicieron amigos. A Nisa le caía bien Rafa: no era una de esas personas a las que utilizaba para no sentirse sola. Todo iba bien hasta que un día él intentó besarla y ella se apartó. Fue entonces cuando a Nisa le pareció que todo el tiempo que habían pasado juntos no había sido más que una mentira: las risas, las tardes en la playa, las noches en cualquier lugar. Luego pensó que todo era un castigo. Quizá ese malestar por sentirse utilizada por Rafa es lo que debía de sentir la gente a la que ella se acercaba para no volver a casa.

¿Qué bebes?, pregunta Nisa.

Ron, contesta Rafa.

¿Puedo?, dice ella mientras coge el vaso con las dos manos.

Claro.

Nisa da un buchito. Mira a las decenas de personas que se agolpan en un claro donde ya no hay árboles. El suelo es de tierra oscura, por lo que se confunde con el cielo. Frente a ellos, el mar se suma a la negrura, solo cortada por el fuego que sale de las hogueras. Entre la multitud, Nisa ve al chico de la recepción del apartamento en el que se cuela cada noche, Jose. No sabe si es el fuego que forma luces y sombras sobre su rostro o verle fuera de aquel lugar, pero parece otra persona. Sus ojos se cruzan durante un segundo, pero ella aparta la mirada. Parece que no la ha reconocido.

Es ella, es Nisa, piensa Jose. Marcelo le está contando algo que tiene que ver con sus planes para el verano que viene. Jose es incapaz de prestarle atención tras verla. Mira a su amigo e intenta fingir con una respuesta vaga.

Qué bien...

Cuando vuelve a mirar, Nisa ya no está. Como pasa con los fantasmas en las pelis de terror, Jose duda si la ha visto realmente o solo estaba en su imaginación.

Nisa lleva un rato callada, infiltrada en un grupo de chicas a las que apenas conoce. Una a una se van marchando hasta que se queda sola. Busca a su alrededor alguien a quien pegarse, pero prefiere quedarse mirando el fuego.

Cuando Jose vuelve de mear ve que la fiesta se está acabando. Marcelo y su grupo de amigos empiezan a apagar el fuego. El humo y la tierra lo ensucian todo. Camina hacia la última hoguera que queda encendida.

La música ha parado, ya quedan muy pocas personas. Nisa piensa en cómo seguir la noche. Entre el humo ve una silueta que se acerca.

Las llamas frente a Jose empiezan a desdibujarse. Al otro lado, entre la oscuridad, están los ojos brillantes de Nisa.

Hola, dice Nisa.
Hola, contesta Jose.

3

¿Qué tal?, dice Nisa.

Bien... ¿Y tú?

Bien.

Jose hace una pausa y duda sobre cómo seguir.

Creo que nos hemos visto alguna vez por ahí.

No me suena, pero, bueno, puede ser, contesta Nisa.

Él mira la hoguera y a su alrededor. La noche cada vez está menos iluminada.

Parece que esta es la última que queda, dice Jose.

¿Vas a apagarla?

Si tú te vas a quedar, no.

Yo me quedo.

Jose bordea el fuego para ponerse a su lado.

¿Qué van a hacer ahora?, pregunta Nisa.

¿Quienes?

Tú... y tus amigos.

He venido solo con un amigo. Pero se quiere ir ya. ¿Tú que vas a hacer?, pregunta él.

Lo que hagas tú, dice ella.

A Jose se le escapa una risa y Nisa se siente desprotegida, como si la pose que utiliza con el resto del mundo no funcionase con Jose.

Yo pensaba irme a mi casa, ¿vas a venir a mi casa?

Vas un poco rápido, pero sí.

Se queda cortado, pero intenta que Nisa no lo note.

¿Dónde vives?, pregunta ella.

No sé si conoces los apartamentos El Valle.

Jose dice esta frase cambiando el gesto de su cara, elevando las cejas y esbozando una sonrisa rara.

Creo que no, finge dudar.

Sí, los que están en la carretera que lleva al mirador.

Ah, ya, sí, creo que los he visto algún día desde el coche.

Pues ahí.

¿Son de tu familia?, pregunta Nisa.

Sí, bueno, de mi padre y míos.

¿Eres el dueño?

Sí, no sé… lo seré algún día.

Ella se levanta y empieza a apagar la hoguera y él la ayuda. Los dos se quedan callados y llega el silencio; no están incómodos, podrían alargarlo un rato más.

Jose, yo me voy, ¿te llevo?, grita Marcelo desde el otro lado.

No, me voy andando.

Vale, te veo el lunes.

Nisa coge su chaqueta del suelo, mira a Jose y echa a andar. Él se queda parado y cuando ella lo mira de nuevo, decide seguirla. El camino se convierte en un baile de miradas. Cuando Jose va más adelantado que Nisa, ella aprovecha para observar su ropa, cómo se quita la chaqueta vaquera que ha debido pertenecer a mucha gente antes que a él. Cuando Nisa va la primera, Jose piensa en cómo un cuerpo tan pequeño pudo asustarlo la primera vez que la vio salir del apartamento en la noche. Ella se fija en el pelo decolorado de él y que en las raíces puede verse su tono original. Él desea acercarse más a ella y comprobar si lleva el perfume al que huele la manta cuando la ha usado. Ella vuelve a querer saber qué tipo de ropa interior lleva. En medio del bosque, sus pensamientos se interrumpen cuando tienen que sacar sus móviles para iluminar el camino.

¿Sabes de lo que tengo ganas?, pregunta Nisa.

¿De qué?

De un baño en la playa.

¿Ahora?

Sí, ahora.

Hace frío para bañarse.

Bueno, no tanto.

Además, cuando lleguemos va a estar amaneciendo, contesta Jose.

¿Y? ¿Tienes prisa?

No, pero creo que ya es hora de volver a casa.

Qué aburrido.

No todos somos tan divertidos como tú.

¿Como yo? ¿A qué te refieres?, pregunta ella.

Sí, como tú, que vas de ese rollo.

Nisa cree saber hacia dónde va la conversación y decide callarse.

Venga, vale, vamos a bañarnos, dice Jose.

Nisa se ríe.

Vale.

Cada vez hay menos árboles y las luces de las farolas se ven a lo lejos. Aparecen las primeras casas, la tierra volcánica se convierte en asfalto.

¿Cuántos años tienes?

Diecisiete. ¿Tú?, contesta Nisa.

También. ¿Vas al instituto?

Sí, estoy en segundo de bachillerato...

Guay. Yo no.

¿Y qué haces? ¿Estudias? ¿O solo trabajas?

Estudio también, un módulo de administración y tal.

¿Y te gusta?

Bueno... Está bien. ¿Y tú qué vas a hacer el año que viene?, pregunta Jose.

Pues no lo sé aún. Primero elegiré un sitio al que me apetezca ir y luego… pues… ya veré qué hago allí.

¿Y en qué sitios... pensaste?

No lo sé aún…

Vuelve el silencio entre Nisa y Jose, pero esta vez no es tan cómodo.

… Bueno, no todos lo tenemos tan fácil, continúa ella.

¿Fácil?

Bueno, que… tú ya sabes lo que vas a hacer.

Sí…, ¿y qué?

Pues eso, que ya tienes un plan.

Jose se da cuenta de que Nisa es más frágil de lo que aparenta y cree estar empezando a entenderla.

Las casas aisladas dan paso a pequeños edificios de dos alturas. Nisa se queda parada y mira el segundo piso de un bloque.

Yo me quedo aquí.

¿Es tu casa?, pregunta Jose.

Sí.

¿No vamos a bañarnos?

Nisa mira las ventanas y ve que todas las luces están apagadas.

No, tienes razón, es hora de irse a dormir. Otro día.

Ella se acerca y le da un beso en el brazo. Al notar el contacto de los labios en su piel, Jose se queda paralizado.

Gracias por haberte quedado conmigo, dice Nisa.

Sin escuchar la respuesta, se da la vuelta y se mete en el portal. Jose aparta la vista rápido para no verla marcharse y empieza a caminar.

Nisa no enciende las luces al entrar en casa, sabe llegar desde la entrada hasta su habitación sin ver nada. Pone la mano derecha en la pared del pasillo y la arrastra hasta llegar al marco de la primera puerta, ahí se para un segundo para evitar el crujido de la madera y después sigue su camino hasta la segunda puerta. Cuando está a punto de llegar, su padre sale del baño y se asusta al verla. Está vestido con vaqueros y un polo arrugado, aunque sea de madrugada.

¡Nisa!, le grita.

Hola, contesta ella entre susurros mientras entra en su habitación. Yeray la sigue hasta el cuarto, cierra la puerta y enciende la luz.

¿De dónde vienes?, le pregunta.

De por ahí, contesta Nisa.

Pero… ¿sabes qué hora es?

Sí, las cinco.

¿Y con quién estabas?

Ay, qué más te da.

Nisa, quiero saber dónde estás y con quién estás.

Pues seguro que haciendo cosas mejores que las que haces tú.

No me hables así, Yeray eleva la voz.

Si esto lo hago todos los días y ni siquiera te has dado cuenta, grita Nisa.

Cállate, vas a despertar a tu hermana.

Pues vete a dormir y listo.

No, no me voy hasta que me digas qué estabas haciendo por ahí.

Estar fuera porque odio estar aquí, contigo.

Pues para lo poco que estás en casa siempre tienes que jodernos a todos, dice Yeray saliendo al pasillo y dando la espalda a su hija.

Nisa recibe el golpe, pero no contesta, se ríe con rabia y sale detrás de su padre, pero en dirección contraria. Yeray se gira y la persigue.

¿Qué haces?

Me voy, así no jodo a nadie, contesta Nisa.

No, tú no vas a ninguna parte.

Yeray intenta alcanzar a su hija, pero ya ha salido de la casa y está bajando las escaleras corriendo. El hombre se queda en el umbral de la puerta, asimilando lo que acaba de pasar y cierra.

Cuando Nisa aminora el ritmo, su casa ya está a más de un kilómetro de distancia. Se da la vuelta y ve que su padre no la ha seguido. Ni él ni nadie. Por un momento pensó que estaba escapando, pero solo estaba corriendo. Se sienta en una parada de guaguas en la que la luz está fundida. El nombre del pueblo, escrito en la marquesina, no está iluminado. Ahora es cuando echa de menos su chaqueta, no la cogió al salir de casa, y tiene frío. Saca el móvil para escuchar música, pero también se ha dejado los cascos. Se apoya en la columna, la música suena en el altavoz, la imagen parece sacada de una película triste. Antes de que acabe la canción, o antes de que se ponga a llorar, Nisa se levanta y vuelve a caminar. Se engaña a sí misma con la idea de que va sin rumbo, pero en realidad se dirige hacia los apartamentos de Jose.

No consigue dormir, no sabe si es por el alcohol o porque casi es de día. Jose repasa en su cabeza todo el tiempo que ha pasado con Nisa. Se acuerda del gesto que hizo ella cuando le contó que de pequeño hacía surf en la Playa de los Nogales, al otro lado de la isla, pero que un día se aburrió y dejó de hacerlo y ahora duda de si ese gesto era de interés, de sueño o de aburrimiento también. En su cabeza no deja de resonar la frase que le dijo.

«¿No te llama nadie pollo por tener el pelo de ese color?».

La frase se repite una y otra vez. Unas veces en un tono más amable, casi sensual. Otras es una burla clara. Ya ni sabe cómo lo dijo Nisa en realidad ni si su color de pelo le gustará o no. Aunque se supone que Jose no se preocupa de su aspecto, ahora empieza a plantearse si sus brazos sin músculos serán suficientes para Nisa o si sus piernas delgadas también le parecerán de pollo. Sin llegar a una conclusión, se pone a rescatar algunas frases que dijo él durante el paseo, frases que en su momento le parecieron graciosas y ahora solo le dan vergüenza. Las peores son: «no sé si llevo los calzoncillos buenos para bañarme en la playa», «¿me estás llevando a la cumbre para matarme y dejarme allí tirado?», o esa rima que hizo con su nombre, «eso que dices no me da risa, Nisa». También piensa en las frases que no se atrevió a decir como «tenía ganas de hablar contigo desde que te vi», «podríamos quedar otro día» o un simple «¿me das tu teléfono?».

Jose desea que el mundo se lo trague, por eso aprieta su cuerpo contra el colchón de la cama y estruja su cabeza con la almohada, ayudado por sus manos, pero no se siente mejor. Mira el reloj y ya son las cinco y media de la mañana. Ha vuelto a repasar todas las fotos del Instagram de Nisa, muchas de ellas ahora tienen un nuevo sentido después de haberla conocido. Se harta de sí mismo y se levanta casi de un salto, sale de su habitación y baja las escaleras. No está sonámbulo, pero cualquiera podría decir que sí. Sale a la calle descalzo y apenas siente el frío de la piedra en sus pies. Entra en el apartamento por la puerta de atrás, como hace ella, con la esperanza de que esté allí, pero no hay rastro de Nisa ni de su olor. Coge la manta del armario y se echa en la cama sin abrirla. Se gira y se queda mirando las montañas, que ya empiezan a verse de un color anaranjado por el amanecer. La manta sí huele a ella. Jose se queda dormido.

El ruido que hace la puerta cuando Nisa entra en el apartamento se cuela en el sueño de Jose. El coche en el que viaja está a la deriva en el mar, pero no llega a hundirse, flota como si fuese un barco. El ruido de la puerta coincide con el del cristal de la luna resquebrajándose, pero sin llegar a romperse. Nisa va en el asiento del copiloto y Jose conduce aunque en realidad no sabe conducir. A lo lejos aparece una ola gigante y él la surfea con el coche.

Nisa va al cuarto a coger la manta y antes de abrir el armario se asusta al ver el reflejo de una figura sobre la cama. Solo tarda un instante en reconocer a Jose, que está durmiendo de lado. Camina marcha atrás, intentando no despertarle y va hasta el salón. Cada vez está más confusa y cada vez tiene más frío. Vuelve a la habitación y, sin mirarlo, abre la cama con cuidado, casi a cámara lenta y en *mute*. Se acuesta bajo las sábanas y la colcha. Jose está de espaldas a ella. Le observa la nuca y ve un tatuaje asomando por su camiseta. Se trata de un dibujo que no es capaz de reconocer.

Ya le preguntaré qué es, piensa Nisa cuando cierra los ojos.

Sus cuerpos están separados por unos treinta y cinco centímetros de distancia y por las capas de sábana, colcha y manta que les impiden tocarse. Nisa sueña que le abraza.

4

Nota la luz por toda su cara. Ya debe de ser muy tarde. El color naranja es tan intenso que casi le quema. Al abrir los párpados, la luz del sol baña todo con un blanco como el de la nieve. Poco a poco, el brillo va perdiendo fuerza y aparecen colores azulados que definen las montañas y las nubes, aunque esos no sean sus colores reales. Los azules se convierten en los verdes de los pocos árboles que hay y en los marrones de la tierra. Del blanco ya solo queda el sol. Nunca se había despertado con esas vistas. Jose tarda en recordar que no está en su cama ni en su habitación. Todo vuelve, la hoguera, el paseo, Nisa y su colonia. La tiene tan dentro que aún puede olerla. Nota un peso sobre su pecho. Baja la mirada del sol hasta la cama y allí encuentra una mano. Duda de si es la suya porque se suele quedar dormido sobre ellas y al despertar no las siente. La acaricia, para cerciorarse de sus sospechas y descubre que no es su mano. Lo normal sería tener miedo, pero le parece agradable no dormir solo. Vuelve a cerrar los ojos, intentando que esa sensación no desaparezca. Se centra en el calor del sol, el olor y la presión de la mano sobre su cuerpo mientras se convence de que quien está detrás de él es Nisa. Todo se rompe cuando la mano se retira muy despacio y duda de si sigue soñando o está verdaderamente despierto.

Esa caricia la despertó. El frío hizo que fuese recortando la distancia que la separaba de Jose. Sin ser consciente, había sacado la mano fuera de la colcha y le había abrazado. Ahora desea volver atrás, no solo a la noche anterior, sino a la noche en la que decidió colarse allí. Dejar de tocar su cuerpo es lo más parecido a retroceder en el tiempo que puede hacer. Piensa en cómo salir sin tener que hablar con él, pero está atrapada. Aguanta la respiración y prepara qué va a decir o cómo explicar que está allí. Cuando ya no puede contener más el aire, emite un suspiro lo más parecido al silencio que puede, pero el aire llega hasta el cuello de Jose y su piel se eriza. Se gira hacia ella.

Nunca había hecho esto, dice Nisa.

¿El qué?

Pues esto.

¿El allanamiento de morada?, Jose ríe.

No. Dormir con alguien.

¿Y qué tal?

Bien, concluye Nisa.

Jose la observa cuando se levanta. Coge sus zapatillas, que están tiradas por el suelo de la habitación, y vuelve a sentarse en la cama para calzarse. Le da la espalda a Jose, que aun así nota que está nerviosa.

¿Qué vas a hacer?

Nisa coge su teléfono, ve que son las doce y media y tiene una llamada perdida de su madre.

Tengo que ir a casa. ¿Tú?

Nada. No curro hasta las siete.

Ella se levanta, él se incorpora y se apoya en el cabecero de la cama.

Oye…, dice Nisa.

No se lo voy a decir a nadie, contesta Jose.

Vale.

Los dos cruzan sus miradas y él se desmonta. Necesita que ella se quede un rato más allí con él.

No tienes que colarte por la valla, la puerta del garaje está rota, solo tienes que empujarla.

Gracias, Nisa sonríe antes de desaparecer.

Tardó demasiado tiempo en volver al apartamento tras esa primera noche juntos. Quería comportarse como una buena hija durante unos días, siempre lo intentaba después de una gran discusión. En esos momentos de tregua en casa, Nisa llegaba a sentirse bien allí, aunque en el fondo sabía que eso no duraría. A su regreso usó el hueco de la valla para entrar. No estaba segura de querer que Jose la viese. Una vez dentro, vio que él le había dejado la manta mal doblada pero encima del sofá y sintió que lo echaba de menos allí. Ya envuelta y tirada en el sofá, buscó en Instagram el perfil de Jose. Redujo la selección a dos perfiles. Uno, @jose_rmz, solo tenía fotos de atardeceres en la isla. El otro, @j_and_the_waves, tenía el perfil privado. Solo podía ver que tenía quince publicaciones, seguía a trescientas veintidós personas y él tenía cuatrocientos ochenta y nueve seguidores. Nisa le dio a seguir y esperó a que el supuesto Jose la aceptase. Cuando lo hizo, le mandó un mensaje privado.

Vienes?

En el tiempo que @j_and_the_waves no contestaba, se dedicó a repasar las quince publicaciones que tenía. Casi todas eran fotos de tatuajes. Él salía solo en una, estaba de perfil, no llevaba camiseta y su piel estaba muy tatuada. Tras ver esa foto, Nisa volvió a revisar el resto de publicaciones, intentando adivinar en qué parte del cuerpo estaba cada dibujo. Jose la siguió de vuelta y contestó:

ahora?

No sabe cuánto tiempo pasó hasta que por fin se presentó, pero le pareció mucho. En ese rato, Jose se quitó el pijama corriendo, se lavó los dientes y eligió la ropa que iba a ponerse, su camiseta favorita y unos pantalones cualquiera. Cuando llegó al apartamento dudó si debía llamar o entrar directamente, pero no tuvo que hacer nada porque ella le abrió. Él pasó sin decir nada y cerró la puerta. Una vez que los dos estaban protegidos por las paredes, Jose rompió el silencio.

Esto ya es reincidir.

¿Te refieres a lo de colarme o a lo de volver a vernos?

A las dos cosas, contestó Jose.

Los dos se sentaron en el sofá sin saber muy bien qué hacer ni qué decir.

¿Desde cuándo lo sabes?, preguntó Nisa.

Desde un par de semanas antes de lo de las hogueras. ¿Desde cuándo vienes?

Desde el final del verano.

A Nisa le cansó la manera de comunicarse que se había creado entre ellos. Jose estaba enganchado al misterio, pero quería saber ya toda la verdad.

No me gusta estar en casa.

Jose no contestó y ella lo prefirió.

La película está a la mitad.

Es curioso los diferentes momentos en los que se ríe la gente cuando ve algo gracioso, piensa Nisa.

Lo que a él le hace mucha gracia, a ella no tanto. Él se ríe con casi todo. A veces, la mira de reojo para ver si a ella también le hace gracia. Ella lo nota y sonríe para que él no piense que no se lo está pasando bien. Minutos más tarde, el personaje de la película que están viendo se tropieza. Jose se ríe con la boca llena de Clipper y la escupe por toda la mesa. A Nisa eso sí que le hace verdadera gracia. Al acabar la película, los dos vuelven a estar incómodos.

¿Te ha gustado?, pregunta Nisa.

Sí, ¿a ti?

También.

Podemos ver la segunda parte mañana, dice Jose.

Nisa se concentra en la palabra mañana y lo que implica: que él quiere verla de nuevo.

Vale, contesta ella.

Una respuesta demasiado corta para el tiempo que he tardado en decidirla, se dice a sí misma.

Ninguno de los dos sabe cómo despedirse, Jose le toca la muñeca y ella no se aparta. Nisa se da la vuelta y sale mientras él se queda de pie pensando en si es mejor irse a dormir a su habitación o quedarse allí.

A mitad de la segunda parte, Nisa ya está hecha una bola en el sofá, con la cabeza apoyada en el reposabrazos. Primero se quitó los zapatos, subió los pies y los puso muy juntos para que se diesen calor de uno a otro. Después hizo una almohada con los brazos y se recostó sobre ella. La primera vez que cerró los ojos no se perdió nada importante de la película, pero en la segunda perdió el hilo de lo que estaba pasando. Ahora que está dormida, respira con más fuerza, pero no llega a ser un ronquido. Al principio, esos suspiros son menos intensos que el sonido de la tele, que el viento, que la propia respiración de Jose, pero poco a poco van cogiendo más protagonismo. A él le hace gracia y deja de prestar atención a la película para prestársela toda a Nisa. Se fija en cómo su nariz se abre y se cierra cada vez que coge aire, en cómo sus labios tiemblan ligeramente al exhalar, en cómo todo su cuerpo se contrae, anunciando que ya está dentro del sueño. Estira las piernas y toca con sus pies la cintura de Jose, que se queda muy quieto esperando un nuevo movimiento de Nisa que nunca llega.

Me meo, piensa Jose, pero si me levanto la voy a despertar y no. Hoy parecía más cansada. Sus ojos... parecían más tristes o cansados o no sé. Mejor que duerma. No sé si hay otra persona por la que me quedaría quieto tanto rato con tal de no despertarla. Esto debe ser que me gusta de verdad, supongo.

Cuando vuelve a la realidad del apartamento, la película ha seguido sin él demasiado tiempo y se ha perdido una de las escenas que más le gustan. Casi una hora después, termina y empiezan los anuncios. Jose cree que es el momento de interrumpir el sueño de Nisa. Se acerca a su cara y le toca el hombro, sin conseguir que abra los ojos. Se acerca más y le habla bajito.

Nisa, despierta.

Uno de sus ojos se abre. Cuando el otro ojo hace lo mismo, Nisa se incorpora con brusquedad, acercando su cara a la de Jose todavía más.

¿Qué hora es?

La una y pico.

Luego intenta disimular y se limpia las babas que tiene en la mano.

¿Y mi móvil?

Antes de que Jose conteste, Nisa lo encuentra tirado en el sofá. No tiene llamadas perdidas ni mensajes.

No me habrás hecho una foto dormida... ¿No?

Él se ríe. Finge un sí con la cabeza, pero dice que no.

¿Te quieres ir a dormir a la cama?, pregunta Jose.

No... no, tranqui, tengo que irme. ¿Tú qué haces?

Me voy también.

Vale.

El camino desde el apartamento hasta la puerta del garaje lo recorren en silencio. Jose le abre y Nisa aprende el truco para hacerlo ella. Entre vales, gracias y otras palabras dichas en susurros, ella quiere besarle y busca en él una señal para hacerlo, pero no ve ninguna clara. Aunque está muy cerca, mira hacia el suelo. Nisa se atreve, pero no lo hace en la boca, se queda muy cerca, en la mejilla, y al despegarse le roza el borde del labio.

El próximo día la beso, piensa Jose.

El próximo día lo beso, piensa Nisa.

Ha llegado empapada. Cuando empezó a subir la carretera casi no llovía, pero a medida que se acercaba a los apartamentos la ropa se le empezó a pegar al cuerpo. No iba abrigada, llevaba la chaqueta de siempre. Cada vez que sacaba su móvil para cambiar de canción o para ver si Jose le había escrito, pequeñas gotas deformaban las letras y fotos de la pantalla. Una de las gotas cayó sobre el ojo de la foto de Hari que tiene como fondo de pantalla. Lo ampliaba y hacía parecer a su hermana un dibujo manga. Hoy, cuando Nisa estaba dándole la merienda a Hari, esta la miró fijamente.

¿Dónde vas siempre que te vas?, preguntó Hari.

Con mis amigas.

¿Cómo se llaman?

Anda, cómete eso ya.

Hari le hizo caso y usó cada mordisco al bocadillo para sacar más información a su hermana.

¿Tienes novio?

No, dijo Nisa.

Hari hizo una pausa, dio otro mordisco, muy lento.

Mamá y papá dicen que tienes novio.

Pues no lo tengo.

¿Tienes novia?

Tampoco.

Cuando ya estaba acabando, Hari se comió el último trozo de pan que ya estaba blando y mojado por sus propias babas.

¿Te gusta alguien?

A Nisa se le escapó algo parecido a una sonrisa que su hermana no llegó a ver.

Creo que no.

A mí me gusta mucha gente pero no tengo novio ni novia.

Eso está muy bien, dijo la hermana mayor, levantándose para cambiarse de ropa, sin tener en cuenta la lluvia que iba a encontrarse en su camino. Sabía que su respuesta era otra de sus mentiras, pero no quería descubrirse tan pronto.

Las gotas minúsculas de lluvia se reflejan en el escaparate del supermercado. Estaba a medio camino entre el pueblo y los apartamentos. Nisa entró porque quería dejar de mojarse. Dio vueltas por los diferentes pasillos, sin fijarse muy bien en nada de lo que vendían allí. Llegó hasta una caja de cartón llena de paraguas y se quedó un rato mirándolos. Costaban ocho euros con cincuenta. Hizo un cálculo mental de todo lo que podría comprar con ese dinero, todo lo que podría hacer. Sin saber muy bien por qué, abandonó la caja de paraguas y cogió un paquete de papas y otro de galletas. Cuando estaba haciendo la cola para pagar, repasó la cadena de decisiones que la habían llevado hasta ese momento. No supo si lo había hecho porque verdaderamente le apetecía, o si era porque quería gustarle a él.

¿Quieres que te traiga ropa seca? Puedo ir a casa en un momento, dice Jose al ver a Nisa empapada.

Si me dejas una toalla, será suficiente.

Yo creo que…

¿Qué?

Que no vas a estar con la ropa mojada. Te dejo mi sudadera, que a mí me sobra.

Nisa lo mira, tímida. Va al baño y se mira en el espejo. Los rizos de su pelo han perdido el volumen y está más mojada de lo que creía.

¿Me puedo duchar?

Claro.

Cierra la puerta del baño, se quita la ropa y entra en la ducha. Jose escucha el agua correr y se pone nervioso, quizá porque es incapaz de dejar de imaginar lo que está pasando al otro lado de la pared. Se quita la sudadera y la huele. Respira aliviado porque está limpia. Tenía miedo de que justo esa hubiese estado en aquella lavadora que tardó demasiado en tender. Toda esa ropa quedó condenada a un olor mezcla de humedad y suavizante. Pero no, huele bien. El sonido de la ducha se para. Nisa espera a que el vapor se disipe y pueda ver dónde ha dejado la ropa. Rescata sus bragas y su sujetador y se los pone. Usa la toalla para taparse parte del cuerpo, pero deja que se le vean las piernas. Jose la mira, primero de reojo, luego directamente. Tiene la sudadera en las manos.

¿Me la dejas?

Sin contestar, Jose se acerca a Nisa. Ella la coge y le da la espalda. Cuando se quita la toalla él se fija en un lunar que tiene en el muslo. Aparta la mirada rápido, antes de que ella acabe de vestirse y se gire. No pilla a Jose mirándola. Nisa se queda decepcionada, pero finge que no.

He traído papas y galletas.

Guay, contesta Jose.

¿Tienes hambre?

Un poco, ¿tú?

También.

Nisa se sienta en el sofá, Jose la imita. Nisa come papas. Jose galletas. Ella coge un puñado y se las deja en la mano. Él se muerde el labio, nervioso. Nisa tiene miedo de tirar migas sobre la sudadera. A Jose le daría igual.

¿Quieres cenar?, pregunta Jose.

Esto ya es cenar.

No, algo más, digo.

Ya estará todo cerrado.

Tengo cosas en casa.

Ah.

¿Entonces?

Sí, vale, contesta Nisa.

Quédate aquí. Ahora vengo, dice Jose y se levanta.

Vale.

Jose cruza corriendo para no mojarse. Ahora llueve con fuerza. Su casa está en silencio, aunque la luz de la entrada está encendida.

¿Papá?

Nadie responde.

Me la habré dejado yo encendida, se dice a sí mismo.

En la nevera hay pocas cosas divertidas. Jose encuentra una pizza en el último cajón del congelador. Sin cerrarlo, coge su teléfono y escribe:

oye, vente que no hay nadie

Espera con el móvil en la mano para ver si Nisa lo lee y le responde. Ella lo hace. Está escribiendo:

Ok

te va bien una pizza de jamón?

Sí

algo que no te guste?

Atún

oki. es la casa azul

Ya, ya

Jose se relaja. Enciende el horno. Mientras Nisa llega, busca cómo hacer la pizza un poco más especial. Coge queso rallado, queso en lonchas, más jamón y se lo echa por encima. La puerta se abre.

Está lloviendo mucho, dice al llegar.

En cuanto entra, Jose le enseña su receta con cierto orgullo, como si fuese un niño pequeño, o con cierta vergüenza, como si buscase su aprobación. Nisa se ríe de él o de la situación, pero sea lo que sea lo hace con cariño.

Te lo curraste, eh.

¿Me estás vacilando?, pregunta Jose.

Que va.

Los dos se miran sonriendo. Él mete la pizza en el horno.

¿Quieres que ponga música?, pregunta ella.

Lo que quieras.

Nisa siente que su propia idea es una trampa, ahora no sabe qué música poner. Repasa sus listas de reproducción y se pregunta qué pensará de ella o qué le gustaría escuchar a Jose. Las respuestas a esas preguntas la llevan a poner un grupo del que apenas ha escuchado nada, pero que seguramente la haga parecer original.

¿Los conoces?, apunta Nisa.

No, no me suenan. Me gustan.

Sí.

Al no saber qué más decir, él baja la mirada. Nisa se ha puesto las botas para venir hasta su casa, pero sigue con las piernas desnudas. A Jose le encantaría tocarlas.

¿Quieres un pantalón?

¿Tuyo? No me van a valer.

Venga, ven y los ves.

El queso ya ha empezado a fundirse, cubre toda la superficie de la pizza y ya casi no deja ver las lonchas de jamón. Nisa lo sigue escaleras arriba, observando todas las fotos colgadas por la pared. En una de ellas aparece él con unos siete años, ya no tiene dientes de leche y los nuevos son demasiado grandes para su cara. Ahora, la sonrisa de Jose es muy diferente a la de aquel niño. Cada vez que Nisa la ve, también le entran ganas de sonreír. En otra de las fotos, el mismo niño aparece con un hombre de unos treinta años al que se parece mucho.

¿Es tu padre?

Sí.

Son iguales, eh.

Sí.

¿Cómo se llama?

Pedro.

Nisa se pregunta por qué su madre no sale en ninguna de las fotos.

Este es el cuarto de mi padre, señala él sin entrar.

Desde el pasillo, ella consigue ver parte de la habitación. Tiene muebles de madera oscura, ropa tirada encima de una silla y varios cuadros en los que el mar parece casi una foto. Jose pulsa el interruptor y la siguiente habitación se ilumina.

Esta es la mía.

Nisa abre los ojos, quiere retener cada detalle para analizarlo más tarde. La cama está sin hacer, le parece muy pequeña para alguien tan alto. Las sábanas son de color azul oscuro. El papel de la pared es de cuadros, casi del mismo color que la ropa de cama. Junto a la ventana, está el escritorio, lleno de papeles y rotuladores de colores. En la pared de esa esquina están pegados unos bocetos de dibujos de bichos, monstruos y otros seres extraños que a Nisa no le gustan. Jose está rebuscando en su armario entre los pantalones de chándal y de pijama uno que le valga a Nisa. Encima de la silla hay demasiada ropa sin doblar, igual que en la habitación de su padre. Su mochila está tirada sobre el suelo, que es de un color verdoso.

Prueba con este.

Jose tiene en las manos un pantalón de tela, es la mitad de

un pijama que hace tiempo que perdió su parte de arriba. Nisa se descalza y se lo pone. Le queda perfecto.

Perfecto, dice ella.

Es de cuando era pequeño.

Nisa se mira en un espejo de pared. Su imagen se funde con la habitación. La sudadera, el pantalón de pijama, las sábanas, el papel de las paredes... todo es azul. A simple vista podría pasar por el mismo azul marino, pero cuando se fija empieza a ver las pequeñas diferencias entre los tonos.

Te queda bien, dice Jose.

Gracias.

Vamos, que te quiero enseñar una cosa.

Jose sale de su habitación y Nisa lo sigue. Abre la puerta del baño y entra. Nisa se queda en el umbral. Jose se gira hacia ella.

Entra.

¿Para qué?

Quiero que veas algo.

Nisa le hace caso. Jose abre la ventana. Fuera sigue lloviendo, pero desde el baño se ve el apartamento en el que ahora pasan las noches los dos.

Desde aquí te vi...

Nisa no responde.

... colarte. No sé si era la primera vez que lo hacías, pero sí fue la primera vez que te vi.

¿Por qué no le dijiste nada a nadie?, pregunta Nisa.

Supongo que... no quería que dejases de venir.

El queso hace rato ya que se ha gratinado y ha perdido su color amarillo claro para pasar a ocre. La masa ya está crujiente, incluso más de lo que debería. El sonido del tomate que ha caído al fondo del horno y se está quemando cada vez es mayor. El olor ha escapado por las rendijas y ha comenzado a inundar la casa.

Nisa lo está mirando fijamente, Jose cree que este puede

ser el momento que estaba esperando, pero el olor a quemado le hace volver al mundo real.

¡La pizza!, grita Nisa.

Los dos bajan corriendo y cuando abren el horno, la casa se llena de humo.

Joder, dice Jose.

Casi no se ha quemado.

¿A ti te gusta así o hacemos otra cosa?

Que está bien.

Jose abre la puerta de la casa para airearla. Entre la lluvia, se cuela el ruido de un coche llegando a la finca.

¡Mi padre!

¿Qué dices?

Cierra corriendo y se va hacia una de las ventanas del salón.

¿Y ahora?, pregunta Nisa.

Él agarra la esquina de la cortina y se esconde tras ella, para comprobar si el coche que llega es el de su padre.

Vámonos, le pide ella.

Jose entrecierra los ojos, enfocando al coche.

No es él.

¿No?

Nada. Pero mejor vámonos.

Nisa todavía no se ha recuperado del susto. Jose coge la pizza y la pone sobre un plato, intentando no quemarse. Apaga la luz con una mano, la misma que usa para abrir la puerta de la casa, mientras lleva el plato con la otra.

Te ayudo, dice Nisa.

El camino hasta su refugio parece más largo por la lluvia. Jose dobla la pizza por la mitad como un taco gigante para que no se moje y Nisa se ríe. Ella cierra cuando él empieza a correr hacia el apartamento. Jose casi ha conseguido no mojarse, pero cuando llega a la entrada, el agua del canalón rebosa y cae sobre él. Salva la cena, pero no su espalda, su camiseta absorbe todo el agua. Nisa emite un sonido extraño, una especie de risa nerviosa y grito, antes de entrar. Ya están a salvo de nuevo. Él deja la cena en la mesa baja del salón y Nisa lo sigue. Mira cómo la camiseta mojada se pega a su espalda revelando sus tatuajes. Entre ellos reconoce uno de los dibujos monstruosos que había en su habitación. El tatuaje empieza entre las escápulas y sube hasta su nuca. Ahora puede completar el dibujo que la otra noche quedaba a medias.

¿Qué es este bicho?

Nisa redibuja con sus dedos la silueta del tatuaje. Jose siente un escalofrío por todo su cuerpo. Se debate entre girarse hacia Nisa para hablarle o quedarse muy quieto. Lo que no quiere es que ella deje de acariciarlo. No se gira.

Un troll que me inventé. Se llama Kilo.

Es un poco feo.

Ya. Pero el tatuaje está muy guapo.

¿Era tu amigo imaginario o algo así?

No. Yo qué sé. Lo dibujé en clase. Me encontré el dibujo años después y ya.

Jose entiende que no pueden seguir en esa postura para siempre. Se da la vuelta hacia Nisa. Están muy cerca.

¿Tú tienes algún tatuaje?

Pues ya me has visto prácticamente desnuda, dice Nisa.

Están tan cerca que los dos notan la respiración del otro.

Me quedan pocos lugares donde tener un tatuaje, ¿no?

Jose no aguanta el pulso que Nisa le está echando. Coge la pizza enrollada, le da un bocado y se la pasa a ella.

¿No tenías hambre?

Nisa también le da un mordisco y el tomate mezclado con el queso cae sobre la sudadera.

¡Joder! Perdona, perdona.

Él se acerca más a ella.

No pasa nada.

Jose tiene tomate en la barbilla. Nisa junta sus labios a la piel de Jose. Lame el tomate y le da un beso en el mismo lugar. Jose no puede esperar más. Nisa no quiere esperar más.

La puerta del apartamento se abre y ambos se separan automáticamente. Pedro los mira, su cara pasa del miedo al enfado casi tan rápido como Nisa y Jose pierden la sonrisa.

5

Ahora, todas las tardes, Nisa va a recoger a Hari a la salida del colegio. Hacen los deberes juntas, le da la merienda y la lleva a clases de judo. Cuando acaban sus tareas de niñera, para no aburrirse, va a la piscina a nadar. Ya ha decidido que no se presentará a las pruebas de acceso a la universidad, no hasta que sepa si de verdad quiere hacerlo, así que solo tiene que acabar el curso y empezar el resto de su vida. Los jueves, el día que Mar tiene turno de tarde en la residencia en la que trabaja, pasa a recogerla por el polideportivo. Nisa la espera sentada en un bordillo con el pelo mojado y el cuerpo oliendo a cloro aunque ya se ha duchado. En el trayecto, Mar siempre le pregunta a su hija que qué tal ha ido su día y ella responde que bien. A continuación, la hija hace la misma pregunta y la madre contesta lo mismo. Lo que pasa después de esa introducción es imprevisible. Nisa no sabe si Mar le va a criticar a un compañero de trabajo, si le va a hablar de una anciana que ha muerto ese día o si va a planificar en voz alta unas vacaciones que nunca van a pasar. Lo bueno es que Nisa sabe que nunca le va a preguntar nada más, pero ese día es ella la que habla.

¿Crees que yo soy buena?

¿Cómo que si eres buena?, pregunta Mar.

Buena persona. Buena en general. O si crees que soy mala.

Esas palabras llevaban golpeándola durante días, desde

que el padre de Jose entró en el apartamento y se enfadó con él. Ella no vio cómo acabaron, pero que no le haya escrito le hace pensar que debió de ser horrible. Tan malo que ahora él ya no debe de querer saber nada de ella. Ha sentido la necesidad de preguntarle cómo está, incluso ha caminado montaña arriba hacia su casa, pero no ha sido capaz de llegar, siempre había algo que la frenaba. Bueno, algo no, ha sido el miedo a que Jose no quiera verla. Nisa había llegado a la conclusión de que todo aquel que se acercaba a ella acababa sufriendo.

¿Por qué dices eso?, pregunta Mar mientras se quita el cinturón.

El coche ya está aparcado frente a su casa.

¿Qué te ha pasado?

A Nisa le entran ganas de llorar. Mueve su rostro hacia el lado opuesto al que está Mar, como si su pelo pudiese formar una barrera y protegerla de su madre. Las lágrimas se acumulan en sus ojos hasta que los cierra. Ese pequeño movimiento inconsciente hace que se desborde y ya no pueda disimular más. Intenta hablar, pero su voz no tiene fuerza.

Nisa, ¿qué pasa?

Es que… hago daño a todo el mundo.

¿Qué dices?

Mar intenta abrazar a su hija, pero se ha olvidado de cómo acercarse a ella. La palanca de cambios entre las dos no ayuda mucho. Que Nisa todavía lleve el cinturón puesto, tampoco.

Sí. A ti también te lo hago, continúa Nisa.

Desde ese momento, Mar intentará tener cuidado con cada palabra y gesto que dirija a su hija. Nisa hará lo mismo con ella, como forma de agradecimiento por escucharla. Por la noche, Mar le contará a Yeray lo que ha pasado, pero este no reaccionará como su mujer. La paz entre madre e hija iniciará otra guerra en el matrimonio.

Esos días la calima cubrió La Palma. Los cinco kilómetros que separan la casa de Nisa de la de Jose se mancharon de un color anaranjado que no dejaba ver nada. Aparte de las partículas de polvo atrapadas, los sentimientos de los dos se mantuvieron flotando a la deriva, sin avanzar. Jose esperaba que cuando la calima desapareciese, él tendría más claro qué hacer con Nisa, qué hacer con su vida, pero no pasó.

Jose limpia con más dedicación que de costumbre las terrazas de los apartamentos. Por culpa de la calima y por culpa de su propia culpa. Acumula el polvo en las esquinas, a las que luego vuelve con una pala. Llena tres bolsas de basura y luego coge la manguera para eliminar todo rastro de arena. Desea que llueva, para no tener que trabajar más, pero entonces recuerda que la última vez que llovió fue cuando empezó a sentirse así.

¿Qué haces aquí?, preguntó Pedro.

Nada, solo le estaba enseñando esto a una amiga.

Pedro miró de reojo a Nisa, pero rápidamente volvió a su hijo.

¿Te crees que soy gilipollas?

No.

Vete para casa.

Jose miró a Nisa, que tenía los ojos clavados en el suelo.

Espera que…

No espero nada. Que te vayas.

Pero papá…

Pedro cogió a Jose del brazo y tiró de él, sin recibir ninguna resistencia por parte de su hijo. Nisa los vio marcharse. Cuando los dos ya habían salido al exterior, Pedro se dio la vuelta hacia ella.

Tú también, fuera de aquí.

Nisa se dirigió al baño a por su ropa.

¿A dónde vas?, preguntó Pedro.

A por mis cosas.

Jose susurró un «Joder, papá» y Pedro le dijo que se callase. Al salir, Ella se atrevió a decir una frase sujetando su chaqueta y su vestido.

Es que estaba todo mojado y, bueno, me dejó ropa.

Antes de entrar en casa, Jose torció el cuello y vio cómo Nisa salía de la finca por la puerta del garaje.

Jose quita los tornillos oxidados y el bombín de la cerradura. Ha bajado hasta la ferretería del pueblo para comprar uno nuevo y muchas llaves, un par para cada apartamento. Se imagina qué le dirá Pedro cuando le cuente que por fin ha arreglado la puerta. Quizá un simple «gracias» o puede que aproveche para seguir castigándole y le diga algo como «ya era hora».

¿Quién es esa chica?, preguntó Pedro.

Se llama Nisa.

¿De qué la conoces?

De por ahí... De una noche que salí con Marcelo.

Sabía que no podía contar la verdad o todo sería mucho peor. Pedro siguió preguntando para descubrir si su hijo mentía.

¿Y qué hacían allí?

Nada papá. Que le enseñé todo esto y yo qué sé... Llovía... Ella tenía la ropa mojada... y luego nos entró hambre.

Ya. ¿Desde cuándo pasa esto?

Te juro que hoy fue la primera vez.

Jose sintió que Pedro no se había creído nada.

Pinta el banco de un color que sabe que le va a gustar a su padre. Es el mismo verde que Pedro quería para los uniformes, pero Jose lo convenció de que el azul era mejor. No lo ha lijado antes de pintarlo, y sabe que debió hacerlo, pero las ganas de acabar han ganado a las ganas de hacerlo bien. Para tapar los restos de pintura que debió quitar, Jose tiene que darle dos capas extra.

Es que me asusté, dijo Pedro.

Lo siento, contestó Jose.

Imagina cómo me puse al ver luz en el apartamento. Pensaba que se había colado alguien.

Ya.

Y luego tú no estabas en tu cama. Pensé lo peor.

Lo siento.

No me digas más lo siento.

Vale.

Si me dices que estás en la cama, no puedo llegar y ver que no estás.

Ya… Pensaba que no ibas a entrar en el cuarto, que no ibas a darte cuenta ni a preocuparte.

Pero es que no me puedes mentir así. ¿Lo entiendes?

Sí.

Dijimos que nada de mentiras, que nos podíamos contar las cosas, que no íbamos a ocultarnos nada. Creo que ya tuvimos bastante.

Jose cuelga el teléfono, han reservado todos los apartamentos para el fin de semana. Es el cuarenta cumpleaños de una mujer de Gran Canaria y sus amigos quieren darle una sorpresa. Es una buena noticia ya que en esos meses no suelen estar completos, pero también es una mala noticia porque el que fue el apartamento de Nisa dejará de ser de ella. Si queda algo de su olor, se irá. La última vez que Jose fue todavía estaba. Pedro cruza por delante de la recepción y Jose le hace un gesto.

Todo reservado de viernes a lunes, dice el hijo.

Qué bien, contesta el padre.

Sí.

Pintaste el banco.

Sí.

También arreglé la puerta del garaje.

Ya era hora.

En su silencio, Jose repasa todas las frases que quería decirle a su padre si contestaba eso, pero antes de abrir la boca, lo hace Pedro.

Gracias.

De nada.

No hay nada para cenar. ¿Llamamos y pedimos algo? Y así celebramos tu reserva.

Venga, dice Jose.

Las calles de El Paso siguen cubiertas de polvo, nadie se ha molestado en limpiar los restos de la calima. En la fuente de la plaza, el agua está algo rojiza. Las hormigas que viven debajo de la palmera también están llenas de arena. El blanco del viejo teatro con el marrón del suelo parece recrear una fotografía antigua, de esas que eran de color sepia. Las huellas de las pisadas de Nisa se mezclan con las de Hari, mucho más pequeñas. Detrás de ellas se marcan las pisadas de Mar y Yeray, que hablan sobre quién va a hacer la compra y quién tiene más lío en el trabajo.

¿La calima es nieve marrón?, pregunta Hari.

Nisa se ríe.

No, contesta, aunque tampoco le parece un razonamiento tan disparatado.

Hari nunca ha visto la nieve, pero ella lo hizo una vez de niña. Nevó en el Roque de los Muchachos y toda la familia subió a verlo. Tardaron demasiado en decidir si iban o no, como siempre, y cuando llegaron la nieve ya había empezado a desaparecer. Las pisadas de los que habían llegado antes que ellos habían roto el manto blanco y la nieve ya estaba manchada de tierra.

¿Podemos ir a ver la nieve?, interrumpe Hari a sus padres.

Todavía es pronto, cariño. Si nieva y cuaja, vamos, contesta Mar.

¿Cuaja?, pregunta Hari.

Como esto, dice Mar y pisa con fuerza con su pie derecho, levantando algo de polvo.

Sí, es igualito, añade Yeray con tono de burla hacia su mujer.

La familia podría estar en medio de la jungla, pero solo están sentados bajo un mural con motivos tropicales. Los loros de colores vuelan a su alrededor y el agua de una cascada cae por detrás de sus cabezas. El camarero, con la mayoría de edad recién cumplida, tiene la libreta en la mano.

De postre entonces…

Yo quiero un helado, dice Hari.

Solo tenemos de vainilla.

Vale.

Yo un bienmesabe, dice Nisa.

Yo te cojo un poco, añade Mar.

¿Y usted?, pregunta el camarero a Yeray.

Una piña colada, que están ricas las de aquí.

El camarero mira a la barra, donde solo está el cocinero.

Pues… es que no está mi compañero, el que hace los cócteles.

Vaya, dice Mar.

¿Y no lo puedes hacer tú?, pregunta Yeray.

Atraviesa con su mirada al camarero, que parece hacerse más pequeño frente a él. Yeray abre mucho los ojos y le intimida todavía más.

Yo es que no sé.

Que no eres nuevo, que ya te conozco.

El camarero se ríe, incómodo. Yeray sigue.

Es fácil: ron, agua de coco, zumo de piña y listo. Si quieres, te miro las cantidades en internet.

Está de broma, dice Mar al camarero.

No, no estoy de broma, le contesta Yeray a su mujer.

Lo que te faltaba a ti hoy es una piña colada.

¿Qué quieres decir?

Ya lo sabes.

Nisa se muere de vergüenza. Odia que la gente haga eso, pero que lo haga su padre lo odia todavía más. Desde niña, ha tenido que vivir este tipo de situaciones, pero nunca termina de acostumbrarse. Los días que Yeray se comporta así, ella sabe que es mejor no decir mucho ni enfrentarse a él. Mira a los lados, deseando que nadie los escuche. Por suerte, no hay mucha gente en el restaurante. Cuando piensa que la situación no puede ser más horrible, se abre la puerta y entra Jose. Nisa desea camuflarse con el mural, esconderse entre las rocas y el árbol para que Jose no la vea, ni ella ni a su familia, pero es imposible.

Hola, dice Jose. No a Nisa. Es un hola general, al restaurante, que pierde fuerza tras cruzar su mirada con Nisa. Ella levanta la cabeza. Ese gesto se supone que responde al saludo de Jose.

Yeray sigue presionando al camarero, cada vez se comporta de forma más desagradable. Se levanta y le rodea con un brazo, camino a la barra. Los dos se tropiezan con Jose, que ya es consciente de lo violento que es todo para Nisa.

Ya lo preparo yo. Tú vete atendiendo a este chico, dice Yeray muy rápido y señalando a Jose.

Ya son las seis y Nisa no ha aparecido, pero a Jose eso no lo inquieta. En el campo, unos siete u ocho chicos están jugando al fútbol. Para él, que está sentado en la grada, cada jugador es solo un borrón. Una de esas manchas desenfocadas se para y agita lo que debe ser su mano. Está muy lejos para que pueda verlo, pero entiende que debe tratarse de Pepe o Carlos, porque los dos tienen el pelo largo y negro y la parte superior del borrón es oscura. Jose mueve la cabeza y saluda, por si acaso.

Cabrón, juegas o qué, grita el borrón moreno.

La voz es la pista definitiva: es Pepe.

No, ya quedé, contesta Jose.

De todas formas, tampoco sabe si le gusta jugar al fútbol. Lo hacía porque había que hacerlo. Y porque jugando por las mañanas en los recreos y por las tardes en Las Manchas ha conocido a algunos de sus mejores amigos, aunque muchos de ellos ya no viven en la isla. Pepe, Carlos o Andrés son de los pocos que quedan de aquel equipo.

Ya nunca vienes, dice otro borrón.

Esa voz aguda tiene que ser la de Andrés.

Tío, que tengo currar, no como tú.

De niño, Jose siempre pasaba desapercibido, como esos actores secundarios que no paran de salir en series, pero que nunca protagonizan nada. No era alto ni bajo, ni grande ni pequeño, quizá un poco más flaco de lo habitual. Sus ojos eran marrones, no marrones chocolate ni marrones miel, solo marrones a secas. Años después, antes de empezar las clases, Jose se tiñó por primera vez el pelo en un intento desesperado por dejar de ser tan normal. Esperaba mucho de ese primer día, significaba conocer gente nueva y poder ser un poco más especial, pero nadie le dijo nada sobre su nuevo estilo. Al día siguiente, su madre no volvió a casa a dormir. Tampoco volvió en las siguientes cuarenta y ocho horas. La desaparición de Carolina se convirtió en noticia en la isla y todo el mundo se preocupaba por él. En el instituto, los nuevos compañeros lo miraban incómodos, haciendo que sintiese que sobre él flotaba una nube de tristeza. Una semana más tarde, una chica con la que nunca había hablado se acercó a él y le dijo que habían encontrado un coche en el mar. Jose le preguntó que de qué color era el coche deseando que dijese cualquier color menos el blanco.

Blanco, dijo la chica.

El blanco no es un color, pensó antes de sentir por primera vez la náusea que ya nunca lo abandonaría cuando pensase en su madre. Corrió hasta casa y allí estaba su padre.

¿Apareció el coche de mamá?

Sí.

¿Y qué le pasó a ella?

No lo sé.

Jose preguntó varias veces más qué había pasado, cómo había pasado y por qué, pero Pedro siempre contestó con variaciones de ese «No lo sé» original. Aprendió a pasar los días sin más respuesta que esa, aunque le costó. Quiso hacer como si nada hubiera sucedido y volver a los tiempos en los que solo era un chico normal. A las dos semanas, cuando regresó a clase, descubrió que ya sería imposible pasar desapercibido. Tenía lo que había deseado, pero ya no lo quería.

Nisa le toca la espalda. No tan suavemente como aquel día en el apartamento pero casi.

Ey, dice él.

Eh, contesta ella.

¿Vamos?, Jose se levanta.

Pensaba que íbamos a ver un partido.

No, no.

74

¿Entonces?

Ahora lo verás.

Desde el campo, los jugadores se quedan mirándolos. Alguno incluso silba y otro les hace gestos, que Jose no es capaz de ver, pero Nisa sí.

¿Son tus amigos?

Algunos, otros son idiotas.

Ya.

Cuando no los ven, Jose coge la mano de Nisa y la lleva fuera de la carretera, subiendo por una ladera de tierra. Ella le aprieta fuerte cuando resbala con las piedras que se desprenden y él usa su pulgar para acariciar su piel, que empieza a enfriarse porque el sol está cayendo.

Tenemos que darnos prisa.

La ladera cada vez es más empinada. La sombra que proyecta la propia montaña los tiñe de azul, haciéndoles destacar entre el paisaje naranja. Jose llega primero y el sol lo ilumina. Cuando Nisa llega a la cima, él se convierte en una silueta oscura a contraluz. Al ponerse a su lado, los dos quedan frente a un atardecer que los deja mudos.

Tiene las nubes justas, si no hay nubes, los atardeceres no valen nada. Pero si hay muchas y tapan el sol, tampoco es bonito, dice ella.

Sus manos no se han soltado en todo el trayecto, pero ahora que están quietos, resulta demasiado para los dos. La tensión les sube desde los dedos hasta los hombros, los atraviesa como un rayo que les alcanza el cuello y la cabeza. No saben si mirarse o no. La electricidad sigue su camino hasta su boca, haciéndoles esbozar una sonrisa estúpida en el caso de Jose y torcida en el de Nisa. Las chispas llegan a sus ojos, que necesitan parpadear más que de costumbre, no saben si por el sol o por esos rayos que los recorren. La electricidad sale de sus cuerpos y va de Nisa a Jose y de Jose a Nisa, uniéndolos cada vez más, hasta que sus bocas están tan cerca que nada puede parar su beso.

Los labios de Nisa están más secos que los de Jose. Sus lenguas se tocan por primera vez, pero ni ellos son capaces de saber en qué boca ha sido el encuentro. Parece que Jose tiene los ojos cerrados, pero en realidad está viéndolo todo. Deja una fina rendija por la que entra la luz y la cara de Nisa, que aparentemente también tiene los ojos cerrados.

¿Estará ella también mirándome?, piensa él, mientras sus cabezas se mueven.

Abre los ojos un poco, piensa ella, que esto es bonito y te lo estás perdiendo.

Al hacerlo, ve a Jose coloreado por la luz naranja del sol que justo desaparece. Nisa piensa que es el chico más guapo al que ha besado nunca y le acaricia el pelo. Él la imita y acaricia su espalda, bajando hasta su cintura. Sus cuerpos notan que ha disminuido la temperatura al esconderse el sol, ralentizan su beso y se separan. Jose mira al horizonte, el mar ya no tiene ningún reflejo.

Nos lo hemos perdido, dice Jose.

Ya.

Aunque ahora viene mi parte favorita, cuando aparecen los colores raros en las nubes.

Nisa lo mira. Jose se pregunta por qué está tan callada. Ella sonríe y vuelve a besarlo.

6

El plan fue idea de Nisa, había visto el hotel desde la carretera y siempre había querido ir. También había buscado las fotos del lugar en internet. Familias felices y parejas enamoradas chapoteaban en una piscina tan grande que se fundía con el mar. Pero llegar no era tan fácil. La guagua los dejó en la carretera principal. Se bajaron cerca de uno de los volcanes dormidos de la isla. Los dos ya lo habían visitado de niños. Desde la parada había una carretera que bajaba hasta el mar, en un zigzag que parecía infinito. Los dos echaron a correr para coger la otra guagua, pero no lo consiguieron.

Qué mierda, por poco, dice él.

Jose se asoma a la barandilla del acantilado para calcular la distancia, pero la niebla no le deja ver su destino. Nisa coge su móvil y teclea.

La próxima guagua pasa en dos horas.

No jodas. ¿Y andando?, pregunta Jose.

Hora y media.

Pfff. Paso, eh.

Bueno, seguro que alguien nos baja, dice Nisa entrando en la carretera y mirando hacia los lados.

Jose se sienta en el bordillo, pero en cuanto aparece un coche se levanta y pone la mano con el pulgar hacia arriba y ella hace lo mismo. El coche no para. Los dos echan a andar.

Tampoco para el siguiente. Continúan caminando, no para nadie. Cuando pasa por su lado una furgoneta que disminuye la velocidad, ya no suben los brazos, queda muy poco para su destino.

La verdad es que yo tampoco hubiese parado.

¿Por?, pregunta ella.

Tenemos un poco de mala pinta, él se ríe al acabar la frase.

Nisa lo mira. Jose lleva un pantalón negro lleno de bolsillos absurdos y una sudadera con capucha de color gris. En su espalda cuelga una mochila que tiene desde los trece años con firmas de algunos de sus amigos del colegio. Nisa va con unos vaqueros ajustados rotos y una chaqueta del mismo tono. Su mochila es negra con cremalleras metálicas. Los dos llevan zapatillas demasiado blancas para la tierra negra que están pisando.

Tenemos que fingir que somos huéspedes del hotel.

¿Fingir?, pregunta Jose. Podríamos ser perfectamente dos turistas. Es una cosa de actitud, de entrar como si el hotel fuese nuestro. Como si todo este lugar nos perteneciese.

Cómo los odias.

Es que eso es lo que me jode. Cuando llegan y se sientan en la recepción como si fuese su puta casa mientras yo curro. O cuando se quejan de que no hay piscina, pero lo hacen como dándote un consejo. O cuando dejan todo hecho una mierda... Como si pagar cincuenta euros te diese derecho a algo.

Yo... sentía bastante mío el apartamento, contesta Nisa entre risas.

Ya se te veía, ya, Jose olvida su pataleta y se ríe.

Y lo de la piscina, pues tienen razón. Yo siempre lo pensaba cuando me quedaba allí, y con esto hace reír todavía más a Jose.

Los dos cruzan la puerta que da directamente al jardín del hotel. Caminan con esa seguridad de mentira, sin hablar entre ellos y con una sonrisa falsa. Bajan por una escalera que bordea una cascada, también de mentira, y se cruzan con dos hombres. Van vestidos con un polo que tiene el logo del hotel en el pecho.

Voy a la habitación a cambiarme. ¿Me esperas en la piscina?, pregunta Nisa a Jose.

Sí, ¿tienes la llave o la tengo yo?

La tengo yo, tranquilo.

Los dos hombres les sonríen y los saludan y ellos hacen lo mismo. Al pasarlos de largo, aceleran el paso.

¿Quién eres?, pregunta Jose.

La hija de un empresario que lleva a su familia de vacaciones, pero luego está todo el rato trabajando y le odio y me aburro en la piscina, entonces le robo la cartera y no paro de pedirme mojitos en el bar.

¿Y yo?

A ti te conocí en el avión, nos miramos y fue un flechazo. Venías con tu novia de vacaciones pero, justo el día antes se pelearon y decidiste venir para reencontrarte a ti mismo en la isla. Bueno, eso o a ligar con la primera chica borracha de mojitos que encuentres en el hotel.

Entonces no es un flechazo, es despecho, contesta Jose.

También viniste porque eres un poco rata y ya estaba todo pagado.

Mientras ella se mete en el baño para cambiarse, Jose coge sitio, aunque la piscina está prácticamente vacía. Los únicos guiris que quedan de la foto idílica que vio Nisa se amontonan en la zona climatizada. Jose se sienta en la tumbona y se quita la sudadera, sopla algo de viento, ya se ha ido la niebla y bajo el sol se está bien.

¿Todavía estás así?

Nisa está de pie, con un biquini con un estampado de leopardo, un poco hortera, pero a Jose le parece sexy. Su piel morena brilla con el sol y se pregunta si es siempre así o será por algún tipo de crema que se ha echado.

Oye, que no hace tanto calor, contesta Jose, intentando ganar tiempo.

Pero ¿nos bañamos o qué?

Sí, sí.

Jose se desata las zapatillas. Se quita una. El calcetín. Se quita la otra. El otro calcetín. Saca de su mochila las chanclas. Llega el momento de quitarse el pantalón. Se levanta y se desabrocha el botón. Antes de bajarse los pantalones comprueba que el bañador está bien colocado. Nisa le deja privacidad y va a comprobar la temperatura del agua, y por fin Jose va más rápido. Por último, se quita la camiseta y todos sus tatuajes quedan expuestos. A pesar del frío, se lanza corriendo al agua. Las gotas del chapuzón salpican a Nisa y se quedan atrapadas en su pelo rizado. Sus ojos se clavan en el agua, esperando a que Jose suba a la superficie. Antes de que aparezca, Nisa se lanza a su lado y lo abraza bajo el agua. El contacto de sus manos con la cintura de Jose le hace cosquillas y provoca que salgan todavía más burbujas de su boca. Él coge aire y ella lo sigue. Se besan y vuelven a sumergirse. Nisa rodea el cuerpo de Jose con sus piernas. Nunca habían estado así de pegados. Los dos, aunque ahora son casi uno, se mueven hasta el bordillo de una isla artificial en medio de la piscina. Nadie los ve, o eso creen ellos. La boca de él pasa de los labios de ella a su cuello y después a sus pezones, apartando con su cara el biquini. Nisa le muerde el cuello, luego una oreja y después vuelve a la boca, que también muerde. Sus manos desabrochan el cordón del bañador de él. Las de Jose parecen que quieren atravesar la tela del biquini. Las voces de unos niños alemanes jugando en la isla los separan. Ellos disimulan y nadan uno junto al otro, sonriendo y todavía excitados.

Consiguieron coger la guagua desde el hotel hasta la carretera, y también la que va en dirección a Los Llanos. En este camino los pilló de nuevo el atardecer. Habían visto ocho desde su primer beso y Nisa podía recordarlos todos. Se preguntaba cuándo serían demasiados atardeceres junto a Jose para empezar a olvidar alguno.

Aún no, se dijo a sí misma.

Se hizo la misma pregunta sobre todos los besos que se habían dado.

¿Cuál de todos nuestros besos..., Nisa empieza a hablar.

¿Sí...?, pregunta Jose.

... es tu preferido?

El que viene ahora, dice justo antes de besarla.

No, en serio, ¿cuál?

Pfff, no lo sé, Jose mira por la ventana. El último rayo de sol ilumina su cara. Sonríe y vuelve a Nisa.

El primero, contesta Jose.

Respuesta fácil, dice Nisa.

Es que estaba supernervioso, pero oye... que te besé.

¿Qué dices?, te besé yo a ti.

Bueno... qué mentirosa.

Mentiroso tú.

Nisa coloca sus manos en la cintura de Jose, que se contrae, en parte por la vergüenza y en parte por las cosquillas.

Para, para, para.

Nisa besa a Jose, que aprovecha para coger aire y poder hablar.

¿El tuyo?

El segundo, dice Nisa.

Eso no vale, es casi el mismo que el mío.

No el segundo beso, el segundo día que nos besamos. En el Muelle Viejo.

Vale, vale.

Si no llega a pillarnos la ola, no sé muy bien cómo habríamos acabado.

Nisa siente una timidez que no esperaba.

¿Cómo habríamos acabado?, pregunta Jose.

Ya lo sabes.

No, no lo sé.

Venga, tío.

Dímelo.

Jose besa a Nisa primero. Se separa un poco y acaricia con su lengua los labios de ella. Ella sube su pierna derecha sobre las de él. Baja su mano hasta su ombligo y después hasta su cremallera. La respiración de Jose se corta. A la misma velocidad que lo besa, la mano de Nisa lo acaricia por encima del pantalón y suelta un pequeño gemido de placer, olvidándose por completo de que están en una guagua. Al recuperarse, mete su mano por dentro del pantalón de Nisa e intenta tocarla, pero es imposible. Saca la mano, se recoloca y le desabrocha el botón. Ella hace lo mismo, los dos se mueven muy rápido, sin disimular. Él se frena.

¿Vamos a mi casa?

¿Y tu padre?

Estará en la recepción. Habrá que volver a usar tu hueco en la valla. ¿Porque en tu casa…?

En mi casa mejor no, dice Nisa.

Pues a la mía.

Ella se ríe, entre nerviosa y feliz.

Vale, vamos.

Jose había cogido la llave del apartamento porque sabía que este momento podría llegar. Ya no quedaba ningún rastro del tiempo que pasaron allí. Al día siguiente, Pedro hizo que su hijo limpiara todo a fondo como castigo. Después vinieron los huéspedes. Si olía a algo, sería a ellos y a humedad. Jose gira la llave y abre. Nisa y él entran rápido y cierran. Vuelven a besarse apoyados sobre la puerta, en silencio, a oscuras, como si Pedro pudiese escucharlos a más de cien metros de distancia. Poco a poco pierden el miedo y sus besos, sus respiraciones y sus frases cortas suenan más. Sin dejar de besarse, van a la habitación en la que durmieron juntos por primera vez. Él le quita la chaqueta. Ella le quita la sudadera. Jose coge su móvil y busca una canción. Se gira para dejar el móvil en una balda del armario. Nisa aprovecha para quitarse las zapatillas, el pantalón y la camiseta. Cuando Jose ha dejado en la cola de reproducción diez canciones que le parecen adecuadas para ese momento, se da la vuelta y la ve en bragas, sujetador y calcetines y, sin dejar de mirarla, se quita la camiseta. Ella se acerca, le desabrocha el pantalón y, sin dejar de mirarlo, se lo baja. Nisa se para, camina hacia atrás mientras se quita el sujetador. Se sube en la cama y se baja las bragas. Jose la sigue y la imita, quedándose desnudo. Han bajado el ritmo, se besan despacio, primero en la boca y luego deslizándose por sus cuerpos. Se tumba en la cama y él se queda de rodillas frente a ella. La coge y se coloca entre sus piernas. Primero las lame y después le da pequeños mordiscos en los muslos hasta que llega al coño. A Nisa se le escapa un pequeño grito y Jose se aparta, se ríe y la mira.

Perdona, perdona, dice Nisa.

Nada.

Jose vuelve a meter la cabeza entre sus piernas y continúa lamiendo. Al tercer grito, Nisa lo frena.

No, déjame, dice Jose.

Quiero yo.

Nisa tumba a Jose, que se rinde con facilidad, y lo masturba mientras le besa el pecho. Su pelo rizado cae sobre las costillas de él y le provoca un escalofrío. Observa su reacción y se retira el pelo antes de empezar a chupársela. Solo un minuto más tarde, él ya siente que podría correrse. Para evitarlo, se incorpora y ella para. Coge su cartera y saca un condón. Nisa se lo quita de las manos, lo abre y lo coloca, pero no lo consigue. Jose lo intenta después y parece que está bien. Lo comprueba mientras se le escapa una risa nerviosa. Nisa ve que Jose está sudando y le parece tierno. Decide sentarse encima de él y lo besa. En el momento de la primera penetración los dos gimen en un volumen muy bajo. Los movimientos de ella y de él primero se alternan y luego van al unísono. Cada vez van más rápido y más fuerte. Cuando parece que van a acabar, cambian de postura. El placer es tan intenso que se olvidan de besarse, el ritmo aumenta de nuevo, parece que sus cuerpos van a romperse. Jose cierra los ojos; su rostro está a medio camino entre el placer y el dolor. Nisa descifra que él está a punto de correrse. Ella también cierra los ojos, más calmada.

Me corro, dice él.

Nisa aprieta sus muslos, Jose lo nota y hace que se corra. Los dos sonríen.

Oye... ¿y tú?, pregunta Jose.

Estoy a punto.

Jose consigue seguir pese a la sensibilidad que le inunda todo el cuerpo. Se le escapa una risa floja justo cuando Nisa llega al orgasmo. Se besan y parece un beso diferente a todos los que se han dado hasta ese momento.

¿Qué tal?, dice él.

Bien. ¿Tú?

Muy bien.

Las luces de las farolas manchan de amarillo la piel de Nisa, que al caminar con prisa hace que las sombras sobre su rostro se muevan muy rápido. El camino a casa es diferente a otras veces, no es que tenga ganas de llegar, pero la felicidad que la acompaña hace que lo piense todo mucho menos. Es como si ahora solo existiese esa sensación de alegría que lleva dentro y tiñe todo lo que la rodea. Nunca se había sentido así después de estar con alguien. Aunque no fuese su primera vez, sí era la primera vez que al acabar se habría quedado allí con él toda la noche. Incluso para siempre. También era la primera vez que se lo habría dicho. Nisa va escuchando la primera canción que puso Jose: se le quedó grabada la letra y pudo buscarla después. Contiene palabras como amor, corazón y latido y Nisa desea que Jose las sienta igual que lo hace ella.

Nisa ve luz en su casa y piensa en lo raro que es que a esas horas sus padres sigan despiertos. Al entrar, sabe que algo malo ha pasado. Su madre está en el sofá, tiene los ojos rojos y mira la televisión mientras fuma. Mar solo suele fumar en las bodas o antes de subir al coche cuando sale muy estresada del trabajo.

¿Qué pasa?, pregunta sin saber si quiere saber la respuesta.

¿Dónde estabas?

Con un amigo.

Pues habría estado bien que estuvieses aquí.

¿Qué pasó, mamá?

Tu padre. Ha montado otro pollo y se ha ido.

¿Por?

Yo qué sé. Por ti, por mí, por todo.

¿Qué ha hecho?

Lo de siempre, que se va y no sabes cuándo volverá ni cómo lo hará.

Pero mamá…

Si ya lo sabes tú también. No vamos ahora a hacer como si no. Ya está. No quiero hablar más hoy. Vete a la cama y mañana ya veremos qué hacemos.

Vale.

De camino a su cuarto, se para en la habitación de Hari. Espía si su hermana está dormida o no. Tiene la luz apagada y escucha su respiración constante, tranquila, calmada, todo lo contrario a la de Nisa. Se mete en la cama y no se puede dormir. Intenta pensar en Jose, en la piscina, en la guagua, en el apartamento, pero nada tiene fuerza contra lo que imagina que ha pasado entre sus padres. Vuelve atrás, a esa primera vez en la que supo que no se podía contar con Yeray para nada. Hari era solo un bebé y su padre no apareció a cenar después del trabajo. Su madre lo llamó muchas veces y consiguió localizarlo a través de un amigo. Estaba por ahí. Esa frase, «estaba por ahí», fue la misma que dijo él cuando llegó al día siguiente. La primera fue esa, pero después hubo muchas noches más. Cuando Yeray volvía, el equilibrio se mantenía en la casa unos días hasta que Mar se cansaba de fingir y le decía que no lo hiciese más, que ella no podía hacerlo todo sola. Él le quitaba importancia a todo con la misma frase, «estaba por ahí». Y realmente era eso, estaba por ahí, pero cuando volvía a casa no era él mismo del todo. Era como si hubiese perdido una parte por el camino.

7

Al lado de los apartamentos había un descampado de tierra donde los clientes más vagos dejaban sus coches. Total, no eran suyos, eran de alquiler y les daba igual que se llenasen de polvo. Ese día solo había dos coches en una esquina. Todos los turistas habían aprovechado el buen tiempo para irse de excursión por la isla.

Pero que ya casi lo tienes, dice Nisa.

«Casi», palabra clave, contesta Jose.

El coche vuelve a pararse. Se le ha calado tres veces intentando salir de un pequeño hoyo en la tierra. Es un Ford Fiesta del 98 que tiene el color rojo comido por el salitre. Lo solía usar Pedro años atrás, ahora tiene uno nuevo, pero conservaba ese para cuando su hijo tuviese el carnet, si es que algún día lo conseguía. Jose arranca otra vez y sale del hoyo.

Vamos, vamos, vamos, lo anima Nisa.

Después de unos pocos metros, cuando tiene que cambiar la marcha, un ruido anuncia que el motor se está ahogando.

No, no, no, grita Jose.

Cambia, rápido.

El coche se para. Jose golpea su cabeza contra el volante, Ella se queda callada, nada puede ayudarle. Él levanta la cabeza.

Es que con estos coches viejos es más difícil, con el de clase no pasa esto, se defiende.

Claro, bebé.

En estos últimos cuatro meses, ambos han pasado por varios apodos. En diciembre no usaban sus nombres, sus interacciones pasaban por unos escuetos ey, tú, hola, tú. Para enero, Nisa lo llamó Jose y Jose la llamó Nisa. También la llamó Nisa Simpson cuando apareció con un vestido naranja. A ella le hizo gracia, y esa semana cambió su nombre en el perfil de Instagram. En febrero, Jose le quitó una vocal a su nombre y la llamó Nis. A ella le gustó e intentó hacer lo mismo con él, pero Jos sonaba muy raro. En marzo hubo una revolución de apodos cariñosos como cari, amor y niño. El que había prevalecido a todos era bebé, que en mensajes de texto aparecía escrito como «bb». A veces «bebé» mutaba en «bebecito», «bbsito» en su forma escrita.

Lo intento la última vez.

Vale.

Jose arranca. La rueda levanta una polvareda a su alrededor y el coche coge velocidad. Atraviesa el descampado y sale a un camino de tierra que acaba en la carretera.

Vamos hasta el súper y volvemos, dice Jose.

Bueno, lo vamos viendo, si ya vas genial.

Cuando el coche llega al supermercado, Jose pone el intermitente y Nisa lo quita.

¡Para!

Un coche les pita. Ella vuelve a quitar el intermitente.

No puedes meterte, no lo estás indicando, dice Nisa entre risas.

Jose continúa conduciendo hasta una rotonda y Nisa lo convence para que no dé la vuelta. Lo mismo ocurre en las dos siguientes rotondas.

Hazme caso, que ya llegamos.

El Ford Fiesta atraviesa El Paso y sube una cuesta que llega a una calle que no tiene salida.

Venga, aparca.

Jose deja el coche tirado al borde de la carretera. Lo que hay más allá es campo y montañas.

¿Habrá algún día en el que no cometamos un delito?, pregunta él.

No sé si seremos así de aburridos, contesta ella.

Tampoco me importaría aburrirme contigo.

Hari no para de llorar, como si su mundo se hubiese derrumbado.

Tiene algo de razón, piensa su hermana.

A partir de ahora no tendrá más cenas aparentemente felices con sus padres, no recibirá un gran regalo por Reyes, si no dos más pequeños y en casas distintas y no vivirá esa idea de familia tradicional que le han enseñado de pequeña. A Nisa le duele más ver a su hermana llorar que la noticia en sí.

Lo supo hace unos días, Mar entró en la habitación de su hija y se sentó en la cama mientras estudiaba, le dijo que ya había tomado una decisión y que iba a separarse de su padre. También le contó que se irían de allí, que las tres lo harían. Nisa tardó en asimilar lo que las palabras «irse de allí» significaban. Aunque tenía claro que sus padres se separarían, no había pensado qué pasaría después con ella. Al principio, dio por hecho que esas palabras hablaban sobre buscar una casa nueva, sin malos recuerdos y cerca del trabajo de su madre. Más adelante, en esa misma conversación, Mar habló de que estaba buscando trabajo en la península y que lo mejor para todas sería empezar de cero, lejos de ese lugar. Mar le explicó que echaba de menos su vida anterior, antes de conocer a su padre. Una vida alejada del mar y que había dejado atrás hace veinte años. Aquello solo fue una forma cobarde de hablar, porque en realidad Mar ya había conseguido un puesto en un hospital de Madrid. Desde ese momento, Nisa ha pensado mucho en lo irónica que es la vida. Llevaba mucho tiempo deseando que sus padres se separasen y más tiempo aún queriendo salir de esa isla, pero ahora que estaba pasando de verdad ya no lo quería. Su deseo se había cumplido demasiado tarde, cuando había perdido el sentido. O quizá su deseo se había cumplido demasiado pronto, porque ahora en su vida estaba Jose.

Hari se ha calmado un poco, pero sigue haciendo pucheros. Nisa nota cómo las lágrimas de su hermana traspasan su camiseta de pijama y mojan su piel.

Vamos a estar bien, dice Mar.

Nisa no tiene claro lo que significa estar bien. Supone que sí, que estarán bien o, por lo menos, mejor que antes y abre la boca.

Sí, estaremos bien.

Pero... ¿por qué?, pregunta Hari.

Pues porque a veces, aunque te quieras, pues no es suficiente. El amor no es suficiente y es mejor estar separados.

Hari vuelve a llorar y busca consuelo en la mirada de su madre y luego en la de su hermana.

Pero a ti siempre te vamos a querer y siempre vamos a estar contigo. ¿Verdad, Nisa?

Sí.

Nisa contesta obligada por la responsabilidad y la culpa. Siente la responsabilidad de hacer que Hari deje de llorar. Siente la culpa de ser el motivo de tantas peleas entre sus padres.

Desde hace semanas, Yeray llega a casa cuando su familia ya está dormida. Sigue el mismo patrón que su hija para no tener que hablar con nadie. Duerme en el sofá, aunque a veces ni siquiera se duerme, y luego se va antes de que Mar se levante. Pero esa noche, Nisa todavía está despierta. Escucha la puerta mientras está lavándose los dientes y tiene que dejar de cepillarse para identificar bien el sonido de las llaves. Si apaga la luz ahora, podría irse a su habitación sin que su padre la vea, pero no lo hace. Se queda quieta, esperando a ver si Yeray va al baño o se queda en el salón. Nisa sale y se lo encuentra de frente.

Hola, dice Nisa, con un tono de voz más aniñado que de costumbre.

Hola, contesta Yeray.

¿Qué tal estás, hija?

«Hija» resuena en su cabeza. Ese intento torpe de acercarse a ella le produce tristeza, pero también ternura.

Bien…, a Nisa le cuesta seguir y añade un «¿tú?».

Si tú estás bien, yo estaré bien, dice Yeray.

Mira sus pupilas, están enormes. Nisa ya reconoce esa expresión en su padre y la ternura se convierte en pena.

Jose coge su móvil y escribe. Sin pensarlo mucho.

q tal?

A Jose le gusta esto, no pensar tanto qué escribir, cuándo hacerlo, si esperar o no a que ella responda para volver a escribir. Todas esas normas absurdas se habían ido perdiendo con los meses. Jose vuelve:

nos vemos hoy?

Nisa está en línea. También lo estaba cuando Jose le mandó el primer mensaje, pero no le dio importancia. Ahora sí que le preocupa un poco, pero solo un poco. Hace una lista mental de todo lo que puede estar haciendo que sea más importante que contestarle. Puede estar estudiando para los exámenes finales, puede estar leyendo, viendo algo en la tele, esa serie que le gusta y a él no, puede estar hablando con sus padres o con Hari. Ya contestará. Jose entra en clase y se olvida un rato del móvil y de Nisa. Cuatro horas más tarde, cuando sale, lo primero que hace es ver si le ha contestado. Bueno, en realidad, ha mirado si ella le ha escrito alguna vez durante las clases. Cuando sale, Jose se va a la recepción, le toca turno de tarde. Aunque le parece raro que no le conteste, piensa que podría ser él quien estuviese desaparecido unas horas y no pasaría nada. A veces, cuando se agobia con la llegada de un gran grupo de huéspedes se olvida del móvil o cuando va a clase de conducir.

Son cosas que pasan y eso no significa nada, se dice a sí mismo.

En la cena, Jose come con el móvil sobre la mesa. Primero con la pantalla bloqueada. Ya en el postre, lo desbloquea, entra en la conversación con ella y lo deja así sobre el mantel, chequeando si está en línea o no y preguntándose si aún lo quiere o no. Después de hacer tiempo viendo una película, se va a la cama. No hay noticias de Nisa y deja el móvil con sonido. Por un momento duda de si es raro no llamarla ahora que tiene la certeza de que algo malo ha debido pasarle y por eso no contesta, pero desecha la idea.

Jose no se queda dormido del todo. La realidad deja paso al sueño. Su habitación, su techo y su móvil se funden con el camino de tierra por el que condujo junto a Nisa.

¿Por qué no contestaste?

Por nada.

Creo que yo no estaría tanto tiempo sin contestarte.

Estaba haciendo otras cosas y se me olvidó.

No lo sé. A mí no se me olvidaría, dice Jose.

Porque tú me quieres más que yo a ti, contesta Nisa.

Cuando suena la alarma, coge el teléfono, pero el despertador le da igual. Mira si tiene algún mensaje de Nisa.

El mensaje confirma todas sus sospechas. Algo malo ha pasado. Algo malo le ha pasado a Nisa. Algo malo le ha pasado a Nisa y está relacionado con él. Quiere contestar, pero no lo hace, como le pasaba meses atrás. Lo que él no sabe es que durante esas horas ella ha llorado tres veces, todas en silencio para que nadie la escuchase; ha puesto muchas excusas para no empezar a empaquetar sus cosas; ha llevado a su hermana al colegio porque nadie más lo hacía; y ha empezado a pensar cómo le va a decir a Jose que se va.

8

Cuando cruzas el túnel del tiempo, nunca sabes qué te vas a encontrar al otro lado. Es normal que en un lado de la isla haya sol y el otro esté en medio de una tormenta, o que un lado esté cubierto por la niebla y en el otro no haya ni una nube, o que la vertiente este tenga cuatro grados más que la oeste. Los habitantes de la isla están acostumbrados a vivir en medio de estos cambios drásticos de clima, pero para los turistas puede ser un tanto desconcertante encontrarte con lluvia cuando lo que estás buscando es un día de playa. Muchas veces, en cuanto lo cruzan, se dan la vuelta, pensando que lo que dejan atrás es mucho mejor que lo que pueden descubrir más allá. Lo que no saben es que si aguantan un poco y siguen conduciendo, seguramente lo encuentren, solo hay que dejar atrás el túnel del tiempo. Ese día, cuando Nisa y Jose atravesaron las montañas que cortan la isla en dos, no sufrieron un gran cambio de temperatura ni de clima, lo cual era raro, pero sí pasaron del día a la noche. El sol no los siguió al otro lado del túnel y sus siluetas pasaron a estar envueltas por un cielo azul oscuro.

El día anterior, Jose le había pedido a Marcelo que le comprara una botella de ron al salir de clase. El amigo lo hizo y Jose le dio el dinero. Por su lado, Nisa había comprado Coca-Cola y Clipper en el supermercado. Le escribió a Jose para preguntarle con qué mezclaba el ron, aunque ella ya sabía que él era más de Clipper.

Veinte horas antes, Jose le pidió a su padre que le cambiase el turno, tendría la tarde y la noche del viernes libres a cambio del sábado por la mañana. Pedro le preguntó que a dónde iba y con quién y Jose le dijo la verdad. A su padre ya se le había pasado el enfado y sonrío ligeramente cuando Jose empezó a hablar de Nisa con vergüenza.

Disfruten y pásenlo bien, pero tengan un poco de cabeza, dijo Pedro.

Jose no supo si se refería a ir a Santa Cruz, a beber, al sexo o a la relación entre ellos, pero le entró la risa y contestó con un simple «Sí, papá». Pedro usaba esa frase para cualquier cosa que hiciera Jose, ya fuese ir a hacer surf o a una fiesta, pero nunca había usado el plural.

Dos días antes, Nisa le pidió a Jose que se reservase el viernes. Él preguntó que para qué y ella contestó con evasivas. Le dijo que le gustaría y que tendrían que salir a las siete de casa y volverían de madrugada. Después le preguntó si conocía a alguien que pudiese pillarles alcohol y bromearon sobre si al cumplir los dieciocho ayudarían a jovencitos como ellos a proveerles sus bebidas para pasarlo bien los fines de semana.

El plan se le ocurrió a Nisa el día anterior. Cuando estaba bajo mucha presión se le solía agudizar el ingenio. Ya fuese para colarse en una propiedad privada o para conseguir que alguien hiciese lo que ella quería. En este caso, el agobio empezó al pensar cómo iba a dejar a Jose. Quizá era mejor dejar de contestarle y poco a poco ir haciéndole ver que lo suyo se había acabado, pero fue incapaz. Quizá creando un momento de absoluta felicidad para él sería más fácil decirle que se iba de La Palma. Quizá, por primera vez, no sabía muy bien qué hacer. Lo único que sabía es que no quería que Jose la odiase y que si fuese al revés, ella sí que lo odiaría.

La guagua los deja frente a la zona del puerto. Siguen al resto de chicos de su edad por unas escaleras que suben hasta una zona residencial de la ciudad. Todos están bebiendo y ellos hacen lo mismo. La suma de las decenas de conversaciones hacen que todos tengan que hablar muy alto.

Necesitamos hielo, dice Nisa.

¿Voy a comprar?

No, tranqui, espera.

Antes de que Jose diga nada más, Nisa ya ha localizado un grupo de chicos que están alrededor de botellas de alcohol, bolsas de papas fritas y hielo derritiéndose en el suelo. Jose observa cómo Nisa habla con ellos y consigue que le den un vaso de plástico grande lleno de hielo. Esa facilidad para conseguir todo lo que quiere le resulta algo casi mágico. Jose no sabe si es algo que Nisa quiere o no, pero lleva días buscando el momento perfecto para decirle que la quiere. Cuando Nisa regresa victoriosa, Jose desea decírselo, pero se aguanta las ganas y reserva su declaración para más tarde.

Ya está, dice Nisa.

¿Tienes hambre?, pregunta Jose.

No mucha, tampoco nos va a dar tiempo yo creo.

Nisa mezcla la Coca-Cola con ron en un vaso que tiene más hielo que bebida. Jose, ron con su Clipper. Solo pueden darle unos tragos más o menos largos a sus bebidas antes de que sea la hora del concierto.

Nos acabamos esta y las escondemos, dice Nisa.

¿Dónde?, pregunta Jose.

Debajo del coche.

¿Y si se va?

Pues ahí, detrás de esas plantas.

Vale.

La música suena en todo el paseo marítimo y rebota en los edificios. Las luces del escenario cambian de color y se mueven, llegando a colorear la pared de roca que marca la entrada de la ciudad. Nisa y Jose comparten una cerveza. «Se agotó el tiempo». La letra de la canción afecta de forma diferente a cada uno de ellos. «Pretendiendo». A ella le hace pensar en la cuenta atrás que ya ha empezado, en el secreto del que quiere deshacerse esta noche. «Acortar el espacio». A Jose las mismas palabras le llevan a los sentimientos que Nisa le ha hecho conocer. «Que separa a ambos». Su secreto no es tan pesado pero tiene la fuerza como para cambiar la vida de los dos. En ese momento, sus cuerpos se rozan y el sudor de ella se confunde con el de él. Nisa lo abraza por detrás, evitando su mirada, y coloca la barbilla en su hombro. Jose se da la vuelta y la besa. La canción acaba y todos aplauden, pero ellos siguen besándose. Puede que este sea el momento que estaba esperando Jose.

Nisa...

Ella lo mira. El grupo vuelve a tocar y él pierde el valor para seguir hablando.

¿Quieres otra cerveza?

Sí, voy yo.

Nisa se aleja, pero cuando está protegida por el público del concierto, se gira para mirarlo.

No quiero que esto se acabe, pero no veo una forma en la que esto no se vaya a acabar, piensa Nisa.

En la barra pide dos cervezas en vez de una. Nota que su móvil está vibrando en el bolsillo. Lo coge y es su madre. Un poco raro que llame a estas horas.

Hola, dice Mar.

Hola, contesta Nisa, casi a gritos.

¿Qué tal el concierto?

Bien, no te oigo bien.

Vale, nada, solo era para decirte que voy a sacar los billetes.

¿Qué?

Los billetes a Madrid.

Ah.

Para la semana que viene. El jueves por la mañana.

Vale.

¿Vale?

Vale.

Vale, te dejo.

Adiós, dice Nisa con una voz que debería ser un grito, pero no lo es.

El camino de vuelta hacia Jose se le hace complicado. La canción que está sonando hace que todo el público baile y bote y Nisa no para de chocarse con los cuerpos de la gente.

¿Y la cerve?

Se me olvidó, perdona.

¿Estás bien?

Sí, sí.

Nisa mira al escenario, dando por terminada la conversación. Todo el mundo empieza a gritar, los fans del grupo están emocionados y los que no lo conocían ya se saben el estribillo porque ha sonado tres veces. Ella se une a la multitud y comienza a bailar, Jose la sigue y la agarra para bailar más juntos. Nisa lo besa y se cuelga de su cuello, cada vez grita la letra de la canción más alto. Está sudando, mucho más que él. Las gotas se resbalan por su piel y hacen que su pelo se le pegue a la espalda. Jose baja sus manos, desde los hombros hasta su cintura, sin importarle que se le empapen. Ahora es él quien la besa, es un beso largo, acompasado con la melodía de la canción. Cuando se separa, Jose mira los labios de Nisa, como siempre hace, pero no tienen el color que deberían tener. Tampoco su cara. Su respiración se acelera, es imperceptible para todos excepto para ellos dos.

¿Estás bien?, él vuelve a preguntar.

Ahora ella se queda callada.

¿Nisa?

Ella niega con la cabeza, desde ese último beso no escucha nada, solo un pitido lejano.

Vamos a sentarnos, dice Jose.

Nisa se deja llevar por él. Las piernas le fallan a mitad de camino y tiene que buscar con sus manos los brazos de Jose para no caerse. Los dos salen de la pista y se sientan en la valla que separa la barra de los baños portátiles. Nisa está tan fuera de sí misma que ni percibe el olor a pis que los rodea.

Respira, respira, dice Jose.

Nisa está a punto de llorar.

¿Quieres que te traiga agua?

Nisa lo agarra de la mano con la poca fuerza que tiene.

Vale, me quedo.

Nisa arranca a llorar y parece como si hubiese salido a la superficie del mar después de estar a punto de ahogarse. Intenta hablar en medio del llanto, pero solo se entienden unos Jose entrecortados y un perdón.

¿Qué?, pregunta Jose.

Perdón, insiste Nisa.

¿Perdón por qué?

Por esto.

No pasa nada.

Por joderte todo.

¿Qué dices?

Sí.

Si está siendo perfecto, y todo por ti.

No...

Ella ya no llora tanto. La calma ha llegado y su cara ya no se contrae entre sollozos y lágrimas. Él le acaricia la espalda, en la que el sudor ha perdido su calor.

Venga, que no ha sido nada. Queda todavía un grupo y mucha noche, Jose sonríe a Nisa, que lo evita.

Es que intento hacerlo bien, pero al final siempre lo jodo, consigue decir Nisa.

Jose entiende que no habla solo del concierto, ni de esa noche, que hay algo más.

¿Qué pasó?

No quería decírtelo aquí ni ahora, quería que fuese más tarde y tuvieses algo bueno que recordar de mí.

Aunque suene todo a una despedida, Jose entiende que Nisa no lo está dejando, se está yendo. Es algo que ha aprendido con los años, a identificar cuándo alguien tiene que irse lejos y él tiene que quedarse atrás, quedarse allí, donde parece que solo él ve que hay un futuro. Nisa se va.

¿Te vas?

Sí.

¿Cuándo?

Quería decírtelo, pero no sabía cómo. Y ahora me llamó mi madre y, bueno, mis padres se van a separar y mi madre se va con mi hermana a Madrid y yo me tengo que ir con ellas. Con mi padre no me puedo quedar.

Vale. ¿Cuándo te vas?

Aunque sabe que todo lo que le ha dicho ya es horrible, Jose también sabe que viene lo peor, lo que le partirá en dos y no le dejará ser él mismo durante un tiempo. «Jueves de la semana que viene», Nisa se repite la frase para formarla bien antes de poder decirla.

Jueves de la semana que viene.

Joder…

Ese «joder» es lo primero que Jose ha podido decir. En su cabeza aparecen imágenes de lo que podría pasar si ella no se fuese; de cómo habría sido la noche si se lo hubiese dicho antes; de todos los planes que podrían hacer si ella no quisiese irse.

¿Tú te quieres ir?, pregunta Jose completando su «joder».

Yo qué sé. Sí. Ha sido todo muy rápido.

Luego fue Jose el que lloró. Nisa no supo consolarlo y se contagió de sus lágrimas, que para ambos eran de frustración. Él quería decirle que se quedase, que la quería, pero sabía que no debía hacerlo. Ella repasó todo lo que echaría de menos de él. Jose hizo lo mismo. Al final del concierto, cuando el público salía del recinto los miraba y eso hizo que los dos dejasen de llorar por vergüenza. Llegaron a la parada demasiado tarde y en la cola había decenas de personas antes que ellos, por lo que no pudieron subir a la última guagua. El hostal más barato costaba sesenta euros y les pareció demasiado. Tampoco encontraron a nadie conocido que les pudiese llevar en coche a su lado de la isla. Llamar a sus padres no era una posibilidad, ni tampoco coger un taxi. En vez de desesperarse al descubrir que cada opción era imposible, se fueron emocionando con la idea de dormir en la playa. El tener que pensar en cómo sobrevivirían a esa noche los hizo olvidar que su relación no iba a sobrevivir a esa semana.

¿En el techo del chiringuito?, pregunta Jose.

No, nos verían desde el paseo, contesta Nisa.

Los dos buscan desde las duchas un lugar donde pasar la noche, resguardados del viento y de las miradas del resto. A lo lejos, Nisa ve una estructura de madera en mitad de la playa que solo tiene dos paredes y la señala. Cargados con dos bolsas de papel del McDonald's, avanzan todo lo rápido que la arena les permite. Al llegar, Jose deja la cena tardía en el suelo y se quita los zapatos, como si estuviese en casa. Se comen las hamburguesas y las papas, como si no hubiesen comido en días.

Llorar da hambre, dice Jose.

A mí me la quita, dice Nisa mientras da otro mordisco gigante.

Ya veo.

Después de cenar, ella se tumba y él lo hace sobre sus piernas. Prefieren las vistas a la montaña en su apartamento secreto que estar en primera línea de playa. Jose se gira y besa las rodillas de Nisa. Se mete los dedos en la boca y los chupa, todavía saben a kétchup. Le aparta las bragas con una mano y la masturba con la otra. Ella se las baja, pero se deja el vestido puesto. Hacen el amor en silencio, por estar en medio de la playa. Cuando están a punto de correrse, Nisa lo mira a los ojos.

Tranquilo, nadie nos va a escuchar.

Nisa tiene razón: entre las olas del mar y el viento nadie encontraría el origen de sus gemidos.

La oscuridad deja paso al azul verdoso del amanecer. Nisa había coleccionado atardeceres, mucho más rosas y naranjas al otro lado del túnel del tiempo, pero amaneceres pocos. Tampoco son tan bonitos allí, o quizá hoy le parece tan bonito porque Jose está a su lado, dormido. Nisa se pregunta cómo se verán en Madrid.

Tenemos que irnos, dice con un tono ñoño, acercándose a la boca de Jose.

¿Tenemos?

Nisa piensa cuántas ocasiones tendrá para dormir con Jose antes de irse. Esta no es la última, pero sabe que quedan pocas.

Cogen la primera guagua y se sientan atrás, alejados de la gente que va a trabajar. Van callados y muy juntos, como si no pudiesen despegarse.

¿Y si me quedo?

9

«¿Y si me quedo?», esa frase se repite en su cabeza una media de diez veces a la hora. Desde la noche del concierto se han visto todos los días, pero no han vuelto a hablar del tema. Cada vez que han estado juntos y después se han despedido, ha sido una especie de simulacro para decirse adiós. «¿Y si me quedo?», la frase vuelve mientras Jose estudia para los exámenes finales. También cuando limpia o cocina o ve una serie o escucha música. «¿Y si me quedo?», si Nisa se quedase todo seguiría como hasta ahora: los atardeceres, los amaneceres, las noches en el apartamento, las películas, el sexo. Pero si se va, todo esto también podría continuar. Él podría viajar a Madrid todos los fines de semana, bueno, no, todos los fines de semana, no, quizá uno al mes, pero ese fin de semana sería perfecto. Nisa vivirá con su madre, así que tendrían que coger algún hostal y salir a conocer la ciudad juntos o mejor quedarse en el hostal las cuarenta y ocho horas del fin de semana y solo salir de la cama para comer e ir al baño. Mejor solo para ir al baño, comer también podrían hacerlo en la cama.

Tengo que hablar con mi padre y ver cómo organizamos ese fin de semana libre. Haré horas extras el resto de días y ya habré acabado los estudios así que podré hacerlo. Y sobre el dinero, bueno, tendrá que adelantarme el sueldo para los vuelos, pero tampoco son tan caros, y he mirado los hostales y hay alguno barato, piensa Jose. Ella también puede venir, será más fácil. Nos quedaremos en el apartamento aunque haya que pagarlo.

Los pensamientos de Jose todavía no llegan tan lejos, pero él nunca ha cogido un avión. Solo ha salido de la isla en ferry porque a su padre le dan miedo los aviones y Jose no se había atrevido a comprobar si ha heredado ese miedo también.

Quizá lo mejor es dejarlo, se dice a sí mismo. Y haber llegado a una conclusión le da algo de calma por unos segundos.

Quedan veinticuatro horas para irse y Nisa cierra la última cremallera. Tres maletas, dos bolsas de deporte y su mochila de siempre, en eso se resume toda su vida. Deja dos cajas con juguetes de cuando era niña que a Hari le parecen asquerosos, pero que no quiere tirar, se quedarán allí y espera que su padre los guarde. Quedan cuatro horas para despedirse de Jose, esa sí que será la última vez que se vean antes de irse. Ese tiempo sin nada que hacer le parece infinito, como si ya no perteneciese a ese lugar. Nisa se duerme de cara a la pared vacía que antes tenía fotos y recuerdos de algo que ya no existe. No tiene un sueño profundo, escucha a Hari jugar en la habitación de al lado. Las voces se hacen cada vez más lejanas y Nisa ve que su cama flota en el agua, como una isla. Cuando se incorpora, ve a lo lejos otra cama flotante en la que hay un cuerpo que la saluda con la mano, es Jose. Rema con las manos hasta que su cama llega a la de Jose y puede saltar de una a otra. Él le hace cosquillas y ella ríe y se mueve por el colchón, que zozobra. Una ola choca contra su cabecero y todo se tambalea, parece que se van a caer al mar. Los dos siguen riéndose, pero cuando llega la segunda ola y la cama está a punto de volcar, empiezan a tener miedo. Nisa abre los ojos y el líquido le sube por la garganta demasiado rápido. Vomita sobre el suelo de la habitación y del esfuerzo o del sueño o del mareo comienza a llorar.

Cuando llegó la hora de su cita con Jose, Nisa había vomitado cinco veces. Ya no tenía nada de comida dentro y solo echaba bilis y agua.

No puedo ir, estoy mala

qué te pasa?

Estoy vomitando

voy

No, no vengas

En la cena, Nisa tampoco salió de la cama. Tiritaba del frío y sus padres volvieron a hablarse para decidir quién iba a la farmacia y quién se quedaba con sus hijas. El termómetro marcaba treinta y nueve grados, pero Nisa nunca lo supo porque estaba dormida. La cama que compartía con Jose ya había naufragado y ahora estaba ella sola en una isla muy diferente a la suya porque la arena no era negra. Buscaba a Jose gritando su nombre, pero no estaba allí. Se despertó varias veces en la noche y cuando volvía a dormirse, el sueño empezaba de nuevo. Una de las veces en las que la pesadilla se interrumpió, Nisa vio a Yeray arrodillado al lado de su cama. No podía jurar que aquello no fuesen los efectos secundarios de la fiebre, pero Yeray volvía a comportarse como un padre, a ser el padre que un día fue, a ser el padre que ella había echado de menos. Tenía la mano puesta sobre su frente y sus ojos se encontraron.

Si mañana estás así, no te podrás ir.

No contestó, pero al escuchar esa frase, se sintió mejor.

Cuando quedaban tres horas para que saliese el vuelo, Mar entró en la habitación y despertó a su hija que aún estaba algo atontada por la fiebre, el cansancio y la noche llena de sueños.

Nisa, cariño, ¿cómo estás?

Mejor.

Creo que vamos a cambiar los vuelos y ya nos vamos las tres otro día.

No, no. Váyanse ustedes y yo voy más tarde.

Que no, que nos quedamos.

No, mamá, vete y yo me despido bien y voy.

He hablado con papá y también te puedes quedar aquí el verano y ya vienes en septiembre.

Nisa imaginó ese verano lleno de atardeceres, amaneceres, noches en el apartamento, películas y sexo y en vez de sentirse feliz volvió a querer vomitar, porque todos ellos irían acompañados de más y más despedidas.

No puedo ir, mamá.

Que no, tranquila que hoy no vienes.

No, que no puedo ir... Que me quiero quedar aquí.

A esa hora el avión ya debía de haber aterrizado en Madrid. Jose le escribe un simple «¿qué tal el vuelo?» y ve que está en línea. El último mensaje que Nisa le envió fue cinco horas antes y le decía que ya se encontraba algo mejor, pero que había pasado una noche horrible. Jose bloquea el móvil y lo deja sobre su escritorio. Al segundo empieza a sonar: es Nisa.

¿Qué tal?

Mejor, mejor.

¿Qué tal el viaje?

Pues… no como había esperado.

¿Y eso?

Un sonido nuevo llega al teléfono de Jose. Nisa está cambiando la llamada a videollamada.

¿Qué haces?

Cógelo.

Jose acepta la llamada y en lo que tarda en conectar se coloca y posa para salir más guapo. Al otro lado del teléfono está Nisa, con esa cara que ya le vio en el concierto.

Mira dónde estoy.

Nisa se gira y se coloca de espaldas a la ventana. En ella puede verse el paisaje de la isla, las casas claras y la tierra oscura. No hay rastro de esa ciudad que los iba a separar.

¿Qué dices?

No podía irme.

¿Porque estás mala?

Por eso y por ti, dice Nisa sonriendo.

El estómago de Nisa se había recuperado y llevaba ya tres días sin soñar con la cama flotante y su naufragio. Jose había reservado en un restaurante medio elegante en la playa de Tazacorte al que irían en su primer viaje oficial como conductor. Había muchas cosas que celebrar. Lo principal era que Nisa no se iba y que ya estaba bien, que el curso había acabado y que por delante los esperaba un verano lleno de viajes en coche por la isla. También estaba el dieciocho cumpleaños de Jose, que con todo lo ocurrido en las últimas semanas parecía que se les había olvidado. Para el plan, ella se había puesto un vestido que con zapatos le habría servido para ir a una boda, pero que con zapatillas quedaba a medio camino entre lo guay y lo desfasado. Él había planchado la única camisa que tenía, lo que le hacía sentir doblemente adulto: por planchar y por la camisa. Cuando llegaron, pidieron vino, aunque no supiesen qué diferencia había entre Rioja o Ribera. Pidieron uno de cada y se los fueron cambiando. Nisa fue más de Rioja y Jose de Ribera, aunque hubo un momento en el que ya no sabían cuál era el que bebían.

Así va a ser a partir de ahora, dice Nisa.

Ya somos mayores, eh.

Eso tú, a mí aún me queda un poco para los dieciocho.

Al menos se acabó lo de estudiar.

Oye, que yo todavía no lo sé.

¿No?

No… Quiero currar y tener pasta y poder tener mi sitio, pero yo qué sé, quizá debería seguir estudiando.

¿Qué es lo que te gustaría?, pregunta Jose.

Pues ese es el tema, que sigo sin saberlo muy bien, pero ya veré.

Vale.

Nisa se levanta.

Voy al baño.

Pero después de ir al baño se acerca a un camarero engominado y le da dos velas de cumpleaños: el uno y el ocho, de color dorado y grandes.

¿Puedes poner esto en un trozo de tarta?

No tenemos tarta.

En el postre que tengas.

Vale.

Cuando llega el camarero, sostiene un plato con una mano y protege las llamas con la otra para que no se apaguen. Jose finge sorpresa, aunque le ha visto poner las velas sobre un polvito uruguayo.

Pide un deseo, dice Nisa.

Quiero…

No, no lo digas o no se cumple.

Jose cierra los ojos y Nisa saca su móvil para grabarle. Le canta el *Cumpleaños feliz* cambiando el «todos» de la letra por

«Jose». Visualiza el deseo, primero es algo muy amplio, como la felicidad para ella, para su padre y para él. Luego pasa a concretar un poco esa imagen y ve esos viajes con los que lleva soñando días, pero con un coche mejor, uno que no se cale en cada cuesta. Al final no pide ninguno de los dos, se imagina a Nisa y a él con unos cuarenta años paseando por la ladera donde se besaron por primera vez. Jose sopla y Nisa da golpes en la mesa a modo de aplauso para no dejar de grabar.

Ahora ya no tienen que colarse en el apartamento. Lo que sí tienen que hacer es «dejarlo todo como se lo han encontrado», palabras textuales de su padre, pero no siempre lo cumplen. Pedro tampoco entra nunca a revisarlo; a fin de cuentas, eso es tarea de su hijo y no dejaría que ningún huésped se encontrase la manta muy mal doblada. Al día siguiente, Jose no tiene que trabajar hasta la tarde, por lo que van a poder quedarse en el apartamento y comer allí. Jose ya había llenado la nevera con dónuts y leche para el desayuno y con beicon y nata para los macarrones de la comida. Desde que Nisa vive sola con su padre, tiene que dar todavía menos explicaciones en casa. Tanto Yeray como ella duermen muchos días fuera. Entre la película, el sexo y la conversación antes y después del sexo, Nisa y Jose no se acuestan hasta las tres de la madrugada. Antes de dormirse, Jose piensa en todas las noches como esa que vivirán los dos hasta tener la edad que ha visto en su deseo de cumpleaños. Recuerda la frase que lleva semanas queriendo decir, quizá meses.

Nisa, te quiero.

Nisa le acaricia los labios con los dedos.

Yo también te quiero, responde ella.

¿Hola?, dice una voz de mujer.

Ya es de día, piensa Jose.

¿Hay alguien?

Jose abre los ojos.

¡Hola, venimos a los apartamentos!, el grito viene del jardín.

Jose se levanta, se viste y deja a Nisa dormida en la cama. Fuera hace demasiado calor, deben ser las diez o las once de la mañana ya. En el jardín, una mujer da vueltas cerca de la recepción.

Hola, ¿le puedo ayudar en algo?

Sí, tenía una reserva, había avisado que llegaba a las diez.

¿Y en la recepción…?

No hay nadie.

Vale, acompáñeme y hacemos el *check-in*.

Genial, muchas gracias.

Se habrá dormido, piensa Jose.

Va a despertarle. Está enfadado por joderle la mañana con Nisa. Sube la escaleras rápido.

Papá, despierta, grita desde el pasillo del piso superior.

Entra en la habitación sin llamar y ahí está su padre, dormido en la cama.

Joder, papá, que te tocaba a ti.

Pedro no se despierta. Su hijo se acerca más y sube el volumen de su voz.

Papá, vamos.

Pedro no responde. Jose ve el brazo de su padre, caído por el borde de la cama, y se siente mal de repente.

Papá…, repite con la voz muy bajita.

10

Llegó septiembre y el verano no resultó ser como esperaban. Los viajes en coche no fueron para conocer nuevas playas de la isla, sino para llevar a Pedro a la capital, y de ahí al ferry, y de ahí al hospital de Tenerife para recibir su tratamiento. Todo pasó muy rápido y todos tuvieron que improvisar una nueva forma de organizarse entre ellos. Nisa se quedaba trabajando en los apartamentos mientras padre e hijo estaban fuera, recibía a los huéspedes y se quedaba a dormir allí. Jose se cansó de atravesar tantas veces el túnel del tiempo. En cada una de ellas tenía la sensación de que lo que encontraría al otro lado sería mucho peor. Primero fue ver qué le pasaba a su padre. Tener un diagnóstico, prepararse para lo siguiente. Luego vino la esperanza que le daban algunos médicos. Y después la desesperación al leer en internet las cifras de ese tipo de cáncer. Cada viaje en el túnel del tiempo era como cuando juegas a asomarte a un precipicio. Nisa solo pasó por su casa dos veces en todo junio, las dos para coger ropa. En la segunda se encontró con Yeray, que tenía pinta de no haber dormido en días. Cuando se acercó a ella a darle un beso, notó que su olor había cambiado y le dio un poco de asco y luego sintió algo parecido a la nada porque ya no lo reconocía. Jose se pasó todo julio dándole las gracias a Nisa sin parar por todo lo que hacía por él y por su padre. Después dejó de hacerlo, no porque no sintiera esa gratitud, sino porque estaba demasiado inmerso en su preocupación. Las horas juntos hicieron que padre e hijo hablasen de cosas que nunca habían hablado. Pedro mencionaba a Carolina cada vez más y Jose se atrevió a preguntar eso que llevaba años dentro de él.

¿Por qué crees que lo hizo?

No sé, hijo.

¿Crees que fue por mí?

No, por ti no. En todo caso sería por mí. Yo tendría que haberme dado cuenta de que no era feliz, que necesitaba que las cosas fuesen diferentes. Pero no lo vi... o no quise verlo. Supongo que nunca llegas a conocer a las personas del todo.

Yo tampoco vi nada, papá.

Jose... creo que... ella no quería que pasara lo que pasó.

¿Qué quieres decir?

Dijeron que se suicidó y lo pensé entonces. Pero ahora, no sé. Yo creo que no. Que fue un accidente.

Esa noche, Jose le contó a Nisa lo que habían hablado y ella pensó que nunca había tenido una conversación así con su padre y se preguntó si algún día la llegaría a tener.

A mediados de agosto los viajes a hospitales se acabaron. La enfermedad no había remitido y ya solo quedaba esperar. Pedro no salía de la cama y su habitación se convirtió en un hospital un poco cutre y lleno de cajas de medicinas. Nisa se mudó a la habitación de Jose, que estaba más cerca. A veces, Pedro se despertaba agitado y llamaba a su hijo. Entre todas esas madrugadas interminables, hubo una en la que el estado de Pedro parecía más grave. Jose llamó a una ambulancia, pero iban a tardar demasiado. En ese rato, Nisa consiguió calmar a su suegro, simplemente hablándole de lo bonito que era ese lugar y lo feliz que era su hijo allí. Esa fue la primera de muchas noches en la que Nisa hizo que Pedro se durmiese. Al final, en medio de todo el horror, los dos encontraron ratos en los que sus conversaciones les hacían olvidar todo lo que estaba pasando.

Llega septiembre y Nisa lleva demasiados días durmiendo demasiado poco. Jose está en la recepción y Pedro está en su habitación, descansando. Nisa baja a comprar algo de desayuno, se ha terminado la leche y quizá ha llegado el momento de buscar otra comida que no sea pasta con tomate y atún o pasta con nata y beicon. Antes de salir, pasa por la recepción y le acaricia la espalda a Jose, provocando ese mismo escalofrío que sintió la primera vez que ella acarició sus tatuajes.

Voy a comprar. ¿Necesitas algo?

Unas tirmas, porfi.

Vale. Vuelvo en un rato.

Nisa hace el mismo camino que tantas veces ha hecho. La valla de la finca ya no tiene ningún agujero. En el primer chalet, la pareja perfecta sigue allí, leyendo ella mientras él toma un café. Sus pies están en contacto. En el segundo hay mucho ruido, como siempre. En el chalet vacío ahora hay unos chavales de su edad, de vacaciones, que toman el sol en el porche de la entrada, parecen felices y despreocupados. La tierra del camino se acaba y empieza la carretera, que sigue hasta el supermercado.

¿Qué haces aquí?

Una voz la hace volver a sí misma. Nisa está frente a la nevera de congelados pensando qué coger. En el reflejo del cristal está su padre, más delgado y sin afeitar.

Comprando algo.

Estás delgada, hija.

Tú también.

Se te ve cansada.

Estoy bien, le contesta ella con tono de punto y final.

La conversación sigue un par de minutos más, hablan de cosas absurdas como el tiempo raro que está haciendo o temas algo más importantes como cuándo ha sido la última vez que han llamado a Hari. Después, padre e hija se separan para seguir haciendo la compra. En la cola para pagar, le busca con la cabeza para despedirse, pero parece que ya se ha ido. Cuando sale, la está esperando montado en su coche.

Sube, que te acerco.

Vale.

Nisa coloca las tres bolsas de compra en el asiento de atrás y se sienta en el del copiloto.

¿Sabes dónde es?, pregunta Nisa.

No, vete diciéndome.

Yeray arranca el coche. Antes de llegar a la rotonda, Nisa señala a la derecha.

Oye, ¿quieres que tomemos algo?, pregunta Yeray.

Pues es que se me va a derretir la compra.

Yeray ríe y mira a su hija de reojo.

Por aquí, señala Nisa a la izquierda con la mano.

Por media hora no le va a pasar nada, dice Yeray.

No sé.

Venga, que te invito.

Es que tengo cosas que hacer.

Qué responsable eres de repente.

Nisa aprieta los dientes para no contestar.

Ya no tienes ni media hora para mí, Yeray continúa.

No es eso, pero es que tengo que volver.

Yeray no sabe contenerse.

No es tu padre, ni son tu familia…

Mira, para el coche, mejor voy andando, Nisa lo corta.

… yo sí lo soy, Yeray la interrumpe.

¡Que pares el coche!

Pero ¿qué te pasa?, tranquilízate, dice el padre con un nuevo tono de voz, aparentemente calmado.

Frente a ellos, un semáforo en rojo hace que Yeray frene con brusquedad. Nisa sale y da un portazo. Abre la puerta de atrás y coge las bolsas de plástico con la compra.

¿Qué haces? ¿Estás loca o qué?

Antes de cerrar, Nisa mira a Yeray y Yeray mira a Nisa.

Contigo siempre es la misma mierda, dice ella.

Nisa da otro portazo y camina con prisa. Yeray tarda en reaccionar antes de arrancar. Ninguno de los dos mira atrás.

Yeray no coloca la compra, la deja en el suelo de la entrada. Ha comprado vasitos de arroz, lasañas congeladas, que ya están dejando de estarlo, yogures y cervezas. La casa está más vacía que cuando Mar y Hari vivían allí. Ahora parece un lugar de paso, un apartamento turístico de los muchos que hay en ese lado de la isla. Ya no hay juguetes de Hari por el suelo, pero sí hay ropa secándose sobre las sillas del comedor. El mantel, que ya no se quita y se pone todos los días, tiene migas y el alambre que cierra el pan de molde camuflado entre los cuadros. Coge su móvil y ve que tiene varias llamadas perdidas y varios mensajes, todos de distintas personas, pero hace semanas que no contesta a ninguno.

los belgas de El Paso buscan reformar su casa
les doy tu contacto?

oye, no me pasaste el presupuesto

Nos han dado la licencia,
podrías empezar en nov?

A pesar de estar sentado en su sofá, Yeray sigue alterado. Enciende la tele y cambia de canal. También enciende un cigarro con uno de sus mecheros amarillos. Se lo fuma. Manda un mensaje de disculpa a su hija:

¿Llegaste bien?

Antes de mandarlo, había escrito otro mensaje más sincero, que borró inmediatamente después. Decía así:

Solo quería estar contigo un rato
Siento haberlo chafado

Sus tardes se repiten durante todo el verano. Duerme la siesta antes y después de comer. Luego, cuando ya no hace tanto calor, baja al bar y se queda hasta la hora de la cena. Esa tarde, tras despertar de su segunda siesta y ver que Nisa no ha contestado, Yeray no tiene ganas de salir de casa. Se queda viendo un concurso de la televisión intentando adivinar las palabras secretas del rosco final. En su cenicero ya no caben más colillas. La tercera vez que cierra los ojos, lo hace sentado, no tumbado, y con un cigarrillo en la mano. La verdad es que el sofá es muy cómodo. Lo compraron Mar y él en la capital, cuando nació Hari, y sobre él se habían echado siestas toda la familia. Hubo una vez que los cuatro se quedaron dormidos viendo una película de Disney, apenas cabían y estaban unos encima de los otros, pero fue una buena siesta. El sofá está tan lleno de recuerdos que arde muy rápido. Lo mismo pasa con la alfombra, que había sobrevivido a una mudanza y en la que Nisa dio sus primeros pasos. También fue en la que vomitaría en su primera borrachera. El fuego pasa de la alfombra a las cortinas, que aún tienen unas pequeñas manchas de rotuladores de un día que Hari pensó que eran folios gigantes. El naranja de las llamas se convierte en un azul frío cuando se queman las fotografías que todavía siguen colgadas en la pared, borrando las pocas huellas que quedan de esa familia. Las llamas se contagian como un virus de mueble en mueble y de habitación en habitación. En el cuarto de Nisa, poco quedaba por quemar, solo una caja con juguetes pasados de moda. Los peluches desaparecen con la primera chispa. Las caras de las muñecas de plástico se deforman y caen como cera de vela. Las palabras escritas en el primer diario de Nisa se borran y ni ella se acordará nunca más de lo que decían. Las llamas rebotan en el techo y rompen las ventanas, dando volteretas por toda la casa. La bolsa de la compra que Yeray dejo en la entrada es de lo último en quemarse. Las cervezas estallan, el queso de las lasañas se funde mucho más de lo que debería y el arroz se vuelve negro antes de dejar de existir. La puerta junto a la que Yeray dejó la bolsa de la compra sigue cerrada, intentando contener el fuego.

En la noche, el humo se camufla, pero las llamas pueden verse a kilómetros de distancia. El olor entra por la ventana de la habitación de Pedro, donde Nisa está sentada junto a la cama.

¡Nisa!, dice Jose gritando desde el piso de abajo.

¿Qué?

Jose entra por la puerta, ni sus gritos han despertado a Pedro.

Tu casa.

¿Qué pasa?

Está ardiendo.

Nisa se levanta, mira a Jose y luego a Pedro y sale corriendo de la habitación. Baja las escaleras de dos en dos y al salir por la puerta ve las llamas a lo lejos, sigue corriendo, escucha a Jose gritar tras ella, pero su voz se funde en la noche. Hace una línea recta hacia su casa, hacia el fuego, olvidándose de por dónde van los caminos. Se tropieza varias veces, se pierde y debe volver atrás. Ya en la carretera, no se preocupa de los coches, solo quiere llegar lo antes posible. Las llamas cada vez son más grandes y salen de cada ventana del edificio. Los bomberos intentan apagar el fuego antes de que llegue al bloque de al lado, pero ya es demasiado tarde. Nisa llega hasta la línea que frena a los curiosos con los ojos rojos por el reflejo del incendio. En los suyos solo se refleja la casa que un día fue su hogar y todos los recuerdos vividos allí se encienden en su memoria y se consumen después. Llama a Jose, pero no le coge el teléfono.

Debe de estar de camino, piensa.

Se sienta en la acera, tiene el pelo lleno de ceniza y le cuesta respirar por el humo que mancha el aire. Sabe que debería, pero no se atreve a preguntar por su padre, prefiere estar un rato más sin saber qué ha pasado antes de que todo pueda cambiar para siempre. Suena el teléfono. Es Jose.

Hola, dice ella.

Tengo que irme.

¿Qué?

Mi padre…, Jose no es capaz de acabar la frase.

Nisa no dice nada. Ese segundo parecen mil.

Ha muerto, dice él.

II

LA LAVA

11

Jose entra en la piscina muy lentamente y con la mano izquierda levantada. La tiene cubierta con un plástico transparente que deja ver todos los pequeños tatuajes de su mano. Es el primero en meterse y el resto de invitados lo siguen. Se arrepiente de no haber esperado un par de días más para tatuarse, ahora podría estar lanzándose desde el bordillo como hace Marcelo o buceando como hace Andrés. El tatuaje es una sombrilla, con una línea muy fina, que está entre los nudillos del dedo corazón y el índice. Mide solo un centímetro y se camufla entre los otros veintiséis tatuajes del mismo estilo que tiene en la mano. Deja de mirar la sombrilla de su piel para fijarse en la que está junto a la piscina. Debajo está Nisa, sentada en una tumbona, hablando con Gara. Nisa hace una foto de la escena con su móvil, un vídeo de los amigos y del agua que salpica cuando nadan. Lo sube todo en un carrusel sin ninguna lógica ni coherencia y añade como texto «20» y un emoji de una tarta. A los tres minutos llega la primera felicitación. En ese post conseguirá cuarenta y cinco comentarios de personas con las que apenas tiene relación, pero que le desean un feliz cumpleaños.

Donde el pulgar y el dedo índice se unen, Jose tiene el dibujo de una casa. Se lo tatuó diez meses atrás, cuando reformaron su apartamento de siempre y lo convirtieron en su hogar. La lágrima que está a su lado es de un día que se sentía agobiado y se bajó solo a la playa. Cuando la primera ola rompió en su cara, se echó a llorar y se sumergió para que nadie lo viese. También tiene un helado de dos bolas casi llegando a la muñeca. Hace año y medio, Nisa y él retomaron la tradición de su familia de ir los domingos a la heladería. Ahora Jose siempre pide un mismo sabor, gofio, el que solía pedir su padre. El del centro de la mano le dolió más que ninguno. Es un volcán dormido con nubes que lo cortan por la mitad. Lo dibujó un día mirando a la montaña donde besó a Nisa por primera vez. El más antiguo de todos casi no se ve. Se ha borrado en estos dos últimos años. Parece un copo de nieve, pero en realidad es una chispa. Se lo tatuó tres semanas después de que la casa de Nisa ardiera. Tres semanas después de que Pedro muriese. Esta vez no cometió el error de tatuarse una fecha.

Cuando se empieza a ir la luz, llega más gente. La novia de Andrés, algún compañero de cuando Marcelo y Jose iban a clase y otra amiga de Gara. Todos hacen un círculo alrededor de la nueva barbacoa. Los troncos y el carbón comienzan a quemarse y cuando soplan para avivar la llama, saltan pequeños meteoritos de fuego que no llegan a arder. Parecen los protagonistas de un anuncio veraniego de cerveza, también parecen muy amigos entre sí, aunque hay muchos que ni siquiera se conocen muy bien. Algunos de la pandilla no saben cómo se apellidan los otros, cómo se llaman sus padres, qué sueños tienen o qué miedos, pero ahí están, juntos cada vez que pueden. Jose aparece con una tarta del supermercado con veinte velas de colores encima. También ha puesto una bengala que se consume al poco tiempo. Le cantan el *Cumpleaños feliz* y ella sonríe, tímida.

Bueno, un brindis, ¿no?, dice Marcelo.

Suben los brazos con botellines en la mano.

Por Nisa y la veintena, dice Gara.

Por Nisa y Jose, que han dejado este lugar muy guapo, añade Marcelo.

Siempre fue un sitio especial, dice Nisa.

Jose la mira y finge una sonrisa antes de hablar.

Bueno, pero ahora más.

Después de beber, Gara se acerca a Nisa y la abraza.

Estoy muy contenta por ti, dice Gara.

¿Sí?, contesta Nisa.

Se da la vuelta hacia su antigua amiga. Al hacerlo, pierde el
equilibrio y piensa que quizá ha bebido un poco de más.

Ven, que te quiero enseñar esto.

Nisa agarra con su brazo a Gara y la besa en la mejilla antes
de caminar.

Ya no queda rastro de los sofás viejos, ni de la nevera antigua, ni de los cuadros con fotos de la isla. Han cambiado el
suelo, que estaba levantado en la mayoría de apartamentos por
la humedad, han pintado de blanco todas las paredes y también han comprado algunos muebles para sustituir a los más
viejos.

¿Nunca habías entrado?, pregunta Nisa.

Qué va, contesta Gara.

Desde este se ve el mar, bueno ahora no que es de noche,
pero de día sí.

Tengo que verlo de día.

Es de mis favoritos.

Lo que no le cuenta a Gara es que en ese apartamento
también vivió su padre después del incendio de su casa. La
policía lo encontró seis horas después, caminando desorien-
tado por la carretera. Después llamaron a Nisa, que cuando
supo que Yeray estaba bien sintió como si su pecho se afloja-
ra. También se preguntó qué iba a hacer su padre ahora, o más
concretamente, qué iba a hacer ella con él. Yeray solo estuvo

tres días en ese apartamento. Al cuarto, le dijo que mejor se iba a vivir a la vieja casa de los abuelos, donde no molestase a nadie, y se fue. Al escucharle, Nisa volvió a sentir que su pecho se aflojaba.

Gara.

Dime.

¿Sabes que el día del incendio... tú fuiste la primera en llamarme? Con todo lo que pasó... Fuiste la única que me preguntó cómo estaba.

¿Cómo no iba a hacerlo?

Gara vuelve a abrazar a Nisa. Antes de que el alcohol haga que se emocione, se separa de Gara.

¿Quieres ver mi casa?

Claro.

En su apartamento de siempre han dejado los muebles que había. Les recuerdan a sus primeros días juntos allí. Tampoco se han deshecho de la vieja manta, ni del sofá, ni de la cama, pero han comprado otra manta más nueva, unos cojines que añaden algo de personalidad al lugar y unas sábanas de color amarillo que van más con su estilo. Ahora también hay fotos de ellos dos juntos colgadas en las paredes y algunos de los viejos dibujos de Jose. Aunque pintaron todo de blanco, una grieta que está entre dos ventanas ha vuelto a salir. Las fotos y los dibujos intentan disimularla, pero Nisa cada vez la ve más grande. Gara se para frente a una de las fotos.

Qué guapos. Se los ve muy felices.

Es del año pasado ya. Parece que ha pasado mucho.

¿Todo bien con Jose?, pregunta Gara.

Sí, sí. Solo que ha costado todo un poco.

Con esa respuesta ambigua, Nisa esconde las noches que ha pasado en ese lugar pensando en qué hacer para que Jose estuviese bien, en si Hari y Mar serían felices en Madrid, en cómo estaría su padre, en cómo iban a conseguir superar eso y lo siguiente y lo siguiente. Tanto pensar en todo lo que la rodeaba hizo que se olvidara de lo que pasaba dentro de ella. Las dudas sobre qué hacer, a dónde ir, si ese era su verdadero lugar o si solo estaba allí para no sentirse sola volvieron de golpe cuando el resto de cosas empezaron a arreglarse. A veces buscaba con su teléfono qué hacer con su vida. Hacía test de personalidad que le daban como respuesta qué carrera podría estudiar. Solía dejarlos a la mitad, pero con alguno que terminó obtuvo respuestas como Economía, Derecho, Magisterio o Periodismo. Todas las opciones le parecían demasiado amplias y demasiado alejadas de su vida real. Intentaba que esas preguntas parasen, pero no terminaba de conseguirlo. Hubo un día, hace apenas unos meses, en el que Jose llegó al apartamento, se sentó a su lado y le sonrío como hacía tiempo que no le sonreía. Nisa le contestó con una sonrisa que también había desaparecido hacía meses y, de repente y sin más explicación, todo estaba bien o, por lo menos, sus dudas habían pasado a un segundo plano.

La música sube y todos acaban en el agua, incluido Jose, que olvida que no puede mojar su mano. Los amigos están subidos unos en los hombros de otros y luchan para ver quién cae primero. Jose derriba a Marcelo, que opone poca resistencia. Son las tres de la madrugada y nadie tiene frío. El grupo de amigos recena las sobras de la barbacoa, casi todo son alitas de pollo que ya están secas. De la tarta no queda nada. Al salir del agua, Jose ve que Marcelo se tambalea.

Ni se te ocurra vomitarme en la piscina.

Lo mira y apenas parece escucharle.

Hora de irse a casa, contesta Marcelo.

¿Cómo vas a irte así? Vete a dormir al dos, que está vacío.

Jose se ducha para quitarse el cloro. Se envuelve en una

toalla y va hacia Nisa, que sigue rescatando restos de papas fritas de un bol casi vacío. La abraza y el agua atraviesa el vestido de ella.

¿Te gustó tu fiesta?, dice Jose.

Mucho.

Los dos desean quedarse solos. Hace unos meses esto no era así, solían llenar sus días de planes con gente para evitar tener que hablar de lo que sentían o para evitar estar callados y notar esa tristeza entre ellos. Jose apaga la música y Víctor y Gara pillan la indirecta. Antes de irse, los ayudan a recoger las latas que están tiradas por todo el jardín. A las cuatro y tres ya no queda nadie, solo Marcelo durmiendo en el apartamento dos. Nisa vuelve a bañarse, pero ahora desnuda y Jose la mira desde el bordillo. Las luces de la piscina crean un estampado amarillo y azul en su cuerpo. A medida que nada, las formas proyectadas sobre ella cambian, se deshacen y vuelven a aparecer, creando unas nuevas. Él se desnuda también para nadar con ella. Durante un rato, sus cuerpos no se tocan, pero el movimiento del agua hace que parezca que se están acariciando. Cuando dejan de moverse, los dos están tiritando. Se abrazan por el frío, pero se besan por el amor. Sus manos recorren la piel del otro, como nunca han dejado de hacerlo, ni cuando estaban mal, ni cuando les costaba hablar, ni cuando les costaba estar callados. En esos dos años los únicos momentos de verdadera felicidad eran cuando sus cuerpos estaban juntos. No pensaban en nada más, solo en el placer que sentían.

¿Te gusta nuestra nueva piscina?, pregunta Nisa.

Me encanta.

Están sentados con los pies metidos en el agua y comparten una toalla gigante, que les cubre sus espaldas. Jose mira hipnotizado las luces.

Podría quedarme así horas.

No debe quedar mucho para que salga el sol, contesta Nisa.

Jose no dice nada. Cuando hace eso, ella sabe que está pensando en algo que no quiere contar o que no sabe bien cómo hacerlo, pero esta vez él comienza a hablar.

Es raro… que después de todo lo malo que nos ha pasado… ahora estemos así. Contentos. Y no sé si eso está bien.

Está bien, creo, sí que es raro, pero la vida es así.

Ya, dice él.

Lo que pasa es que ha llegado demasiado pronto para ti. Perderlos, dice ella.

Y para ti también. Ya no tenemos a nadie que nos cuide, dice Jose.

Yo te cuido a ti, y tú me cuidas a mí, contesta Nisa.

La besa como respuesta y vuelve a mirar al fondo de la piscina. Mueve sus pies para crear miniolas que difuminan las juntas de los azulejos azules. Los mueve con más fuerza y las olas crecen. Pero aunque no hiciese nada, el agua de la piscina se agitaría de igual forma. Un temblor recorre ese lado de la isla, desde las montañas hasta el mar. Los perros se despiertan y sus ladridos interrumpen el silencio de la madrugada. Es un temblor tan imperceptible como el que acabó sepultando el túnel de las hormigas, como el que acabó apagando la luz de la marquesina de la guagua o como el que acabó matando a la madre de Jose. La grieta del apartamento crece todavía más a lo largo de la pared y uno de los dibujos que la esconde se despega y cae al suelo. Cuando deja de hacer olas con los pies, todo ha pasado ya. Ni él ni Nisa se han dado cuenta de lo que vendrá, de que nada volverá a ser lo que era antes del temblor.

12

Nisa se despierta antes que Jose. Le acaricia el pelo y se va a preparar los desayunos para los huéspedes. Es una caricia muy delicada, para no despertarlo mucho, pero para avisarle de que se va. Él sonríe entre sueños, suele dormir una hora más, ya que siempre hace el último turno de la recepción. Prepara zumo de naranja, coloca la fruta sobre una bandeja de madera y tuesta el pan que le dejan todas las mañanas en la puerta de la finca. También ralla tomate y hace dos termos de café. Aunque el verano casi ha terminado, todavía tienen gente alojada allí. Septiembre es un buen mes para viajar a la isla, hay menos gente y hace menos calor. Lo que sobra del desayuno, Nisa lo pone en una bandeja y se lo lleva a la que es ya su casa. Jose ya está duchado y los dos desayunan juntos. Es domingo y cuando la mayoría de los huéspedes se han ido de excursión, ellos aprovechan para bajar un rato a la playa. No se van muy lejos y dejan un cartel con su número de teléfono por si alguien necesita algo. Jose odia cuando lo llaman porque han perdido las llaves o porque no saben poner el aire acondicionado. Pero ese día no llama nadie. Antes de subir a comer, pasan por la heladería. No hay mucha gente y consiguen sitio en la terraza. A su lado hay una pareja de extranjeros que intentan pronunciar el sabor de los helados que están tomando. En una esquina, un hombre de unos cuarenta años los mira mientras bebe una cerveza. Es el único de la terraza que no está comiendo helado.

¿Lo conoces?, pregunta Jose a Nisa.

¿A quién?

A ese que no para de mirarnos.

No.

El hombre viste una camiseta de propaganda de un bar que cerró hace años y unas bermudas, se levanta y se dirige hacia ellos.

Hola, dice el hombre.

Hola, contestan al unísono.

¿Les gustan?, el hombre señala los helados.

Sí, sí, están buenísimos, contesta Nisa.

¿Cuál es su favorito? El mío el de nata, pero casi nadie lo pide y… claro, al final me harto de comerlo.

Vale, contesta Jose, intentando acabar la conversación.

Yo voy cambiando, él siempre pide gofio, dice Nisa.

Es que soy el dueño. Bueno, mi mujer y yo.

Llevan muchos años, ¿no?

Sí, sí, ya como quince, dice el hombre.

Yo venía de pequeño, añade Jose.

El hombre lo mira y le sonríe, pero es una sonrisa rara.

Me llamo Jairo.

Yo Nisa.

Jose.

Encantado.

Jose la mira y ella le responde con otra mirada. Él se levanta.

Bueno, nos tenemos que ir.

Claro, claro.

Es que tenemos que trabajar, Nisa se justifica.

Vengan cuando quieran y prueben el de nata.

Claro. Muchas gracias, dice Nisa.

Adiós, dice Jose.

De camino a casa, en el coche, Jose sigue pensando en lo extraña que ha sido la situación.

¿Seguro que no lo conoces?, pregunta él.

No, ¿tú?

No lo sé. Me suena de algo, pero no sé de qué.

Bueno, venimos mucho.

Ya.

Al subir la cuesta, la canción que estaba sonando desaparece, la emisora cambia sola. Empieza a oírse un ruido que se mezcla con palabras inconexas. Es algo que les suele pasar al subir de la playa a los apartamentos. La carretera es un zigzag de subida y en cada curva las interferencias cambian de intensidad. Nisa intenta recuperar la canción, pero es demasiado tarde, ya ha acabado y ahora empiezan las noticias. No escuchan muy bien, aunque la voz entrecortada habla sobre la actividad sísmica de la isla. Son inmunes a esas palabras, han crecido con ellas desde que son niños y no los asustan.

Para quitarse el calor, Nisa se da un baño en la piscina después de comer y se echa la siesta en una tumbona a la sombra. La despierta una vibración. Solo es su móvil que está sonando. Lo coge y ve dos mensajes de Yeray que dicen así:

Notaste el terremoto?

Espero que estés bien

Nisa contesta:

No, por aquí no noté nada.

Todo bien. Tú?

Nisa ve que Yeray está escribiendo.

Fue de los fuertes

Yeray vuelve a escribir. Para. Escribe.

Ten cuidado

Nisa no contesta e intenta volver a dormirse, pero no lo consigue. Va a la recepción y Jose está allí.
¿Notaste algo?
¿Algo de qué?
Un terremoto.
No.
Me escribió mi padre... Dice que sintió uno fuerte.
Pfff, a saber con tu padre.

Unas veinte horas más tarde, Jose sale a comprar el pan y a echar gasolina. En el camino, la tierra tiembla, pero el ruido que hace el coche de Pedro lo esconde. Hay mucha cola en la gasolinera y piensa en rendirse y volver a casa. Si se va, podrá conseguir un nuevo récord en su juego favorito: cuánto tiempo puede conducir con el coche en reserva. Una vez llegó a nueve días. Luego piensa en qué le diría su padre si le viese forzar así el motor, pero ya no puede decirle nada. El conductor del coche que está por delante de él se baja asustado. Jose nota el volante vibrar y en vez de soltarlo lo agarra más fuerte. El movimiento de la tierra dura solo unos segundos. Se baja del coche y reconoce al hombre frente a él: es Jairo, el tipo extraño de la heladería.
¿Lo notaste o soy yo?, pregunta Jairo.
Sí, se me ha movido todo, contesta Jose.
Ha habido un montón hoy.

¿Sí?

Sí. Lo han dicho en las noticias también.

El surtidor queda libre. Es el turno de Jairo, que se mete en el coche, lo deja a la altura de la columna y sale a repostar. Mientras tanto, Jose vuelve a su coche y también avanza. Jairo deja el surtidor anclado y se acerca a la ventanilla de Jose, que la baja.

Sentí mucho lo de tu padre.

Ah, gracias.

Un buen hombre, dice Jairo.

¿Lo conocías?

No mucho. Pero todo el mundo decía cosas buenas de él.

Ya.

Conocía a tu madre.

¿Y eso?

Suena un clac. El depósito ya está lleno. El sonido salva a Jairo de contestar, aunque lo desee. Arranca y deja que Jose pueda repostar, pero sin alejar mucho su coche. Los dos están separados por la manguera.

El caso es que me suena tu cara. Lo pensé el otro día.

No sé, puede ser.

¿De qué se conocían?

Del pueblo.

Jairo no mira a Jose, pero espera que diga algo más.

Lo pasé muy mal cuando murió… Era la mejor. Cierro los ojos y puedo ver su sonrisa, dice Jairo.

Jose ve cómo Jairo se emociona, pero en vez de seguir hablando sale hacia la tienda.

Voy a pagar, dice Jairo.

La ropa que lleva es la misma que la del otro día. Camina arrastrando los pies. El depósito se llena. Al dependiente de la gasolinera sí que lo mira al hablar, no como a él. Jairo le señala a través del cristal. Al salir, va directo a su coche y se dirige a Jose en voz alta.

Chico, ya pagué.

¿Qué?

Que ya pagué lo tuyo.

Jose tiene que procesar la frase de Jairo. Tarda en contestar.

Gracias. No hacía falta.

Nada.

Al arrancar, saca la mano por la ventanilla y se despide de Jose, que aún no entiende lo que acaba de pasar.

No es tan raro, dice Nisa.

¿Cómo que no? ¡Que me pagó la gasolina! Y no lo conozco de nada.

Vamos a su heladería mucho, será por eso.

Qué va. Además se puso a hablar de mis padres.

¿Qué?

Y de mi madre… yo qué sé. Era muy raro cómo hablaba de ella. Como si fuese alguien importante para él.

Quizá lo era, dice Nisa.

Y dijo algo de su sonrisa… y me hace pensar… en que yo no la recuerdo sonriendo, pero, claro, quizá mis recuerdos están jodidos por lo que hizo. Por lo que la gente dijo de ella. Mi padre también dijo algo de eso.

Nisa mira a Jose, no sabe si debe hablar más, pero sí que quiere escucharle. Lo mira.

Que no se suicidó, que fue otra cosa, dice Jose.

¿Qué te dijo tu padre?

Que ya no lo tenía claro.

Jose duerme. Nisa se levanta y sale del apartamento. Ni siquiera se ha puesto los zapatos. La casa principal lleva cerrada meses. Ahora es esa la que huele a humedad y piensa que deberían airearla un día de estos. Sube las escaleras, donde vio por primera vez las fotos de padre e hijo y donde vio por primera vez que la madre no salía en ninguna de ellas. Pasa de largo por la habitación de Jose y va directa a la de Pedro. Se sienta en la silla junto a la cama, todavía sigue allí, solo que menos girada. La noche se confunde con una de tantas noches al lado de él. Pedro tosía y Nisa lo ayudaba a beber agua.

Se parecen a nosotros. Jose y tú a Carolina y a mí, dijo Pedro.

¿Por qué? ¿Por guapos?, preguntó Nisa.

Porque están muy enamorados. Todo el día fuera, disfrutando, qué envidia. Bueno, envidia no que yo ya lo tuve, pero qué envidia de poder vivirlo.

Nisa se rio. Pocas veces sentía vergüenza, pero esa fue una de ellas.

Qué pena que tengan que estar aquí, conmigo. Se lo he estropeado, Pedro continuó.

Anda, qué cosas dices.

A nosotros también se nos estropeó todo, ¿sabes? Pero antes de eso fueron años muy buenos.

Nisa intentó cambiar de tema para que Pedro no se pusiese triste.

¿Qué es lo que más te gustaba de ella?

Todo, pero antes de que yo lo jodiese.

Nisa miró a Pedro, que tenía los ojos fijos en ella.

Jose no lo sabe, porque ella me tapaba, pero fui un marido de mierda y estuve con muchas mujeres y poco con ella. Y al final, los últimos años, me dio por perdido. Y yo…

¿Y tú qué?, preguntó Nisa.

Pues cuando supe que ella también hacía su vida, no hice nada, porque ya era muy tarde para arreglarlo, dijo Pedro.

Los cristales de las ventanas crujieron levemente, quizá por el viento que hacía esa noche. Esta noche los cristales también crujen, pero por otro terremoto que recorre el oeste de la isla. Ahora Nisa sí que lo nota.

Se acuesta junto a Jose. Desde la primera vez que durmieron juntos, los dos han mantenido sus lados de la cama. Jose se despierta al notar que Nisa ha vuelto.

¿Qué te pasa?

No me puedo dormir.

¿Por?

Por nada.

Ven.

Nisa se acerca a Jose, que se recuesta en su pecho. Acaricia su pelo rizado al mismo ritmo que su respiración, cada vez más y más lenta hasta dormirse. Mientras los dos sueñan, él con lo que no sabe y ella con lo que sabe y no puede contar, llega el terremoto número cuatro mil quinientos treinta desde que la isla volvió a despertar.

13

Es una especie de tradición entre los dos. Desde ese verano en el que no llegaron a hacer ninguna excursión, Nisa y Jose se propusieron ir a todas las playas de La Palma, en orden inverso a las agujas del reloj. Empezaron por la playa de los Guirres, luego a la playa El Charcón, y así han ido rodeando la isla hasta la que les toca hoy: la playa de Echentive. Los dos ya la conocen, pero nunca han ido juntos. Cuando quieren escaparse y tienen huéspedes, avisan a Marcelo para que se ocupe de todo. Nunca se van más de un par de días fuera, pero los dos hablan mucho sobre hacerlo alguna vez. Esa tarde, el dorado del sol se cuela entre el pelo de ella. Jose le hace una foto con su móvil y la sube a sus stories. Le pone un corazón negro, muy pequeño, en la esquina inferior de la foto. La story no se termina de subir porque no hay cobertura. Nisa está hipnotizada con el atardecer, que en cuestión de segundos dejará de existir. Él revuelve en una bolsa de tela sobre la toalla.

Espera hasta que se esconda.

Vale.

¿Tienes mucha hambre?

Algo, pero puedo esperar.

Vale, no queda nada.

Hace mucho que Nisa dejó de ser capaz de contar todos

los atardeceres que habían visto juntos, calculaba que entre setenta y cinco y cien. Jose parte la tortilla con las llaves porque se ha dejado el cuchillo en casa. Después, limpia las llaves en los calcetines. Monta los bocadillos y abre una lata de mejillones. Al comer el tercero, el sol ya ha desaparecido. Ahora llega el momento preferido de él, cuanto más azulón está el cielo, mejor. Ella abre una botella de vino y le da un trago. El primer sorbo siempre se le hace amargo, y eso que ya no compran el vino más barato del supermercado. Hablan y beben hasta que ya solo están rodeados de oscuridad.

Para llegar al coche, hay que elegir uno de los tres caminos que salen de la playa y confluyen en unas escaleras.

A ver quién llega antes.

Nisa echa a correr y coge el camino de la derecha. Entre las piedras, la arena oscura y el alcohol no alcanza la velocidad que ella querría. Jose corre para coger el camino de la izquierda, pero se tropieza con una piedra y le da más ventaja. Desde la carretera, las linternas de los móviles parecen dos luciérnagas intentando escapar. Jose llega hasta Nisa cuando la escalera está acabando. La agarra por la cintura y aprovecha para adelantarla. Ella se suelta y sigue corriendo, es la primera en tocar el coche, él lo hace solo dos segundos más tarde. Se sientan sobre el capó para acabarse la botella de vino. Sus respiraciones todavía no se han calmado.

No te parece que cuando ya no ves el mar... ¿las olas suenan más?

Estás borracho.

No, mira, escucha.

En el silencio, el volumen del agua estallando contra sí misma aumenta. Jose tiene el dedo índice levantado, aunque con la mano esté agarrando la botella. Da otro trago, ya queda poco.

Sí. Algo de eso hay.

Jose mira su móvil.

¿Escribió Marcelo?, pregunta Nisa.

No. Bueno, no sé, no tengo cobertura.

El viento es más frío y la humedad comienza a ser molesta.
Nisa y Jose están dentro del coche, sentados en los asientos
delanteros y todo lo horizontales que pueden estar. Se tapan
con una vieja colcha que salvaron de la reforma de los apartamentos y que siempre viaja en el maletero del coche. No llega
para cubrir a los dos, o para taparlos como a ellos les gustaría,
pero es suficiente para no pasar frío. Jose acaricia el lóbulo de
la oreja de Nisa.

Oye, dice él.

Oigo, contesta ella.

¿Pensaste que acabaríamos así cuando nos conocimos?

Acabar, acabar… no hemos acabado todavía.

Ya sabes, que si imaginaste algo así.

Esto justo no. Imaginé otras cosas.

¿En otro lugar?, pregunta Jose.

No, no me refería a eso. Me imaginaba cosas más concre-
tas, más inmediatas. No pensaba tanto en el futuro.

Pero… ¿Te arrepientes de no haberte ido?

No.

Vale.

Ahora… yo estoy feliz con lo que tengo aquí. Creo que es
mejor de lo que podría haberme imaginado.

Jose pone una sonrisa boba.

Yo también.

Tú también… ¿qué?, pregunta Nisa.

Que es mejor, pero yo sí que nos imaginé juntos. A veces
pienso cómo será el año que viene, o dentro de unos años, o de
viejos.

¿Y cómo seremos?

Pues… ¿cómo vamos a ser? Viejos.

Jose se ríe y Nisa se contagia de su risa. De la risa pasan a los besos y de los besos a quitarse la ropa, aunque siguen debajo de la colcha. Se pasan como pueden a la parte de atrás del coche. Hacen el amor. El sexo es algo torpe, por chocarse con el techo o entre ellos, pero eso los hace reír más. Se besan como adolescentes, aunque ya no lo son. Se lamen como si los hubiesen poseído los espíritus de Carolina y Jairo en aquella última noche juntos en el coche, en el acantilado. Todo parece una secuela, porque en ese mismo momento la tierra vuelve a temblar, pero la única diferencia es que ellos sí que sienten las piedrecitas golpear la carrocería del coche. Esos minutos se convertirán en un recuerdo más memorable de lo que realmente es, quizá porque esa va a ser la última vez que follen antes de convertirse en verdaderos adultos, aunque ellos crean que ya lo son. Será la última vez que hagan el amor sin que sus cabezas estén llenas de preocupaciones que ahora ni siquiera saben que existen. Será la última vez que se besen antes de dejar de ser los Nisa y Jose que todos conocen.

A pesar de dormir en el coche, lo hacen como dos bebés. Primero se despierta Jose y sale. Casi no hay nubes en el cielo y el sol ya ha recalentado el metal. La piel de Nisa está llena de pequeñas gotitas de sudor y salitre, pero sigue soñando. Jose va hasta el mar y se baña desnudo. A esa hora está solo y siente que verdaderamente no hay nadie en la isla. Solo ella dormida en el coche y él. Nada mar adentro, hasta donde ya no hace pie y se sumerge. Intenta coger impulso y llegar a tocar el fondo. Se estira todo lo que puede, pero no lo consigue. Da una vuelta e intenta hacer lo mismo con su mano. En la superficie, agotado por el esfuerzo, recupera el aliento y ve que Nisa está nadando hacia él.

¿Dormiste mal?, pregunta ella.

No, me desperté pronto.

Sus cuerpos se entrelazan.

Así que desnudo, eh, dice Nisa.

Sí. No sé a qué esperas tú.

Se quita el biquini mientras intenta no ahogarse. Los dos nadan, se abrazan y juegan hasta que tienen los labios morados.

Marcelo se puede quedar hasta después de comer. ¿Desayunamos y vamos andando hasta la siguiente playa?, pregunta Jose.

Vale.

Al llegar a la orilla, la toalla de Jose está hecha un gurruño. A su lado está la de Nisa, sujeta con dos piedras negras. Él se arropa con su toalla.

¿Y mi bañador?

Se lo habrá llevado el viento.

No, no, no.

Jose mira a su alrededor. Nisa se sienta en su toalla y se deja secar al sol. Lo mira de reojo y sonríe.

Ayúdame.

Se lo habrá llevado una gaviota.

Ella se ríe.

¿Lo tienes tú?

Qué va.

Dámelo.

Jose le roba el biquini a Nisa, y sale corriendo, pero las piedras dificultan su huida. Ella sigue riéndose, coge el bañador de él, oculto bajo su toalla.

Va, paz. Te lo cambio.

En el coche quedan un par de plátanos y se los comen mientras caminan. La otra playa solo está a unos veinte minutos andando. El sol ha subido y hace más calor. La arena negra por la que caminan está ardiendo. Más al norte y tierra abajo, las rocas y los gases también están ardiendo. El magma lucha por salir, golpea todo lo que le rodea sin importarle el daño que pueda hacerse o que pueda hacer a lo que hay a su alrededor. Busca una grieta para poder entrar en ella, hacerla más grande y encontrar una salida. Lleva años soñando con ese aire que hay más allá de las capas que tiene encima y que lo aplastan. Empuja más y más. No quiere quedarse quieto, volver a dormir y que todo vuelva a empezar. Ahora siente que puede llegar hasta el final si no se rinde. No le importa que aparezca una nueva barrera, se lanza contra ella y hace que todo tiemble. Igual que lleva días haciendo que todo tiemble. Igual que lleva años haciendo que todo tiemble. Siente que va tarde y corre. Ya está llegando. Un estruendo, más alto que todo lo que ha escuchado, le hace perder la consciencia, aunque haya sido él mismo el que lo ha provocado. Vuelve en sí y ya está fuera. El cielo azul, la costa, las casas, todo queda ahora muy abajo, cada vez más pequeño. Pedazos de sí mismo se desprenden y caen igual de rápido que han subido. El humo lo inunda todo y se funde con las nubes, tiñéndolas de gris. Nota que lo miran demasiados ojos y le inunda un sentimiento algo feo, como si todos le tuviesen miedo. Decepcionado, se desinfla y baja a la tierra de la que tanto quería salir. Ya no puede volver a refugiarse dentro de los agujeros que ha creado, pero lo desea. Ahora solo puede dejarse caer lentamente, intentando no hacer mucho ruido, intentando que no lo miren, intentando que no lo odien.

¿Qué pasa?, pregunta Nisa.

Jose ha dejado de caminar. Ya están volviendo al coche.

Nada, no sé, contesta Jose.

¿Quieres quedarte más? ¿Un último baño?

No, vámonos a casa ya.

Nisa conduce. La carretera sigue la forma de las montañas, dejando a la izquierda la caída hasta el mar. La vegetación colorea el cielo nuboso. La cobertura vuelve y la story de Nisa con un emoji de un corazón negro se sube. Entran decenas de mensajes en el móvil de Jose. Cientos de ellos. El de Nisa suena sin parar. Todos los textos tienen el mismo tema y la misma forma.

¿Están bien?

¿Dónde estás?

lo han visto????

DIOSSS

Llámame cuando puedas

También han llegado mensajes de llamadas perdidas. Casi todas de Marcelo y de Yeray. Las fotos todavía no se han cargado, pero se intuye un paisaje borroso. Al girar la curva, el paisaje borroso está frente a ellos. Pese a ser su pequeño rincón del mundo, apenas pueden reconocerlo. Las nubes se transforman en humo negro que sale de las montañas. Parece al lado de los apartamentos. Todo ha explotado o ha ardido. Nisa piensa en el incendio de su casa y vuelven a ella las imágenes del fuego, el miedo a perder a su padre, el miedo a perderlo todo, pero esta vez es un miedo diferente, porque no es la primera vez que lo siente. Jose no puede apartar la vista del final de la carretera. La realidad se asocia con otras imágenes almacenadas en su cabeza. Algunas son de libros de texto del instituto, otras de películas de catástrofes naturales, pero la más nítida de todas sale de un cortometraje de animación de Disney sobre dos volcanes que se enamoraban. Tanto los pensamientos de ella como los de él, al igual que todos los recuerdos e imágenes por los que pasan, solo duran los pocos segundos que los dos están callados.

¿Qué cojones ha…?, dice Jose.

¿Es un incendio?, pregunta Nisa.

Es un volcán.

Al lado de casa. Llama a Marcelo.

Las fotos en el WhatsApp se vuelven nítidas y la neblina que tienen en su cabeza también desaparece. Ven la explosión desde distintos puntos, entre ellos el de su propia casa. Los apartamentos están llenos de rocas negras en el último vídeo que les ha mandado Marcelo. Jose lo llama. Suena un tono. Suenan dos tonos. Suenan tres tonos. Marcelo contesta.

¿Dónde están?

Llegando, a la altura de El Charco.

Joder, estoy sacando a la gente. Superpeligroso estar aquí.

¿Qué dices? Pero… ¿qué ha pasado?

Pues que ha explotado. Me ha dado un susto que flipas. Se ha movido toda la isla.

¿Y está todo el mundo bien?

Sí, sí. Pero no paran de caer rocas.

Jose no contesta. Mira a Nisa, que está temblando, pero intenta que no se le note mientras conduce.

Te dejo, dice Marcelo.

Vale, estamos ya a unos quince, contesta Jose.

Están desalojando todo. No vengan.

¿Cómo no vamos a ir?

Que es muy peligroso. Te cuelgo.

Vale. Adiós.

Marcelo cuelga y entran más fotos, más vídeos, más mensajes que Jose ya no mira.

¿Lo escuchaste?, pregunta Jose.

Sí, contesta Nisa.

Durante el trayecto, ella permanece callada y casi no pestañea. Él no aparta la vista del volcán, no quiere perderse nada, como si así tuviese algún tipo de control sobre la situación. Los «joder» se agolpan en su cabeza, uno tras otro, y salen de su boca entre suspiros. Los apartamentos aparecen entre el humo, en lo alto de la ladera. Nisa frena de golpe. Los coches colapsan la carretera y no la dejan avanzar. Pone el freno de mano y se baja del coche para intentar llegar a pie. Jose la sigue. Los dos ven que la carretera está cortada y la policía no deja pasar a nadie. Él entiende antes que ella que no pueden hacer nada. Nisa se sienta en el suelo, como hizo en el incendio de hace dos años, y piensa que esta vez su casa no está ardiendo, que todo está mejor, que aún puede salvarlo todo.

14

Bordean a pie la carretera principal para evitar a la policía, pero en cada calle que entran se topan con un coche o una valla o alguien que les dice que no pueden pasar. Es Nisa la que tira de Jose, conoce un atajo: un camino de tierra entre casas y plantaciones que está en cuesta. Ella lo usaba años atrás, para llegar a los apartamentos, para colarse en ellos, para intentar tener algo que no tiene, justo lo mismo que está haciendo ahora. El aire está sucio, caen cenizas y piedrecitas y Jose no para de pensar cuál de ellas será la que le dé a él, o a Nisa. Cada vez están más cerca y cada vez es más real el peligro, tanto que Jose se para en seco y Nisa no puede tirar de él.

Vámonos.

Ya estamos cerca.

Me da igual.

¿Cómo que te da igual? Nuestras cosas.

Ya entraremos cuando se pueda, ahora no.

No, no, no, balbucea Nisa.

Nisa tira con más fuerza y Jose se suelta de ella.

Por favor, ven conmigo, no puedo dejar todo otra vez.

Jose no contesta, duda si seguir el camino por ella más que por su casa, pero ya ha tomado una decisión.

No.

Pues me voy yo, dice Nisa.

Se da la vuelta y sigue subiendo la cuesta. Jose le grita, la persigue y la agarra por la cintura. Nisa se echa a llorar.

¡Déjame!

Ya entraremos.

No lo sabes.

Al final se rinde y se deja caer al suelo, pero Jose la sujeta por los brazos.

¿Pero qué quieres? ¿Qué es tan importante?, pregunta Jose.

Todo.

Marcelo abraza a Nisa y a Jose, manchados por la ceniza. En su casa están sus padres. Él ha llegado solo hace unos diez minutos, después de llevar a dos huéspedes de los apartamentos a la capital. Nisa se va al baño, se ducha y se pone ropa limpia de la madre de Marcelo. Jose da vueltas por el salón, sin sentarse, por miedo a manchar el sofá. La televisión está puesta. Las imágenes de la erupción se repiten una y otra vez. Todos las miran como si fuese una chimenea en una noche navideña. Al salir del baño, Nisa rompe el silencio.

¿Cuándo creen que parará?

Eso no se sabe ahora, Nis, dice Jose.

Hay cinco bocas y dos echan lava, dice Marcelo.

¿Y por dónde va a pasar?, pregunta Nisa.

Tampoco lo saben, Jose vuelve a hablar.

Joder, no saben nada.

Nisa se asoma a la ventana, el cristal ya está tamizado por la suciedad de la ceniza.

No abras, dice Marcelo.

¿Qué pasa si la lava llega a casa?, pregunta Nisa.

No lo sé, supongo que arrasará con todo, pero igual no pasa por allí.

No puedo quedarme aquí. Si pasa, quiero verlo.

Van cogidos de la mano. Salen de la carretera y suben por la ladera de tierra. Los dos se aprietan fuerte. La cuesta cada vez es más empinada. Sus sombras no están tan definidas como deberían porque el sol está cubierto por el humo y las nubes. A diferencia de la primera vez que subieron juntos, cuando aquel beso, Nisa llega a la cima antes que él. Está impaciente. Al ponerse Jose a su lado, los dos quedan frente a un paisaje que también los deja mudos, pero de horror. Sus manos no se han soltado en todo el trayecto, pero ahora que están quietos, resulta demasiado para los dos. La rabia que siente Nisa la atraviesa como un rayo y llega hasta su mano, pasando a Jose, que lo único que siente es un gran vacío. Los sentimientos de los dos se mezclan y dan forma a uno nuevo que no saben identificar, más cerca de la pena y la nostalgia que de la ira o el enfado. El apartamento siete ya ha sido alcanzado por la lava, solo puede verse la pared que corresponde al baño. Esta se mantiene en pie aunque no tenga nada a lo que sujetarse. Las chispas llegan a los ojos de los dos, que necesitan parpadear más que de costumbre, no saben si por el calor o por la humareda. Casi al mismo tiempo, las chispas se convierten en lágrimas que quedan atrapadas en los ojos de Nisa y que caen por el rostro de Jose. La colada avanza muy lenta pero imparable. La lava toca la puerta de la casa principal y entra. La estructura cede con tanta rapidez que parece un castillo de arena al que le llega el mar. Al derrumbarse, las paredes caen a los lados y dejan al descubierto la habitación de Pedro, con sus cosas, la habitación de Jose, más vacía, y el baño desde el que vio a Nisa por primera vez. La tristeza sale de sus cuerpos y los envuelve, uniéndolos cada vez más, hasta que ella se apoya en él para poder seguir mirando cómo todo se destruye. Parece que Jose tiene los ojos cerrados, pero en realidad está viéndolo todo. Deja una fina rendija por la que solo entran las llamas, los ríos de lava y las explosiones del cono del volcán.

«¿Y ahora qué?», piensa Jose.

«Cuando abra los ojos… nada de esto habrá pasado», piensa Nisa.

El agua de la piscina se desborda cuando la colada alcanza la superficie. Columnas de vapor se unen al humo que sale cuando la lava quema todo lo que toca. El río de fuego atraviesa la piscina y parte la finca en dos. Ya solo quedan dos apartamentos sin destruir y uno de ellos es en el que viven. Durante seis días, tendrán la esperanza de poder volver allí cuando todo se enfríe.

Las altas temperaturas dentro del apartamento se mantuvieron casi constantes. Daba igual que fuese noche o día, la cercanía de la colada hacía que sus paredes quemasen. Las vigas de madera se hincharon y los electrodomésticos dejaron de funcionar. Por las ventanas, el paisaje gris había sido sustituido por una gran montaña negra y de fuego que se movía lentamente, pero que pasaba de largo, dando la sensación de que el volcán se volvería a dormir y dejaría que ese pequeño hogar se salvase. Los terremotos siguieron haciendo que todo temblase, pero al sexto día uno hizo que los cristales reventasen. Ahora se podían ver mejor las vistas. La cabeza del volcán se abrió y dejó escapar más y más lava, que caminaba con más fluidez hacia el apartamento. Se deslizó sobre un camino que ya estaba abierto y cogió velocidad. Sin encontrar resistencia, impactó con la casa. La grieta, que llevaba allí años pese a haber sido pintada y ocultada por Nisa y Jose, volvió a crecer, esta vez dejando pasar el humo y, detrás del humo, la lava. Toda la estructura crujió y la lengua de fuego se extendió por su suelo. El sofá en el que tantas noches fueron felices quedó sepultado. La colada engulló los muebles de la cocina y se dirigió hacia la habitación. No dejó nada a su paso, ni siquiera la cama, que fue tragada junto a la manta con olor a Nisa. El apartamento desapareció sin que nadie lo viese. Jose, al enterarse, pensó en que eso es tan triste como cuando la gente muere sola, sin nadie que esté a su lado.

Marcelo no sabe si fue la suerte o simplemente la forma de la tierra, pero la lava del volcán bordeó la montaña por el lado contrario al que está su casa. La colada arrasó edificios, campos, carreteras y recuerdos mientras se iba abriendo paso hacia el mar. El veintiocho de septiembre el fuego estaba muy cerca del agua, pero tardó todo el día en llegar a la meta. Cuando la noche cayó, Andrés llamó a Jose para avisarle de que estaba a punto de pasar, que si quería ir con él a verlo. Jose accedió, sin ni siquiera mirar a Nisa, que con su cara ya mostraba que no quería ir. Marcelo se unió al plan.

Yo paso.

¿Seguro?

Sí, vayan ustedes, yo me quedo aquí.

Con aquí, Nisa se refería a la casa de Marcelo, en la que la pareja llevaba desde que erupcionó el volcán.

Va a ser impresionante, de esas cosas que solo se pueden ver una vez en la vida, añadió Marcelo.

Menos mal, contestó Nisa algo borde.

Los dos amigos conducen hacia el punto en el que está Andrés. Por el camino, Jose piensa en la cantidad de coches con los que se cruzan, todos ellos buscando el mejor lugar donde ver cómo acaba todo. Jose intenta cuantificar cuántos de esos coches serán de gente de la zona, cuántos de gente de otros lugares de la isla y cuántos serán de gente de fuera. No entiende que la gente haga eso, como cuando hay un accidente en la carretera y los coches que pasan al lado bajan la velocidad para mirar mejor lo que ha pasado. Luego piensa que él también lo está haciendo, baja la ventanilla para mirar mejor todo, pero, claro, este es su accidente. Teme que, a partir de ahora, La Palma se llene de turistas que busquen las casas destrozadas, las carreteras rotas, los pueblos vacíos, y que eso le haga recordar todos los días que su casa está destrozada, que la carretera por la que pasaba siempre está rota y que su pueblo ahora está vacío. También teme que sin esos turistas él ya no tenga futuro en la isla. Marcelo frena, han llegado. La lava cae por el acantilado, formando cascadas rojas que al entrar en contacto con el agua se transforman en columnas de vapor gris que viajan en la dirección que el viento les marca. La imagen lo hipnotiza, como aquel atardecer en el que la lava arrasó su casa, pero multiplicado por diez. Por fin parpadea, hace demasiado que no lo hace. Siente que no debería haber ido, que todo eso está mal, que tendría que haberse quedado con Nisa.

¿Nos vamos?, pregunta Jose.

Sí, contesta Nisa.

Ya estaba harta de llevar ropa que no fuese suya. Se había comprado unos pantalones y un par de camisetas, básicas, negras en el HiperDino de El Paso. Tenía dos bragas en el maletero del coche que había llevado para la última excursión que hicieron juntos. Todas las noches las lavaba para el día siguiente. Justo ropa interior y calcetines es lo único que había comprado Jose, el resto se lo prestaba Marcelo, que siempre vestía con ropa ancha y oscura, y que en él todavía parecía más ancha y más oscura. Eran buenas opciones de vestimenta para limpiar la ceniza que se colaba por todas las rendijas y que se acumulaba en el patio de la casa. A veces, cuando ayudaban a limpiar, sus figuras se mimetizaban con el paisaje, como si estuviesen de incógnito. En realidad, toda su vida era como estar en el programa de protección de testigos de una película americana: habían adquirido identidades nuevas, ropa nueva, iban a vivir en una casa nueva y habían dejado todo atrás.

¿Conduces tú?, pregunta ella.

Sí.

Nisa mete su mochila en el coche, abraza a Marcelo y Jose lo hace a continuación por imitación. La última vez que fueron a esa parte de La Palma fue antes de que todo cambiase. Ahora esa carretera no existe y para llegar hay que dar la vuelta a la isla. Coger el túnel del tiempo, recorrer el otro lado y volver a subir, lo que hace que se tarde el doble. Nisa tiene las piernas agarradas y mira por la ventana, aunque en su lado no están las vistas al mar.

¿Qué te pasa?, pregunta Jose.

Nada.

Después de instalarnos… Podemos darnos un baño en la piscina y luego cenar rico.

Sí.

¿Quieres?, reconfirma.

Sí, contesta sin ganas.

Dentro de poco… todo estará mejor.

¿Cómo?, pregunta Nisa.

Pues con el dinero que nos den podremos empezar de nuevo, dice Jose.

Sí, pero no va a ser igual.

Podremos montar otra cosa, lo que queramos, juntos.

Pero… ¿no te raya pensar en todo lo que hemos perdido?

Sí, pero…

Es que yo cada día me acuerdo de algo nuevo que… ya no está, dice ella.

15

En octubre, el hotel seguía teniendo el encanto de cuando se colaron siendo unos críos. Ya no tenían que disimular cuando pasaba el segurata o el camarero. Estaban allí realojados como otras cientos de personas. Tenían su propia habitación, que era casi tan grande como su apartamento. Eso sí, no tenían cocina, pero casi era mejor así porque desayunaban, comían y cenaban todos los días en el restaurante del edificio principal, con vistas al mar. Pasaban las mañanas enteras en la piscina, se echaban la siesta después de comer, y más tarde hacían deporte en el gimnasio, el más grande en el que habían estado en su vida. No sabían usar la mayoría de las máquinas, pero se hacían vídeos el uno al otro, riéndose de sus respectivas caras de esfuerzo. Todos los días había actuaciones por la noche, no solían ser de su estilo, pero les hacía gracia ir, beber un par de copas y bailar cuando un turista lo daba todo en el karaoke.

En noviembre, Nisa empezó a ver que ese lugar no era tan especial. Al menos no para vivir allí siempre. Cuando llovía, la plaza de la fuente se inundaba. Los sofás de cuero blanco colocados en dirección a la puesta de sol también se empapaban y se quedaban húmedos durante días. Su habitación, aunque objetivamente era grande, la asfixiaba por momentos. Tampoco tenía estanterías donde dejar nada, y empezó a decorar las paredes con dibujos que hacía Jose. La comida del hotel, aunque fuese muy variada, se iba alternando y descifró el patrón. Sabía predecir cuándo iba a ser noche mexicana antes de verlo anunciado en el cartel de la puerta del restaurante. Las hamburguesas que cuando llegaron le parecían deliciosas, ahora la aburrían. Ya no bajaban todas las noches a ver las actuaciones, se bebían una cerveza en el jardín y se metían en la cama pronto.

En diciembre, Jose le propuso a Nisa que fuesen a desayunar a las siete y media de la mañana en vez de a las diez. Estaba cansado de encontrarse con las mismas personas, realojados como ellos en el hotel, y tener las mismas conversaciones: cuándo podremos volver, cuándo nos darán el dinero, cuándo saldremos de aquí. Luego venían las preguntas que a Jose lo ponían más tenso todavía como «¿Qué van a hacer?» o «¿Están buscando trabajo?». A la primera, Jose respondía un «No sé» sincero. A la segunda decía que no, que estaba esperando, pero ya no sabía ni a qué. Todavía bajaban a la piscina, aunque no hiciese mucho calor. Incluso si estaba nublado, lo intentaban, ya que si se quedaban en la habitación se aburrían aún más.

Lo que sí se mantuvo durante aquellos tres meses fue el juego que hacían cada vez que había champán en el desayuno. A diferencia de con la comida, no había una lógica clara para saber cuándo lo ponían. El caso es que cuando se sentaban a la mesa, con sus tostadas, huevos y cafés y tenían champán, comenzaban a actuar como si fuesen otras personas. El juego era una versión elaborada del que hicieron su primera vez allí, cuando fingieron ser una turista niña de papá y un chico despechado porque le habían dejado plantado en el altar. Habían incorporado nuevas normas: no podían repetir personajes y el que se salía del papel antes, invitaba a la cerveza de esa noche. Ese día, Nisa había elegido ser Alice, una periodista en crisis vital que buscaba desesperadamente el tema de su próximo reportaje. Jose tardó un poco más en darle forma, pero se rio cuando dio su último sorbo al champán y llegó hasta Rai, un narcotraficante hortera y torpe que se ha tomado un descanso del trabajo.

¿Qué hace un chico como tú en un sitio como este?, dice Alice.

Rai mira a su alrededor, intentando disimular.

Estoy de vacaciones.

Ah, muy bien. ¿De vacaciones de qué?

Si te lo cuento, tendré que matarte.

Uy, eso me interesa. Venga, cuéntamelo. *Off the record.*

¿*Off* de qué?

Alice se ríe con un sonido muy diferente al que hace Nisa. Jose se sorprende al escucharla, pero Rai finge que no. Alice le acaricia la mano y lo mira a los ojos.

Esto queda entre nosotros.

Rai se levanta y hace un gesto raro a Alice, pidiéndole que lo siga. Ella coge su último bollito, se levanta y camina detrás de él. Salen a un gran balcón con vistas a un horizonte lleno de plantaciones de plátanos. Apenas hay nadie en esa parte del hotel. Rai se acerca al oído de Alice.

Tengo algunos negocios. Una cadena de restaurantes, franquicias, ya sabes. También un hotel. Una empresa de transportes… pero en realidad de dónde sale el dinero es de otro sitio…, dice Rai con un tono misterioso, interesante y forzadamente sexy.

Qué gran emprendedor. Veo que eres un hombre que se ha hecho a sí mismo.

Bueno, está feo que lo diga yo, pero sí. ¿Y tú? Háblame de ti.

Yo he venido aquí a buscar una gran historia y… creo que la he encontrado.

Alice acaricia el pecho de Rai.

¿Cómo te llamas?, pregunta Rai.

Alice. ¿Y tú?

Rai.

Rai… ¿De dónde viene?

Pfff, no sé si decírtelo. No hay muchas personas que lo sepan, pero a ti te lo voy a contar.

Venga.

Rai, de Raimundo.

Nisa escupe de la risa sobre la cara de Jose, que también pierde por unos segundos el papel. Los dos recuperan rápido la compostura y vuelven a sus miradas intensas.

Alice y Rai están en la piscina. Ese día, el sol calienta a los pocos turistas que hay en el hotel. La periodista y el narcotraficante están con medio cuerpo en el agua y medio cuerpo fuera, en la parte de la piscina que imita a la orilla del mar.

¿Te apetece cenar conmigo esta noche?, pregunta Rai.

Claro, me encantaría, contesta Alice.

Te contaré todo lo que quieras.

Qué ganas.

Nisa busca en su cabeza qué va a ponerse, qué llevaría Alice. Tampoco es que tenga demasiadas opciones. Repasa toda la ropa que tiene, que ahora mismo no es mucha y cabe en la mitad del armario del hotel. Ahora solo tiene un vestido. Recuerda todos los que tenía hace tres meses, los que se quedaron bajo la lava. Duda de si se le olvida alguno, pero cree que no. Nisa piensa que ya se le ocurrirá algo; total, tiene todo el día para hacerlo. Jose piensa en que ya se ha aburrido de jugar, y en lo fácil que sería salirse del papel y que todo acabase; en meterse en la cama después de hacerse un bocadillo con el embutido que tienen en el minibar de la habitación, pero si dejan de jugar, no sabe cómo va a llegar hasta ese momento. Quedan demasiadas horas, así que sigue jugando. Pasa de centrarse en qué hacer durante esas horas a preguntarse qué va a hacer con su vida. El tiempo de espera se está alargando demasiado y sabe que nada se va a arreglar de manera mágica, que nadie los va a salvar, que solo pueden salvarse ellos a ellos mismos. Lo que no sabe es si Nisa estará en el mismo punto que él, pero siente que se acerca el momento de hablarlo.

Te voy a llevar a un sitio especial, invito yo, dice Rai.

Rai se muerde el labio. Alice le sigue el juego.

Llevan catorce horas metidos en los personajes. Ha habido algunos momentos en los que Nisa ha dejado de ser Alice y Jose ha dejado de ser Rai, pero ninguno de los dos ha pillado al otro. Nadie ha ganado el juego, por ahora. Esa noche ha tocado cena italiana, que consiste en diferentes tipos de pasta y diferentes tipos de salsa para echarle por encima. La suma de las combinaciones que puedes hacer da como resultado dieciséis platos diferentes, pero Nisa y Jose ya los han probado todos.

¿Has comido alguna vez la famosa receta siciliana de pesto a la carbonara?, Alice pone acento italiano.

He estado en Italia, cuatro o cinco veces, por trabajo, pero apenas he podido disfrutar de su gastronomía.

¿Qué hiciste allí?

Tenía que entregar unas mercancías. Asegurarme de que todo iba bien, contesta Rai.

Mercancías, dice Alice

«Mercancías», dice Rai usando sus dedos para entrecomillar.

¿Y cómo empezaste en el negocio? Siempre me parece apasionante saber cómo se forja un imperio como el tuyo.

Mi padre fue un visionario. Lo aprendí todo de él. Desde que yo era un enano me llevaba a todas partes, veía cómo cerraba sus contratos, nadie le chistaba. Era el rey del mundo y yo su príncipe.

El príncipe de las mercancías, dice Alice.

Eso mismo. Juntos dominamos… el mercado.

¿Y tu madre? ¿Iba con ustedes?

No.

¿Se quedaba en casa?

No.

¿Sabía a qué se dedicaba tu padre?

No lo sé.

Joder, dice Alice, pero es más bien Nisa la que habla.

¿Qué?, Rai está confuso.

Que sí lo sabía o no.

No.

Veo que tienen muchos secretitos en esa familia.

¿Qué?

Rai desaparece y vuelve Jose, que mira desconcertado a la periodista, o a su novia, ya no sabe muy bien a quién. La cara de ella ha mutado. Ya no es inocente ni curiosa. Ha recuperado esa malicia que tenía años atrás, cuando era casi una niña.

Me suena un poco, dice Nisa.

No sé si estás jugando o no, pero no tiene gracia.

Yo sí sigo jugando. Así que has perdido tú. Me debes una cerve.

Pues muy bien, contesta Jose.

La pasta ya está fría. En realidad nunca estuvo muy caliente, porque Nisa le echó queso en polvo y no llegó a fundirse con el resto de la salsa. Revuelve su pesto a la carbonara. Jose suelta los cubiertos y mira hacia la oscuridad que hay más allá de la ventana, donde debe de estar el mar.

Pero, vamos, que si quieres que hablemos de este tema de verdad, lo hacemos, dice Nisa.

No, no quiero hablar de este tema.

Qué novedad.

Contigo. No quiero hablarlo contigo.

Ambos prefieren ir a la actuación que toca esa noche en el hotel antes que ir a la habitación. Será menos tenso, se dicen a sí mismos casi a la vez. Canta un imitador de Frank Sinatra, trajeado, rodeado de luces de Navidad y espumillón. Mientras suena *Come fly with me*, Nisa se arrepiente de lo que ha dicho, aunque se arrepiente más de no haber dicho todo lo que sabe sobre los padres de Jose. Le molesta la ignorancia de su novio ante lo que de verdad le pasó a su madre o lo que hizo su padre con ella. Pero le molesta más volver a ser esa chica que crea momentos incómodos y que hace sufrir a los que la quieren. Ya acabando la canción, que da paso a *Blue Christmas*, Jose se pregunta por qué hay una cinta de seguridad protegiendo al cantante y por qué usa la voz de Frank Sinatra para cantar una canción que es de Elvis Presley. Las conoce todas, en otras Navidades muchos años atrás, su madre las escuchaba mientras ponía el árbol. Esos momentos le parecían muy especiales cuando era niño, y cuando su madre murió más, pero ahora, escuchando esos temas en ese hotel para guiris, se le contamina el recuerdo y le parece algo que roza lo patético. En realidad, todo está contaminado de una sensación de vacío desde la cena.

Las palabras de Nisa vuelven a él cuando ya está en la cama. «Muchos secretitos en esa familia». Odia que le haya dicho eso, que tenga razón, que todo se haya convertido en un secreto para él y ahora no quede nadie que le pueda decir la verdad, que le ayude a resolverlo. En ese espacio confuso que hay entre estar dormido y despierto, vuelve al acantilado en el que tantas veces se imaginó a su madre cayendo. Caía agarrada al volante, con los ojos cerrados, segura de lo que estaba haciendo. «Jose... creo que... ella no quería que pasara lo que pasó». La voz de Pedro le hace cambiar ese pensamiento y ahora Carolina cae por el barranco llena de miedo. Quiere sacar esa imagen de su cabeza, se esfuerza en imaginarse a su madre sonriendo. «Lo pasé muy mal cuando murió... Era la mejor.

Cierro los ojos y puedo ver su sonrisa». Es Jairo el que habla, pero en vez de decirle esta frase en la gasolinera lo hace en su heladería, con un cucurucho en la mano. Jose abre los ojos, la pesadilla ha acabado, aunque en algún momento fue un sueño bonito. Las palabras de Jairo también vuelven. A su lado, Nisa todavía tiene los ojos abiertos.

16

Aunque la carretera está en obras, Jose no baja la velocidad. Está dando la vuelta a la isla. Quiere llegar lo antes posible, aunque no sabe si al llegar tendrá la valentía para hablar, o para preguntar, mejor dicho. El móvil lo desvía de la carretera principal y le hace bajar más pegado al mar, para luego subir, para luego coger el túnel del tiempo, para seguir bajando y bajando hasta el mar de nuevo. Le gustaría calmarse a medida que avanza, pero justo es lo contrario. Siente que todos saben algo que él no sabe, que todos le mienten. Jose aparca justo debajo de la casa de Tazacorte en la que un día vivió con sus padres y hace el mismo camino hasta la heladería que tantas veces hicieron juntos. Allí está la mujer de Jairo, atendiendo detrás de la nevera llena de sabores.

Dime, ¿qué te pongo?, dice ella.

¿Está Jairo?, pregunta Jose.

No.

¿Y dónde está?

Ni idea.

¿Y sabes cuándo viene?

No. No sé si vendrá ya hoy.

¿Qué querías?

Hablar con él.

Si quieres… yo le doy el recado.

No…

Pues si no me lo quieres decir a mí, no sé qué tienes que decirle a él.

Jose se queda sin preguntas y sin respuestas.

Vale, bueno, gracias.

De nada, a ti.

Una vez en el coche tiene ganas de golpear el volante y gritar, como hacen en las películas cuando alguien se siente idiota o frustrado o las dos cosas a la vez. No lo hace, simplemente arranca y conduce de vuelta al hotel. Aún no ha salido de Tazacorte cuando ve a Jairo caminar por el paseo. Jose gira con brusquedad y se lanza a un sitio vacío. Se dirige hacia él, caminando muy rápido.

Oye.

Hola, muchacho.

¿Por qué dijiste eso de mi madre?

¿El qué?

Lo de su sonrisa.

Jairo mira al suelo. Luego vuelve a mirar a Jose.

Porque es verdad.

Se encara con Jairo, parece a punto de darle una rabieta de niño pequeño.

Pero parecía como que la conocías mucho.

Sí, muchos años… éramos vecinos de por aquí. Y de la heladería.

Que no me mientas, joder, si el otro día casi te echas a llorar cuando hablabas de ella, dice con los ojos llenos de lágrimas.

Jairo mira a su alrededor. Todas las personas que caminan por el paseo lo conocen. Casi todas pueden imaginar de qué están hablando.

Quedamos otro día y hablamos con más calma, dice Jairo.

¡No! No me voy de aquí sin saber qué pasó.

Pues vamos a tu coche y… vamos a otro lado.

Jose acepta y echa a andar, mirando de reojo a Jairo para ver si lo sigue hasta el coche. Ya dentro, mete la llave pero no arranca.

No voy a ir a ningún lado. Dímelo ya, por favor.

Yo quería mucho a tu madre, dice Jairo.

Ninguno levanta la mirada.

Más que a nadie…

¿Y?

La noche que murió yo estaba con ella…

Jose gira la cabeza hacia él. Parece que quiere pegarle, pero si lo hace Jairo dejará de hablar.

¿Y qué pasó?

No lo sé. Solo vi que el coche desaparecía.

¿Pero lo hizo ella?

A Jose le cuesta seguir hablando, pero lo vuelve a intentar ante el silencio de Jairo.

¿Se lanzó ella?

No, no. La tierra cayó y se la tragó el mar.

Y no hiciste nada.

No podía hacer nada.

Jairo comienza a llorar.

Y dejaste que todo el mundo creyese que se había suicidado. Que yo lo creyese.

Es que… si lo contaba… se sabría lo que hacíamos y todo se iría a la mierda. ¿Entiendes?

Eres un cabrón. Me hiciste creer que ella no me quería, que yo la hacía estar mal.

Lo siento, Jose. Ella te quería más que nada.

Jairo no para de llorar. Jose no sabe qué más decir. Los segundos son eternos.

Bájate.

Jairo abre la puerta del coche y sale. La sangre circula por el cuerpo de Jose demasiado rápido. Quiere arrancar y atropellarle, quiere bajar del coche y saltar sobre su espalda para que caiga al suelo y su cabeza choque contra el asfalto, quiere gritarle delante de todo el mundo, quiere… Suena el teléfono, es Nisa. Apenas han hablado desde la noche anterior, ni siquiera le ha dicho dónde está, pero cuando lo coge y escucha su voz, llora como ese niño que lleva tanto tiempo queriendo salir de él.

Nisa lo espera en la entrada del hotel. Baja antes de que vuelva, no quiere quedarse atrapada en la habitación hasta que llegue la hora. Piensa en qué le habrá pasado, no era capaz de entender nada, solo lo escuchaba llorar y decir palabras sueltas que no tenían sentido para ella. Cuando ve aparecer el coche, Nisa analiza la cara de Jose, más roja de lo habitual. Él se baja y ella va a recibirle.

Sube, vamos a otro lado, dice Nisa.

Obedece y se monta en el asiento del copiloto.

¿Dónde vamos?, pregunta Jose.

A La Zamora.

Los tres minutos hasta la playa los pasan casi en silencio. Nisa pregunta dos veces qué ha pasado, pero Jose es incapaz de hablar. En las escaleras de la playa ella le acaricia la espalda y él se deja, aunque sigue bajando sin parar hasta la arena. Rodeado de acantilados, siente que está protegido y que nada ni nadie puede escucharle. El sonido de las olas es muy alto y Jose tiene que esforzarse para que Nisa se entere. No valen los susurros ni las frases a medio acabar, tiene que ser claro.

Me lo ha contado todo, lo que le pasó a mi madre, cómo murió y más cosas…. Que él la quería y ella no lo sé. Y es que yo lo sabía, Nisa, sabía que estaba con él.

¿Por qué?, pregunta Nisa.

Desde ese día sabía que había algo raro con mi madre. Y ese tío estaba con ella cuando murió. Y se lo ha callado.

¿Y tu padre no lo sabía?

Pfff, yo qué sé. Todo es una puta mentira.

Nisa le abraza, justo cuando una ola rompe en las rocas de su izquierda.

Todo lo que me han contado, lo que la gente me ha dicho. La idea de mi familia… La idea que tenía de ella, Jose continúa.

Quizá no supo cómo hacerlo… mejor, dice Nisa.

Cualquier cosa es mejor que esto.

¿No prefieres saber la verdad?

No, porque todos son unos mentirosos. Mi madre, mi padre. Siento que no me puedo creer nada.

Nisa sabe que no es momento de hablar, que tiene que dejar que sea él quien hable. Jose levanta la cara llena de lágrimas. Está muy cerca de la boca de Nisa y espera que ella diga algo.

Te quiero, dice Nisa.

Jose no contesta.

De verdad. Lo sabes, ¿no?

Sí.

Nisa acaricia la cara de Jose y se lleva las lágrimas con su mano.

¿Por qué lo sabes?, pregunta ella.

Otra ola rompe. Unas pequeñas gotas son arrastradas por el viento hasta sus cuerpos.

Porque siempre estás a mi lado, porque tú no me harías lo que me han hecho ellos.

Nisa sonríe, pero es una sonrisa de mentira. Lo que ha dicho Jose es bonito y feo a partes iguales.

Estoy aquí para ti, y tú para mí. Nos tenemos el uno al otro.

Pero es que…, Jose se calla a la mitad de la frase.

¿Qué? Dilo.

Solo te tengo a ti.

No es verdad. Tenemos amigos, tenemos gente aquí que nos quiere, que te quiere, dice Nisa.

Estoy harto de este sitio.

Nisa ya no sabe cómo consolarlo.

¿Crees que la gente lo sabía?, pregunta Jose.

Nisa sabe a qué se refiere, pero finge que no.

Lo de mi madre, lo que pasó realmente. Y lo de ese tío.

No sé…

La cara de Jose vuelve a suplicar una respuesta de Nisa, a la que quizá le ha llegado el momento de confesar.

Creo que… la gente siempre habla. Pero si lo sabían o no… no es lo importante, dice Nisa.

A mí sí me importa, contesta Jose.

La luz ha caído y los mosquitos han llegado para devorar todo lo que queda en la playa. Nisa abraza a Jose, intentando consolarlo o intentando que él no le vea la cara. Lo agarra de la mano y tira de él hacia las escaleras infinitas.

Vamos a casa.

¿A qué casa?, Jose pregunta.

Ya me entiendes.

Sí, pero es que ya no quiero estar más allí. Llevamos meses y no va a cambiar nada. Quiero que tú y yo nos vayamos a otro lugar.

Pero es que aquí lo tenemos todo, podemos volver a empezar, lo dijiste tú, yo estoy esperando a eso, dice Nisa.

Ya no, no quiero empezar nada aquí, contesta Jose.

Nisa propuso cenar en Nochebuena con Marcelo y su familia, pero a Jose no le apetecía. Tampoco quiso ir al restaurante de Tazacorte donde bebieron vino por primera vez, dijo que estaba demasiado lejos cuando en realidad en lo que pensaba era en la posibilidad de cruzarse con Jairo y su mujer allí y sentía asco. Entre los planes que había pensado Nisa no estaba cenar con su padre, aunque su casa estaba solo a unos diez minutos en coche del hotel. Unos días antes se habían mandado unos mensajes. Después de preguntas básicas como «¿Qué tal estás?», Yeray le preguntó a su hija que cuáles eran sus planes para las fiestas. Nisa le contó que en el hotel había una cena de Nochebuena para los realojados y que era posible que fueran, aunque no sabía realmente qué iban a hacer. Mar también los invitó a ir a Madrid esos días, pero cuando lo miraron todo estaba demasiado caro. Al final aceptaron que se quedarían allí.

Subieron carretera arriba, hasta el Spar de Los Canarios y dieron vueltas buscando algo que pudiera ser especial para cenar esa noche supuestamente especial. A Jose parecía que no le apetecía nada, así que Nisa acabó cogiendo un pan de jamón y unas chocolatinas. Ya tenían vino y cerveza suficiente en la habitación.

Oye… ¿Prefieres que bajemos a la cena?

Lo que tú veas. Si te apetece, vamos, dijo Jose.

Nisa intentó averiguar si esa respuesta significaba que de verdad le apetecía ir. Como no lo consiguió, pensó en lo triste que era cenar un pan de jamón envasado en Nochebuena. Quizá les vendría bien salir de la habitación.

Vale, puede estar bien, dijo Nisa.

El salón estaba decorado con un espumillón que no pegaba con los muebles modernos. Los camareros llevaban gorros de Papá Noel y las mesas tenían manteles rojos y estrellas doradas. Nisa y Jose temían que hubiesen colocado a todos los realojados en una mesa muy larga, casi infinita, donde sería imposible evitar la pena, pero no. Las mesas estaban colocadas como siempre y las personas podían elegir compartir esa pena.

¿Qué desean para beber?, preguntó el camarero.

Pidieron los vinos que les recomendaron, porque no conocían ninguno. Cuando sirvieron la sopa de picadillo, la mujer de unos setenta años que cenaba con su hija en la mesa de al lado les dijo que estaba rica, pero que la que hacía ella sabía mejor. Los langostinos hicieron que la señora volviese a hablar. Esta vez les dio una clase sobre la mejor manera de pelarlos. Jose le sonreía, sin hablar, pero por dentro solo pensaba que ojalá se callase. Nisa intentaba ser amable y no cortarla. Interpretaba cada mirada, gesto y sonrisa de él, que aunque pareciesen agradables, ocultaban su incomodidad. Los dos cenaron muy rápido y Jose fue el primero en levantarse.

Ha sido bastante horrible, dice Nisa para hacerle hablar.

Lo esperado. Yo qué sé.

Al menos estaba rico.

Sí.

Jose sale al balcón y ella se queda dentro de la habitación. Nisa lo mira. Su reflejo en el cristal coincide sobre la espalda de él, que ahora está apoyado en la barandilla.

¿No vamos a hablar más de lo del otro día?

Se gira, la mira y suspira, pero es un suspiro de cansancio.

Ya te dije lo que pensaba.

Pero estabas enfadado.

¿Y?

¿Sigues pensando lo mismo?

Sí. No vamos a ser felices aquí.

No lo sabemos, quizá hay que esperar un poco más.

Yo me quiero ir, pero si tú te quieres quedar, yo me quedo aquí por ti.

Nisa deja de mirarlo. Observa su habitación. Los dibujos por las paredes, la ropa tirada en el sofá en el que se ha sentado tanta gente y el armario forrado de espejos. Ahí es donde Nisa se detiene. Mira a Jose a través del cristal.

Quizá sí. Tienes razón y lo mejor es irnos.

17

Nisa y Jose llegan los últimos. No ha sido culpa suya: de camino han tenido que parar en Santa Cruz para recoger a Lis, que ha tardado en bajar al portal más de veinte minutos. Lleva años yendo y viniendo de la península. Justo este año ha alargado las vacaciones de Navidad y puede volver a ver a su vieja amiga antes de que se vaya, aunque Nisa no sabe si alguna vez fueron amigas de verdad.

La fiesta de despedida ha empezado sin ellos. Gara y Víctor ya están en el agua. Marcelo solo tiene los pies metidos y está tomando una cerveza. Al verlos desde la cuesta, Jose piensa que antes no eran tan amigos ellos tres, pero que ahora, al ser los únicos que se van a quedar a vivir en la isla, se han ido acercando casi por necesidad. Quizá quedar los tres juntos al otro lado de la colada les permitía verse más, encontrarse por la calle, estar los unos con los otros. Ellos no habían tenido que irse lejos, no habían perdido sus casas, y eso los alejaba de Nisa y Jose. Quizá simplemente era culpabilidad por ser más afortunados.

Andrés aparece cargado de bolsas y sudando por un sol suave de invierno. Pone las toallas separadas las unas de las otras, para que nadie se le siente en su pedazo de roca. Aunque la verdad, a esas alturas del año y más con todo lo que ha pasado, es difícil que el lugar se llene. A nadie le venía bien quedar en el Charco Azul, ni a los separados por el volcán, ni a los realojados, ni a los que viven en la capital, pero la despedida de Nisa y Jose le dio fuerza al plan, haciendo que tuviese sentido ir a un lugar al que nunca suelen ir para decirse adiós.

… pero allí se quedan un tiempo, ¿no?, pregunta Gara.

Hasta que encontremos algo, dice Nisa.

Es que además su madre vive a las afueras. Y supongo que será mejor vivir más en el centro por el curro, añade Jose.

¿Ya consiguieron curro?, pregunta Marcelo.

No, no. Echamos cosas, pero desde aquí es que es un rollo, dice Nisa.

Pero si estamos allí seguro que no tardamos, añade Jose.

Les va a gustar vivir allí, dice Lis.

Tú qué sabes, si estás en Barcelona. Tú tienes mar, pero estos se van a secar, dice Andrés.

Ya, pero en Madrid hay un montón de cosas que hacer. Yo he ido un par de findes de fiesta y superguay, contesta Lis.

Bueno, pero también lo pagas, añade Marcelo.

Claro, concluye Andrés.

Nisa y Jose apenas hablan. Parece que todos saben muy bien cómo será su futuro, mejor que ellos mismos.

Bueno, cuando tengamos casa propia, vengan a vernos, dice Nisa.

¡Eso!, dice Jose.

Yo voy, dice Gara.

Esta misma conversación se repite en diferentes formas durante el tiempo que están juntos. En realidad es una charla que todos los presentes han escuchado muchas veces, desde que son niños, cada vez que alguien se va. Quedarse o irse se convierte en una cuestión de debate que no llega a ninguna parte. Son demasiadas opiniones, pero todas ellas sin conclusión. Nunca hay ganadores o perdedores, solo hay gente que se queda y gente que se va.

La tarde se va mezclando con la noche y el grupo de amigos se despide con un «hasta pronto». No hay lágrimas ni grandes dramas, pero porque todavía sienten que les quedan días para tenerlos. Gara lleva a Lis a Santa Cruz y Jose y Nisa se quedan solos. Antes de salir a la carretera grande, Nisa frena y le mira.

Un último baño, ¿no?

Claro.

Da la vuelta y vuelve. Dejan el coche en el aparcamiento del puerto, que está vacío. Los dos nadan hasta que las luces de las farolas ya no los iluminan, son solo puntitos. Jose piensa en cuántas playas les quedan por conocer y en que nunca terminaron su vuelta a la isla. Luego recuerda la playa de los Guirres, la primera a la que fueron juntos Nisa y él y a la que nunca podrán volver. Sobre ella hay toneladas de lava que han borrado todo lo que un día fue.

Jose besa a Nisa antes de salir. Coge el coche destino a Los Llanos. Esta será la última vez que haga ese trayecto antes de irse a Madrid. A ese estudio va desde hace años, desde su primer tatuaje. Por el camino, las obras vuelven a desviarle. Estira su brazo para abrir la guantera. Hay discos viejos de su padre, debería tirarlos antes de entregar el coche. Pone uno al azar, uno que no es original. Es un recopilatorio hecho por Pedro de sus canciones favoritas. Casi todas son de principios de los noventa y casi todas son de amor. La banda sonora lleva a Jose a su infancia y se siente un poco mal, como si fuese un traidor por marcharse.

Nisa espera diez minutos a que Jose ya esté lejos. Baja a la puerta del hotel y cree ver su coche subiendo la montaña. Anda por la pequeña carretera entre plantaciones, pero cuando lleva medio camino, se para. Coge su teléfono y piensa en llamar para avisar, por si no es un buen momento. Lo guarda y sigue. Hace años que no va, desde antes de vivir en el hotel, desde antes del volcán, desde antes de que su madre y Hari se fuesen de La Palma. Tiene pocos recuerdos allí, pero los pocos que tiene, son verdaderamente buenos. Por eso duda si ir, por si al igual que tantas otras cosas relacionadas con su padre, los recuerdos acaban estropeándose.

Jose llevaba tres ideas en la cabeza. Tres dibujos para recordar tres momentos de estos últimos tres meses.

El primero es una ola, por aquel día en el que acabó llorando en la playa con Nisa, tras discutir con Jairo, después de toda esa mierda. El segundo dibujo es un gorro de Papá Noel, el que llevaban los camareros del hotel la noche en la que decidieron irse. El tercero es la silueta de la isla, para no olvidarse de lo que deja atrás.

El tatuador le dice que no tiene tiempo para hacerle tantos. Jose fusiona las tres ideas en una y le pide que añada a su antiguo tatuaje de un volcán lava y humo. Que pase de ser un volcán dormido a uno en erupción.

Yeray abre la puerta y Nisa sonríe. Es una casa destartalada, parecida a otras que hay en esa playa. Las construyeron hace muchos años las manos de los pescadores que las habitaron, como era el abuelo de Nisa. Todo está como él lo dejó. Yeray acaricia la cara de su hija, a la que hace meses que no ve.

¿Quieres tomar algo?

Demos un paseo mejor, contesta Nisa.

Vuelve el lunes y te hago el resto, dice el tatuador.

El lunes no puedo, pero te pego un toque y me paso otro día, contesta Jose.

Oye, y... ¿qué están haciendo? Tu chica y tú.

Pues, tío, ya mirando para abrir otros apartamentos. Esta vez con restaurante y la piscina mucho más grande. Va a estar bien, miente Jose.

Vengo a despedirme, mañana me voy, dice Nisa.

¿A dónde?

A Madrid. Me quedo con mamá.

¿Y Jose?

También. Nos vamos los dos.

No pareces muy contenta.

Antes de volver, Jose da un paseo por Los Llanos. Visita esos lugares en los que pasó tantos ratos y a los que sabe que no volverá. Se mira en el cristal de un escaparate, es casi como si no se reconociese. Del pelo amarillo asoma una raíz negra de unos cinco dedos. Entra en una peluquería.

Nisa abraza a su padre. Hacía mucho que no lo abrazaba así de fuerte. La última vez no fue cuando se encontraron tras la erupción. Fue cuando le vio tras el incendio de su casa. Nisa no sabe si lo volverá a ver. Yeray tampoco.

El pelo cae a cámara lenta. Jose mira al suelo y evita el espejo hasta que el corte ha terminado. Está rapado y parece medio enfermo, pero más adulto. Es otro Jose.

Si quieres, puedes quedarte aquí. Ya no soy como antes. Creo que hace tiempo que debí irme, contesta Nisa.

Por la ventana del avión se ve el mar. Nisa y Jose vuelan.

III

LA EXPLOSIÓN

18

La escalera parece llegar a su fin, pero en realidad queda otro tramo de peldaños mucho más pequeños. El último piso es un añadido al edificio, un extra que no debió estar siempre allí. En el umbral los espera un hombre bajito, con gafas de abuelo, aunque no tiene edad para serlo. Esta mañana creen que han conseguido ser los primeros, que ese piso va a poder ser suyo. Nisa va primero y los rayos del sol que entran por la ventana se topan con sus ojos. Desde ese momento, cegada por el fogonazo de la luz, lo ve todo en blanco y negro. Hace que viaje a un mundo en dos colores, como esos días en la playa, donde la arena negra hacía destacar más el blanco de la espuma de las olas. Pero una vez pasado el efecto de la luz, vuelven a aparecer otros colores intermedios, muchos de ellos son grises. Jose ha entrado en el piso detrás de ella, ya ha analizado las cuatro paredes que lo forman. No es muy grande, pero tiene algo que le recuerda a su viejo apartamento, quizá en lo simple que es o en las ventanas con vistas. Es un único espacio, con una cocina pequeña y algo vieja. La cama está pegada a una de las paredes y un sofá tapado con una manta barata de Ikea se sitúa frente a ella. Jose vuelve a las ventanas, en las que no hay nada que las tape. A lo lejos, ve dos edificios de la Gran Vía de los que aún no sabe el nombre, si es que lo tienen. Hasta ellos solo se ven tejados con antenas parabólicas. Desde otra de las ventanas puedes salir al techo del edificio. Jose se visualiza allí con Nisa cada tarde y cada noche, viendo cómo el sol se oculta entre los tejados, no entre el mar y el cielo.

¿Qué sois, canarios?, pregunta el señor.

Sí, contesta Jose.

¿De qué isla?, vuelve a preguntar.

De La Palma, dice Nisa.

Yo he ido muchos veranos a Gran Canaria. A Las Palmas, no a La Palma.

Qué bien, ¿y le gusta?, pregunta ella.

Me encanta. Fíjate que durante muchos años iba todos los veranos, luego ya me empezó a dar pereza el vuelo y tal. La edad.

Si es muy joven… usted, dice Nisa.

¿Joven? Jóvenes vosotros. Yo ya estoy cansado.

¿Y el tejado?…, dice Jose.

Ya sabía que me lo ibas a preguntar, te estaba viendo la cara.

¿Se puede?

A ver, la verdad es que no se puede salir, pero, vamos, que todo vuestro. Anda que no me habré pasado horas ahí torrándome sol. Cuando estaba de moda. ¿Veis? Cuando era joven.

Todos se ríen. El señor lo hace sinceramente. Nisa y Jose lo hacen para intentar caerle bien.

Pues nos encanta. ¿No?, Nisa mira a Jose.

Sí, sí, muy guay.

Cómo me alegro, dice el señor.

¿Lo ha visto alguien más?, pregunta Jose.

No, sois los primeros, así que mira, si lo queréis, para vosotros.

¿En serio? ¡Qué bien!

Para el contrato, mis hermanos me dicen que os pida las dos últimas nóminas y dos meses de fianza.

Vale, pues, los meses sin problema y las nóminas... pues es que acabamos de llegar a Madrid. Estamos en ello. Bueno, hemos currado algún día suelto, pero no nos han hecho ni contrato, dice Nisa.

Ah, es que sin nómina... no me van a dejar. Puedo preguntarles si les vale con un aval.

Aval... dice Jose.

Creo que no, continúa Nisa.

A ver, cualquier familiar que dé la cara por vosotros. O incluso un amigo me vale.

Pero podemos pagar nosotros. ¿No le vale el extracto de la cuenta?, pregunta Nisa.

No. La verdad es que no.

¿Y si le pagamos seis meses de golpe...?, dice Jose.

No.

... ¿o un año?

No. Lo siento.

Ninguno de los tres sonríe. Ya nadie intenta caer bien a nadie.

Nisa y Jose atraviesan calles llenas de verjas bajadas, cada una de ellas esconde bares y pubs que no abrirán hasta la noche. Llegan al metro para coger la línea uno, la azul clarito. De allí van hasta Sol y se bajan. Solo es una parada; luego piensan que quizá podrían haber hecho el trayecto andando, pero, con el frío que hace, casi mejor ir bajo tierra. Allí cogen un tren que sale de la ciudad y va hasta otra ciudad, más pequeña que Madrid, pero más grande que cualquiera de su isla. Este trayecto lo han hecho dos veces al día desde que llegaron, hace ya un mes, y todavía tienen que mirar el móvil para no desorientarse, por si acaso. El piso que acaban de perder es el número catorce. En los parámetros de búsqueda de su perfil en Idealista han puesto el tope en setecientos euros. También han hecho un dibujo en el mapa de la ciudad, marcando los límites de donde quieren vivir. Esta frontera mental es un poco más amplia que el círculo de la M-30 pero un poco más pequeña que el de la M-40. Han seleccionado el filtro «Terraza», pero, desoyendo los consejos de Mar, no han seleccionado los filtros «Calefacción» o «Ascensor». El de la calle de Embajadores lo descartaron nada más entrar. Las fotos los habían engañado y era mucho más pequeño. Esos quince metros bien distribuidos del monoespacio hacían que tuvieses que cocinar dando con las piernas en el final de la cama. El de la calle de la Ballesta solo tenía un ventanuco a dos metros y medio de altura y daba a un patio interior. No estaba mal de precio, costaba seiscientos cincuenta euros y tenía una estancia separada del salón, pero lo descartaron por la falta de luz. Pasadas las malas experiencias, empezaron a ver que no era tan mala opción, pero cuando quisieron volver a él, ya no estaba disponible. En el portal del número tres de la calle de Berruguete, esperando a que llegase la hora de su visita, sonó el teléfono de Nisa. La de la inmobiliaria les dijo que no fuesen, que ya habían alquilado el piso a unos chicos que habían ido antes que ellos. Algo parecido a eso les pasó con cuatro pisos más y los dos aprendieron a bajar sus expectativas. Pese a que las casas se convirtieron en el principal tema de conversación y sueños de la pareja, los dos aprovecharon sus primeras semanas en la ciudad para conocer todo lo que podían. Por las noches, cuando ya no era hora de hacer visitas, Nisa y Jose salían a caminar, muchas veces sin rumbo, otras para tachar de su lista mental sitios de los que llevaban toda la vida hablando o viendo en la tele. Una mañana, tras otra de las visitas canceladas, Jose buscó un artículo que se titulaba *Quince cosas que hacer en Madrid y que no te costarán mucho dinero*. La mayoría eran visitas a museos en horarios concretos, pasear por jardines, tomar helados con formas raras o gofres con formas aún más raras, así que eligieron ir a remar a las barcas del Retiro. Nisa interpretó ser *La Sirenita* en la escena de la barca y por eso no habló en los primeros cinco minutos del paseo. Jose no entendió la referencia y no la besó. Eso sí, le hizo una foto con una cámara Polaroid que le habían regalado esas Navidades a Hari. Muchas de las barcas que les rodeaban tenían como tripulación personas demasiado rubias y con los ojos demasiado claros para ser madrileños.

Ahora nosotros somos los turistas, pensó Jose.

Su parada se llama Las Margaritas, pero no saben por qué se llama así. La madre y la hermana de Nisa viven en unos edificios de ladrillo que se construyeron hace unos quince años, pero ellas llevan viviendo allí dos. La casa tiene dos cuartos, el de Hari y el de Mar, bueno, el de Mar ahora lo comparte con Juanma, que se mudó con ellas hace unos meses. Nisa no lo había visto hasta que aterrizó. Al abrirse las puertas, primero vio a su madre y a su hermana de la mano. Luego, detrás de ellas, estaba él. Sabía que su madre tenía novio, pero al verlos a los tres juntos en el aeropuerto sintió una náusea parecida a la que siente a veces Jose. Que existiese una nueva familia, formada con restos de lo que fue la suya en su día, le parecía un poco raro.

Nisa y Jose duermen en el salón, y todas las mañanas Juanma los despierta a las siete y media cuando sale a correr. Consiguen dormirse de nuevo, pero Mar y Hari los vuelven a despertar a las ocho cuando desayunan y salen. De ocho a nueve suelen estar solos, pero nunca saben muy bien cuándo regresará Juanma, así que sus besos y caricias acostumbran a ser rápidos y torpes. Están más pendientes de escuchar unas llaves o unos pasos al otro lado de la puerta que en dejarse llevar. El único momento en el que de verdad sienten algo de intimidad es cuando toda la casa está dormida. Es entonces cuando hacen el amor, un amor que es diferente porque no es en una isla y es en silencio, sin poder gemir ni moverse libremente.

Esa noche, tras su último intento de encontrar un piso para ellos, Nisa y Jose cenan con Mar, Hari y Juanma, pero Nisa habla poco. Su cabeza sigue en aquel piso que nunca será suyo y repasa qué tendrían que haber hecho Jose y ella para conseguirlo. Mentir, que a ella se le da muy bien. Podría falsificar unas nóminas, no debe ser tan difícil, o pedirle a su madre que fuese su aval. La última de las opciones es la que ve con menos probabilidad de éxito. También piensa en su padre, pero a él no quiere pedirle nada. No sabe qué más puede hacer, quizá tienen que aceptar su situación y quedarse allí. Jose tiene el dinero de la herencia de Pedro y espera el de la indemnización que nunca llega, pero ella no tiene nada. Tiene que buscar trabajo, se ve a sí misma en un restaurante o en un bar, o en la recepción de unos apartamentos como los de Jose.

¿Qué tal ha ido lo del piso ese?, pregunta Mar.

Pfff, no muy bien, había que darles hasta un riñón y medio, contesta Jose.

Oh, qué pena. ¿Y qué tal era?, dice la madre.

Pequeño, pero con unas vistas que flipas, dice Jose.

¿Por qué ya no tienes el pelo de pollito?, pregunta Hari.

Jose se ríe y mira a Nisa, que está ausente y no ha escuchado nada.

¿Y tú cómo sabes que lo tenía de pollo?

Me lo enseñó mi madre en una foto en el móvil. Eras un pollito.

¿Y ahora qué soy?

Nada. Normal.

Pues prefería ser un pollo.

Nisa sigue sin participar en la cena. Ella y Juanma son los únicos que solo comen y no hablan. Nisa está haciendo su currículum mentalmente. Su única línea de experiencia dice así:

Apartamentos El Valle - Recepción y gestión (2020-21)

En la formación, tampoco tiene mucho más que decir:

Título de Bachillerato - Humanidades y CC Sociales - IES El Paso
(2020)
Graduado ESO - IES El Paso (2018)
Graduado Escolar - CEIP La Rosa-Camino Viejo (2014)

Se acuerda de otros datos de interés como:

Carnet de conducir B

Aunque sea mentira, también piensa en poner lo siguiente,
por si acaso:

Coche propio

En idiomas, Nisa podría poner dos o tres, los que chapu-
rrea o habla, pero no sabe escribirlos sin chequear el traductor
del móvil. Intenta construir también esa descripción que algunas plantillas de currículum de internet tienen arriba, debajo
de la foto. Suelen ser frases en primera persona, en las que te
autodefines y cuentas todo lo bueno que eres, pero sin pasarte
mucho. Nisa se lanza a ello:

Soy una chica muy responsable, dinámica, me gustan los retos y
fingir ser otra persona la mayor parte del día para que nadie sepa
que soy un desastre.

Unas horas más tarde, al acabar de follar con Jose, Nisa no
se duerme. Vuelve a las nóminas, a los trabajos, a los currículums y a las vías de escape. Hasta en aquella habitación de
hotel se sentía más en casa que ahí. Nisa coge su móvil y se

baja una aplicación para buscar trabajo que aparece al lado de su aplicación para buscar casa, que a su vez está junto a una aplicación para alquilar bicicletas y que encima tienen una aplicación para recargar la tarjeta del metro, otra para pedir comida a domicilio y una para pedir taxis que no son taxis, pero que funcionan como taxis.

19

Mar escribió un mensaje a su hija:

Mañana libro, te apetece que hagamos algo juntas? Cuando deje a
Hari en el cole estoy libre

A Nisa se le escapó una sonrisa al leer el mensaje de su
madre. Contesto casi al instante:

Sí
Voy contigo y con Hari
Y luego vemos qué hacemos

Hari tiene en un lado a Nisa y en el otro a Mar, juega a
colgarse de los brazos. Coge impulso y salta mientras ellas la
agarran. Recoge las piernas y se balancea como si formasen un
columpio. Cuando llega el momento de la despedida, ninguna
quiere hacerlo. Hari da un beso a su madre y otro a Nisa. Luego se acerca al oído de su hermana y habla muy bajito, casi con
vergüenza.

Ojalá vinieses tú siempre.

Me gustaría mucho.

Nisa experimenta un nuevo tipo de felicidad. Hace que se
olvide de la culpa que sentía por haberse perdido esos años de

la vida de Hari. La ve caminar entre más niños, todos con mochilas de dibujos y personajes de ficción que ella ya no conoce.

Bueno… ¿qué te apetece hacer?, dice Mar.

Pues… lo que quieras.

Te he preguntado yo primero.

No sé.

Conozco un sitio para desayunar, en el centro, dice Mar.

Vale, guay.

El desayuno es casi una comida. Hay tortitas, siropes, zumos y cafés por la mesa. Aunque la visión sería algo especial para muchos, a Nisa todo le recuerda a esos desayunos buffet del hotel.

¿Tienes más hambre? ¿Quieres que pidamos algo más?

No, estoy bien así.

Por cómo pregunta Mar y por cómo contesta Nisa, las dos vuelven a ser madre e hija.

Podríamos ir de compras. Bueno, yo no necesito nada, pero creo que tú estás mal de ropa de invierno.

No hace falta, de verdad.

Que sí, que me hace ilusión.

Nisa se deja llevar y se vuelve más niña de lo que es. O igual solo está actuando como una chica de su edad por primera vez en mucho tiempo. Cuando está en uno de los cinco probadores que visita esa mañana, piensa en cuánto le gusta que su madre esté al otro lado de la cortina. Le parece bonito que alguien se preocupe por ella, alguien que no sea Jose. Se había olvidado de que existía esa sensación de amor incondicional que no se elige, que solo ocurre porque sí. En ese momento siente que, pase lo que pase y haga lo que haga, Mar estará al otro lado. Las bolsas se llenan con un par de jerséis, unos pantalones y un abrigo nuevo. Los colores de todas las prendas siguen siendo algo apagados, como si tuviesen ceniza de volcán por encima.

¿Qué te apetece comer? Puedo cocinar lo que quieras en casa o ir por ahí.

Nisa duda. Rememora las recetas de su madre, de cuando era pequeña, esas que lleva años sin probar.

Me gustaba mucho una cosa que hacías. Que era como un rollito con queso y papas, dice Nisa.

¿Escacho?, pregunta Mar.

¡Eso!

Pues te lo hago. Es fácil.

O lo hacemos juntas.

Vale.

La perspectiva de la comida hace que Nisa pierda interés en las tiendas y en su renovación de armario. Madre e hija se rinden y cogen el metro en Plaza España. Se bajan en Sol, a su tren le quedan cuatro minutos.

¿Sabes? Me ha dicho una compañera de trabajo que va a alquilar su piso.

Ah, dice Nisa.

No está en el centro, centro, pero tiene una habitación y creo que no es muy caro. Está por la zona de Vallecas, no sé si sabes dónde es. Bueno por el este.

Mar habla más rápido que de costumbre. Aunque ahora que lo ha dicho, Nisa piensa que lleva haciéndolo toda la mañana. Hablar cada vez más rápido, seguramente para poder llegar a este momento.

Pues puede estar bien, dice Nisa.

Ya quedan tres minutos para que llegue el tren, pero Nisa se ve incapaz de estar con su madre ni uno más.

Si quieres le pregunto por cuánto os lo deja. Seguro que os hace precio, por ser mi hija y sabiendo cómo estamos, dice Mar.

Vale. Gracias.

Nisa mira las bolsas, ahora sabe que todo estaba preparado. El plan, el desayuno, las compras, todo era una cuenta atrás para echarla. Ya quedan dos minutos para que llegue el tren. Lo de la comida también estaba preparado y ella se lo había creído, había sentido que era sincero, que era de verdad. Mar sigue hablando, pero Nisa no puede mirarla.

A ver, otra cosa que hemos pensado es que os cambiéis a la habitación con Hari, porque en el salón es que no se puede estar, hija. Podemos comprar unas literas.

No, no, tranquila, nos vamos.

Bueno, primero id a verla.

Mar aparta la mirada de Nisa solo para coger su móvil.

¡Espera, que creo que tengo unas fotos!

Vamos a verlo, que seguro que está bien, dice Nisa.

Bueno, te las mando y así se las pasas a Jose, dice Mar.

Vale.

Queda un minuto para que llegue el tren, pero Nisa no puede más. Su cuerpo está en alerta por la sola presencia de su madre a su lado. Quiere salir corriendo, pero sería demasiado raro y tendría que dar demasiadas explicaciones después.

Oye, creo que voy a quedarme por el centro.

¿Qué?

Sí, que quiero mirar unas cosas. No me acordaba.

Pero ¿y la comida?

Ya me compro algo por aquí. Nos vemos en la cena.

Ah, vale. Bueno. ¿Quieres que te lleve las bolsas a casa?

No. Las llevo yo.

Pero, hija, ¿cómo vas a cargar con todo eso?

Nisa se pone su abrigo nuevo sobre la chaqueta. Mete los jerséis y el pantalón a presión en su mochila, y después tira las bolsas en la papelera del andén. El tren está llegando.

¿En serio? Lo vas a arrugar todo.

Tranquila.

Por cómo pregunta Mar y por cómo contesta Nisa, las dos vuelven a ser la madre y la hija que eran antes de ese día.

Nisa trata de salir a la superficie cuanto antes. Aunque haga frío, sus mejillas están rojas y está sudando. Lleva el abrigo caído de un lado. Al salir, espera alcanzar la calma, pero hay cientos de personas que hacen fotos, que son felices y que hablan muy alto. No sabe a dónde ir, pero sí lo que quiere hacer. Mientras camina escribe en su teléfono toda esa información que tiene acumulada en su cabeza. Un hombre se choca con ella, Nisa sigue escribiendo. Encuentra unas escaleras de piedra y se sienta. Aunque huele a cerveza y pis, sigue escribiendo. Llega la parte que le da más miedo y que ha dejado para el final.

> Soy una chica muy responsable, dinámica, me gustan los retos y adaptarme a las circunstancias para dar lo mejor de mí misma.

Fantasea con incluir su habilidad para inventar entre los idiomas y la formación. Solo deja de teclear un par de segundos, admirando su obra.

¿Me imprimes diez copias?
Claro. ¿Lo traes en un pen o…
No, en el móvil.
Vale, pues envíalo a este email.
Bueno, mejor veinte copias.
Okay.

Todo resulta más complicado de lo que Nisa tenía en mente. El primer sitio en el que entra es una cafetería bonita que hace esquina en la calle Puebla. Vuelve a sentirse una niña pequeña incapaz de hacer nada sola, esto es nuevo, es un sentimiento de cuando era niña, ha sido culpa del desayuno, de las compras, de la comida de mamá. El único camarero que hay ni la mira, está demasiado ocupado preparando un batido y dos porciones de tarta. Nisa espera a que acabe para hablar, pero parece que ese momento no llega nunca.

Hola.

Hola, dime, qué te pongo.

Venía a dejarte mi currículum, dice Nisa.

Ah, eso, pues… es que la jefa no está.

El camarero, que le dobla la edad, coge una tarjeta de un montón que hay en la barra.

Mejor mándalo a este email. Te van a hacer más caso.

Vale. Muchas gracias.

Anda, de nada.

Nisa se siente algo estúpida y no le gusta sentirse así. No entiende por qué tiene vergüenza de algo tan sencillo. Supone que no es por el camarero, ni por la cafetería, ni por esa calle por la que nunca había pasado. Es algo más grande. Es por estar vagando sin un lugar al que pertenecer, como hace años atrás. Está perdida en una ciudad muy grande donde no conoce nada ni a nadie. En su isla, al menos, sabía qué había al final de cada calle, dónde ir para encontrar a alguien con quien hablar o dónde sentirse en casa aunque no tuviese una.

Después de ir a cinco cafeterías, Nisa llega a la conclusión de que todas son iguales. Vigas de madera, sillas que parecen sacadas de un colegio, lámparas industriales y platos como de abuela. En todas ellas Nisa consigue resultados parecidos. Deja el currículum en una y se lleva los emails para escribir al resto. La timidez va desapareciendo a medida que recorre las calles y entra y sale de los locales. También vuelve a ella esa ironía y humor que usaba de adolescente y que le hace parecer que está por encima de todo, que nada le importa realmente, aunque no sea así. Lleva su abrigo nuevo en la mano y los currículums en la otra, come una empanadilla que le cuesta tres euros y medio, nunca había pensado que una empanadilla pudiese costar tanto. Aún le quedan nueve folios con su falsa descripción por entregar y quiere acabarlos. La tarde cae y su móvil suena. Es Jose.

todo bien, bb?

Nisa mira esas tres palabras. En esas horas se había olvidado de Jose esperándola, de Mar echándola de su casa y de Hari diciéndole que ojalá la llevase siempre al colegio. También se había olvidado de las noches en el sofá y del nuevo novio de su madre al que casi no conoce y al que no tiene ningún interés en conocer. Contesta:

Sí
Voy en un rato para casa de mi madre

Nisa escribe «casa de mi madre» con toda la intención. No sabe si Mar ya le habrá hablado del piso a Jose y qué pensará él. Le habrá escrito porque algo sabe.

valeee

Nisa para de darle vueltas. Busca en su móvil otros sitios donde podría trabajar, cualquier cosa le vale. Entra en todos los bares que se aparecen en su camino, sin importarle ya cómo son o quiénes están allí. Llega, cruza un par de frases amables con los camareros y se va. Ya no necesita imaginarse trabajando en esos lugares, solo quiere que pase ya.

20

La cómoda se puede elegir en blanco o en negro. Cuesta noventa y nueve euros con noventa y nueve céntimos. Nisa y él la visualizan junto a la cama, que estaba en el piso. El olor a madera, a plástico y a comida les impide imaginarla bien en su nueva casa.

¿Blanca o negra?

Negra, dice Jose.

La cama es blanca.

Pues blanca.

Jose apunta la referencia en el papel y siguen caminando, muy lento por la cantidad de gente que los rodea y por las flechas del suelo que los confunden.

¿Qué más?

Estanterías para el salón.

Nisa entra en una casa falsa. Le trae buenos recuerdos. Solo mide cuarenta metros cuadrados, pero todo está lleno de muebles y objetos colocados de manera perfecta. En esa casa de mentira no hay ropa tirada, ni vasos a medio beber, ni mantas que huelan a nadie. El salón tiene una estantería con plantas y libros falsos, su precio es menos ridículo, no tiene una coma, son cincuenta y nueve euros.

Una estantería sola va a quedar raro. ¿Cogemos dos?, pregunta Jose.

Vale, aunque no sé muy bien qué vamos a poner.

Ya iremos llenándola. Fijo.

Jose apunta la referencia y Nisa se sienta en un sofá de dos plazas, él la sigue. En la casa de mentira hay otra pareja, que parece que se van a comprar todo, son unos años mayores que ellos. Miden el escritorio y apuntan las medidas en el móvil, salen del salón y van por el pasillo hasta otra casa, más grande que en la que están sentados Nisa y Jose.

Tienen más pasta que nosotros, dice él.

También son más viejos.

Danos unos añitos.

Nisa se gira hacia él, pero ya no es Nisa Nisa, es Nisa con más edad. Su voz es ligeramente más grave y su sonrisa parece tener límite.

¿Pedimos algo o salimos a cenar fuera?

Jose entiende el juego, duda si entrar por la mala experiencia de la última vez en el hotel. Carraspea su garganta y oscurece su voz.

Mejor cenamos en casa. Te preparo un revuelto con espárragos trigueros o lo que sea que coma la gente de treinta y pico.

¿Puede ser con setas? Que es temporada.

Temporada, repite Jose entre risas.

Nisa sube sus piernas sobre las de Jose.

Estoy agotada de todo el día trabajando. ¿Me darías un masaje?, pregunta.

Claro, cariño. El revuelto tendrá que esperar.

Jose le masajea los gemelos, pasa por sus rodillas y sigue subiendo. Su salón de mentira en su casa prefabricada es más privado que el salón de Mar. Se besan y Jose rodea con sus brazos la cintura de Nisa. Les cuesta parar, separarse y volver a la realidad, pero una familia de extraños entra en su hogar.

Pues nos lo quedamos, dice Nisa.

¿Qué?

El sofá.

¿Pero no iba a comprarlo tu madre?

Ya, joder, estoy disimulando.

Su camino sigue y el pasillo se convierte en un laberinto hasta la sección de comedor.

¿Qué te parece esta?, pregunta Jose agarrando una silla.

Pues una mierda. Pero yo qué sé, dice Nisa.

Es que así nos llevamos el conjunto con la mesa por ciento sesenta y nueve euros.

Ya, pero muy feo todo.

Son normales, Nisa.

No sé. ¿Y si cogemos esta otra mesa suelta? Más barata y normal y un par de sillas de esas otras y… ya veremos.

Vale, dice Jose.

El pasillo lleva a unas escaleras y las escaleras a la sección de vajillas, sartenes, cubiertos, sábanas, edredones y lámparas. Casi siempre eligen lo más barato o lo que está en oferta. Si vale lo mismo, prefieren colores blancos, grises o negros. Solo cogen una cosa de color rojo, es una manta, y porque no hay de otro color. El tíquet es de casi setecientos euros, que paga Jose con el dinero que le queda de su anterior vida. Nisa invita a dos perritos calientes de un euro cada uno, también comparten un refresco que rellenan tres veces. Como no hay Clipper, a Jose le da igual beber una especie de refresco de cola.

Salen al aparcamiento, cargados solo con las cosas pequeñas, el cielo está precioso y se refleja en las lunas de los coches, pero ellos ni lo miran. Tras pasar tantas horas decidiendo cosas más o menos importantes, sienten que han envejecido diez años de golpe y son como esa pareja con la que compartieron la casa falsa.

Desde la puerta de la entrada se puede ver todo el salón, en su pared de la izquierda tiene los muebles de la cocina, que enmarcan una ventana que da al patio. Hasta que llegue el pedido, siguen sin tener dónde sentarse o dónde comer. Mar les ha prometido regalarles el sofá y Nisa no se ha negado, pero no saben cuándo llegará ese regalo exactamente. Tampoco quieren preguntar. En el hueco donde irá el sofá ahora están las dos maletas con las que llegaron a Madrid. Tienen que lavar la vajilla, las sartenes, las cazuelas y los cubiertos nuevos antes de cenar, aunque tampoco tienen nada para cocinar. Al acabar, solo quieren pasar a la habitación y tumbarse en la cama, pero antes deberían lavar las sábanas que acaban de comprar. La lámpara nueva viene sin bombilla y tampoco la pueden estrenar. La primera noche en la casa podría parecer un desastre, pero ellos están felices. Bajan a buscar algo para cenar. Vallecas de noche es muy diferente, las personas comprando o caminando desaparecen y los escaparates y rótulos iluminan una calle en cuesta que parece una pista de aterrizaje. Nisa y Jose siguen las señales de colores: hamburguesa, no, chino, tampoco, kebab, no, pizza, vale.

¿Pedimos aquí también la bebida?, pregunta Jose.

Creo que he visto una tienda abierta de camino. Podemos ver si tienen litronas o…

Tú lo que quieres son esas minibotellitas de minibar, dice él.

Es una noche especial, sí.

Echas de menos las del hotel.

Puede ser.

La pizza quema aunque esté dentro de la caja. Nisa y Jose se pierden en su nuevo barrio. Bajan hasta Puente de Vallecas, que en realidad no es un puente, es una autopista colgante.

Por aquí no es, dice Nisa.

¡Chacho!

Espera que lo miro en el móvil.

Están a tres minutos, pero tienen que dar la vuelta. Pasan

por una plaza vacía en la que solo quedan dos terrazas sin clientes. Nisa se para.

¿Ves?, esas sí que son bonitas.

¿El qué?

Las sillas del bar.

Jose cambia el gesto y pasa a esbozar una sonrisa maligna. Nisa arquea las cejas, siguiéndole el juego.

¿Nos las llevamos?, pregunta Jose.

Vale, contesta Nisa.

Venga, pues cógelas.

Nisa se parte de risa.

Tú no te atreves.

¿Que no?

Nisa sigue caminando, Jose está quieto, mirando a las sillas. Se gira hacia él y los dos se ríen. Jose se rinde y sigue a Nisa.

En la tienda, mientras esperan a ser atendidos, Jose vuelve a atacar.

Sí que son bonitas, eh.

Ya ves.

Mucho más que las de Ikea, dice Jose.

Quedarían genial en el salón, contesta Nisa.

Y hoy no tendríamos que cenar sentados en el suelo.

Compran una litrona de cerveza y cuatro botellitas variadas de alcoholes que nunca han tomado. También compran una bolsa de lenguas picantes para el postre. Nisa se imagina que comen cada uno por un lado de la lengua hasta llegar a besarse. De vuelta a casa, los dos deshacen el camino. Jose se para.

¿Me aguantas la pizza?, pregunta Jose.

Nisa coge la caja.

Tengo que atarme los cordones, dice él.

Jose se agacha, hace que se ata los cordones, pero en realidad está mirando de reojo la plaza, las sillas de la terraza. Jose se levanta y camina hacia las sillas. Agarra dos, una con cada brazo y echa a correr.

¡Corre!

¿Qué?

Nisa lo sigue, corriendo. Su velocidad empieza a fallar cuando los dos gastan su aliento en reír. Antes de entrar en su portal, miran a los dos lados. Jose apenas tiene fuerzas para subir cargado. En la puerta de casa, deja las sillas apoyadas y se sienta en una. Nisa deja la pizza en la otra y abre con sus llaves, a las que todavía no ha cogido el tranquillo. Jose hace eso que siempre hace y enrolla su porción. Nisa sirve la cerveza en sus vasos nuevos. Sentados en sus nuevas adquisiciones, los dos brindan.

Por nuestra nueva vida, dice Jose.

¿Como cleptómanos?, pregunta Nisa.

Ambos ríen mientras comen.

Por lo que venga.

Por lo que tenemos.

Por haberte quedado conmigo allí en La Palma. Si te hubieses venido aquí antes, ahora tendrías cuatro sillas.

Bueno, hice lo que quería…

Nisa da un trago a su cerveza. Jose mastica su rollo de pizza.

Por que hayamos hecho esto juntos, dice ella.

Lo hemos hecho gracias a ti, por esperar… a que estuviese preparado para dejarlo todo atrás, dice Jose.

De nada, contesta Nisa.

21

Suena otra vez esa canción, es la tercera vez que suena. A la gente le da igual, seguro que la han pedido muchas más veces de las que ha sonado. A medida que avanza la noche, o, mejor dicho, a medida que beben y se drogan, la canción tiene más éxito. Toda la discoteca la canta, la baila y la grita. Nisa analiza cómo los gestos se deforman, cómo elevan la voz hasta convertirla en un grito, cómo la pronunciación se les desmadeja en los labios, cómo los movimientos se ralentizan y son más torpes o más rápidos y eléctricos, depende de lo que hayan tomado. Para aguantar, Nisa se coge un Red Bull de la nevera a eso de las dos de la mañana. El efecto le dura hasta las cuatro más o menos y después siente que necesita más. La dejan coger lo que quiera y tomar lo que quiera, pero nunca debe parecer que ha bebido. Sus compañeros juegan a ponerse chupitos de tequila cuando un cliente vomita en la barra, es gracioso cómo de lo más asqueroso de su trabajo han conseguido reírse. También se cubren los unos a los otros para ir al almacén a drogarse. La canción todavía no ha acabado, el DJ sabe que es mejor dejarla hasta el final o los borrachos irán a su cabina a quejarse. La primera vez que la escuchó fue a principios del verano, aunque en Madrid ya era verano desde hacía un par de meses. Todavía trabajaba en ese restaurante de la zona de Embajadores, donde nunca salía a su hora. La cena empezaba con cervezas y al acabar los postres llegaban las copas. Los dueños nunca echaban a la gente, preferían tener a los clientes contentos y les daba igual que Nisa perdiese el último metro, que tuviese que caminar cuarenta minutos hasta el búho o que tuviese que pillar uno de esos patinetes eléctricos que le costaban quince céntimos el minuto. Volver a casa le costaba una hora de curro. Hubo un día, cuando la persiana ya estaba bajada y todo el mundo fumaba dentro, que uno de los clientes le pidió enchufar su móvil para poner música. Y ahí fue cuando Nisa escuchó por primera vez esa canción que la perseguiría el verano y el otoño. Pero pese a que en ese lugar se cobraba poco, salía tarde y tenía ese jefe al que le daba igual todo, estaba mejor que la discoteca. Tampoco tuvo mucha opción cuando le propuso cambiarse a otro de sus locales, Nisa no estaba en posición de negarse. Además, necesitaba el dinero, para nada en concreto, solo para vivir.

¿Qué te pongo?, dice Nisa.

Four Roses con Coca-Cola, le contesta un chaval a gritos.

El chico lleva la camisa con tres botones desabrochados. Está sudado y tiene el pelo lamido y dividido en dos. Es mayor que Nisa.

No tengo Four Roses, contesta Nisa.

Pues vaya mierda. ¿Y qué tienes?

J&B, DYC, Ballantines, Cutty…

Nisa se gira para recitar todas las botellas que hay detrás de ella.

Joder, qué cutres, me sacáis doce euros por la copa y encima esto.

¿Quieres otra cosa?

El chico se tambalea. Tarda en contestar.

Sí, Four Roses.

Te dejo pensarlo un poco.

Nisa se mueve por la barra, atiende a una chica que pide dos cervezas. El chico con la camisa desabrochada la sigue desde el otro lado de la barra.

Eh, que estaba yo.

Pues ahora estoy yo, contesta la chica.

Nisa los deja peleándose. La última vez que miró el móvil, eran las cinco menos diez. Han debido pasar solo quince minutos. Eso significa que todavía le quedan cincuenta y cinco minutos para que la música pare. Hora y diez para estar en la calle. Otros diez para que pase el primer metro. Y media hora para entrar en casa. Tendrá que hacerlo en silencio, porque Jose estará dormido.

Se despierta y Nisa duerme a su lado. Por la hora que es, seguro que acaba de acostarse. Se levanta en silencio y se hace el desayuno, más en silencio todavía. Come unas tostadas con crema de cacahuete porque leyó en algún sitio que era bueno para coger músculo, o coger peso, ya ni sabe para qué. Sale al gimnasio, lleva unas semanas yendo por la mañana y solo está él rodeado de viejecitos adorables que no saben muy bien lo que hacen. Tampoco es que él supiese mucho lo que hacía cuando iba con Nisa al gimnasio del hotel, pero ahora, tras verse unos cuantos tutoriales, se siente más confiado. A veces, también va por la tarde y, cuando lo hace, se mira al espejo con orgullo, midiendo cada centímetro de su progreso. En el espejo del vestuario siempre se hace una foto, con la misma postura. Al principio intentaba que nadie lo viese, pero ahora ya ha perdido la vergüenza, quizá porque ya se siente parte de esos hombres que le rodean. Le ha dado muchas vueltas, sobre si era demasiado o no subirla a sus stories, incluso ha pasado alguna de esas fotos por el grupo de sus amigos de La Palma. Andrés le respondió con un «Estás cuadrado, tío» y un emoji de un brazo musculado. Al final la subió, y gente con la que hacía meses que no hablaba le mandaron bombas y explosiones. Víctor tardó en contestar al WhatsApp unas horas. Mandó un sticker de una paloma tirándose al vacío y escribió lo siguiente: «Cuando vengas no te vamos a reconocer, cabrón». La verdad es que Jose no tiene intención de volver ese verano, ni ese año, y se pregunta cuánto podrá cambiar físicamente hasta que llegue ese día.

Ojalá tanto que nadie me pare por la calle, piensa.

Al final, sube un vídeo haciendo pecho: ha logrado subir de peso y conseguirá subir de likes. Vuelve a casa antes de comer, se tira en el sofá y busca trabajo desde el móvil. A las dos, la una en Canarias, prepara la comida para Nisa y para él. Sigue sin ser un gran cocinero, pero cada vez se defiende mejor. Ya casi nunca tiene que preguntarle a Siri qué cocinar con los ingredientes que tiene en la nevera o cuánto tiempo tarda en cocerse un huevo.

Nisa huele el arroz con pollo desde la cama. Tiene mucha hambre, no come desde hace doce horas, pero no sabe si preferiría desayunar o comer. Se levanta y le da un pico a Jose, porque no se ha lavado los dientes todavía.

¿Qué tal, bb?, pregunta Nisa

Eso tú, ¿tú, qué tal?, contesta Jose.

Bien, bien.

¿La noche bien?

Llena de pesados. Como siempre.

Ella coge la botella de agua de la nevera y bebe a morro. Se sienta en su silla robada. Él coloca la olla en la mesa. Se sirven y comen.

Está rico, eh.

Gracias.

Jose es el que más rápido come, siempre lo ha hecho. Casi engulle. Se sirve otro plato mientras Nisa da vueltas al primero, coge su móvil y ve story tras story. Entre ellas aparece el vídeo de Jose en el gimnasio. A Nisa le entra la risa y escupe sin querer granos de arroz sobre la mesa sin mantel.

¿Qué?, pregunta él.

Nada, dice ella.

¿De qué te ríes?

Que estás muy cachitas en este vídeo.

Jose se pone serio y mastica. Nisa sigue viendo stories sin enterarse de nada. El ruido que sale del móvil cambia cada quince segundos, es lo único que corta el silencio entre ellos. Jose ya ha terminado su plato y se levanta a fregar. La olla ya está limpia y las sobras en un táper de plástico reutilizado de una vez que pidieron comida china. Se gira hacia Nisa, que sigue sin comer y centrada en su teléfono.

¿Has acabado ya?, pregunta Jose.

Emmm… no, contesta Nisa.

¿Y vas a querer algo de postre?

Pues no sé. Es que no he acabado.

Ya lo veo.

Nisa nota el tono irónico de Jose.

Sabes que yo voy más lenta.

Y que no paras de mirar el móvil.

Tú también lo haces.

No tanto, joder, estamos comiendo.

¿En serio te enfadas por eso?

Pues mira: vengo, te hago la comida, te la sirvo y pasas de mí para estar con el móvil.

Venga, Jose…

Para un rato que tenemos…

Estás de coña, ¿no?

Los dos se sienten arrinconados, pero quizá Jose es el que se siente peor y vuelve a hablar:

… y encima me estás vacilando.

¿Que te estoy vacilando?

Sí.

Jose intenta volver atrás en el tiempo, aunque ya es muy tarde.

¿Con qué?, Nisa sigue.

Nada, da igual.

No, no da igual. Porque esto no es ni por la comida ni por el móvil.

Te has reído de mí y ya está.

¿Lo del vídeo? Por favor, Jose, siempre nos reímos de esas cosas.

No, eso lo haces tú. Yo no.

Lo que tú digas.

El beso de despedida es como el de todos los días, casi automático. Nisa huele a su colonia de siempre que se queda en el salón un buen rato aunque ella ya no esté. Es lo mismo que pasa cada día durante semanas, meses ya, pero hoy Jose lo siente diferente. Al escucharla bajar las escaleras, piensa que ha sido un gilipollas y que algún día conseguirá que se canse de él y salga de esa casa y ya no vuelva. Piensa también que su reacción ha sido exagerada y que quizá tenía razón y no se estaba riendo de él. Recuerda otros momentos en los que la gente se ha reído de su cuerpo.

Una vez, jugando al fútbol en Las Manchas, un chico del equipo rival le hizo una zancadilla y se cayó al suelo. El árbitro no lo vio y no pitó falta. Jose olvidó el dolor de su rodilla ensangrentada y fue directo a por el muchacho. Solo pudo empujarle una vez, sin conseguir derribarle. Luego, el resto de jugadores los separaron. Al acabar el partido que, por cierto, perdieron, el árbitro le dijo algo así como: «Tirillas, tienes que saber con quién te puedes meter, ese te manda al hospital con solo tocarte».

Jose sale a correr, ya está atardeciendo y sube la avenida para intentar saber qué hay al final. Le falta el aire, pero no quiere parar. La música de los cascos se corta con palabras que hace años que no escucha. «¿Cómo me voy a sentar encima de ti? Tú no puedes conmigo». Jose tenía catorce años y acababa de conocer a Amalia en una discoteca. Estaban todos sus amigos en una zona con sofás y un grupo de chicas entre las que estaba ella se les habían juntado. Todos se emparejaron rápidamente y comenzaron a liarse, quedando solo Amalia y Jose. Estaban hablando y pasándoselo bien. Jose intentó besarla y ella le dijo que no, pero sí lo cogió de la mano. Luego él se sentó y tiró de ella para que se sentase sobre sus rodillas, y ella dijo esa frase que él todavía recuerda después de tantos años.

Gira a la izquierda y aún subiendo, bordeando un supermercado, las luces se le emborronan. Cada vez está más cansado, pero tiene fuerzas para seguir viajando atrás. En la función de final de curso del colegio, todos podían elegir el animal de granja que querían ser. Eligió ser un buey porque había leído un libro que contaba la historia de uno que vivía feliz en el campo. La profesora se rio y le dijo que mejor hacía de pato, que el buey era muy grande para él.

Las vistas de la ciudad hacen que se detenga. Vuelve a pensar en Nisa y en que ella nunca le querría hacer daño.

Segunda vez que suena la canción en esa noche. Nisa está más cansada de lo normal. Será porque ya es sábado, porque ha dormido poco o porque se está convirtiendo en uno de sus compañeros inmunes al Red Bull. Para intentar que el tiempo pase más rápido, o buscar algo de ilusión entre las luces de la discoteca, Nisa hace una lista mental de todo lo que podrá hacer mañana, en su día libre. Pasar el día en el centro con Jose. Ir a una fiesta que una compañera de trabajo le ha dicho que está muy bien. Ver a Hari, aunque eso signifique ver también a Mar y a Juanma. Ir a nadar a cualquier piscina. Pero, sobre todos esos planes, quedarse dormida todo el día le parece el mejor.

Oye, voy un momento a fumar, dice Elena.

Vale, contesta Nisa.

Elena abandona la barra diez minutos cada hora para salir a fumar, Edu hace lo mismo, Ninton es nuevo y se corta un poco más. Nisa desea sumar todos esos minutos e irse a casa antes, o quedarse sentada encima del váter el mismo tiempo que sus compañeros invierten en fumar. Cuando Elena vuelve, Nisa va hacia ella y le dice:

Voy yo a echarme un piti, ¿va?

Claro, neni, contesta Elena.

Nisa sale de la barra, atraviesa la puerta hacia el almacén, mea y se queda sentada, viendo stories otra vez. En casi todas, sus amigos o conocidos están de fiesta, bailando y bebiendo. Llaman a la puerta.

Ocupado, contesta.

¿Nisa?

Sí, ya salgo.

Al otro lado está Edu, que la mira sonriente.

¿Qué estabas haciendo ahí, eh?

Nada.

Ya, nada. Tranquila, que yo voy a lo mismo.

Edu saca una bolsita y se ríe. Nisa imita su risa. Los dos intercambian posiciones en el baño.

Solo estaba meando.

Edu empieza a prepararse una raya de coca.

Entonces ¿quieres?

Nisa se imagina a ella misma esnifando. Imagina la droga subiendo a su cerebro, o pasando a la sangre, o a donde sea que vaya. Se imagina con energía, activa toda la noche, que el tiempo ya no importe para ella.

Que va, gracias.

Jose sabía por Nisa que la discoteca estaba casi al otro lado de la ciudad, pero no lo largo que es el camino cuando el metro está cerrado. Coge un búho hasta Cibeles y desde allí puede caminar media hora o coger otro. Decide caminar. También sabía que siempre estaba llena, pero no que iba a encontrarse tanta cola para entrar. Mientras espera, se siente fuera de lugar. Le rodean grupos de chavales de su edad que beben con prisa de sus vasos de plástico antes de que les llegue su turno o antes de que los vea el puerta.

Jose paga dieciséis euros por entrar con una consumición incluida. El ambiente es pesado, esa gente lleva ya cuatro horas bebiendo y bailando y el sudor está en la atmósfera y ha llegado a mojar las paredes. Los pies de Jose se pegan al suelo y le cuesta caminar entre tantas personas. Hay dos barras, pero en ninguna de las dos está Nisa. Las barandillas doradas le dirigen hacia unos espejos que le deforman la cara.

En cada cachito de su reflejo están las diferentes partes de Jose: una tiene ilusión por darle una sorpresa a Nisa, otra piensa aún en la conversación de ese mismo día, otra se siente un poco culpable, pero todas dudan de si ha sido una buena idea ir. Mira al cielo y ahí está, la lámpara gigante de la que ella le ha hablado. Cambia de color y pasa del naranja al azul, y todos los bailarines se tiñen lentamente. Él, que es el único que mira al techo, también pasa del naranja al azul.

Sigue avanzando y baja unas escaleras, hasta otra sala con otra música y otra gente bailando, y luego baja otras escaleras más. Allí, al fondo, ve a Nisa tras la barra. Las luces de la barra también cambian de color, pero ese piso ya no tiene dorados y la música ha pasado a tener un ritmo más lento, con los bajos más marcados. La gente salta menos, baila más junta y mueve los cuerpos de dos en dos casi al unísono. Jose entiende que es por la música, por el baile y por el calor, porque todo empieza a ir a cámara lenta.

Las sombras pasan por delante de Nisa y le impiden verla bien. Está trabajando, sudada, harta y cansada. Camina hacia ella, pero se para a mitad de camino. La observa y la parte de

Jose que piensa que todo ha sido una mala idea gana al resto. Se da la vuelta, sube todos los peldaños que lo separan de la calle y sale.

El puerta le ofrece a Jose ponerle un sello y él accede, aunque sabe que no va a volver a entrar allí. Da vueltas por las calles que rodean la discoteca, cada vez más grandes. Llega a una plaza en la que ha estado otras veces, pero nunca de noche, sube la Gran Vía sin saber muy bien qué hacer. Puede irse a casa y no decir nada o esperarla, como hacía antes, cuando ella empezó a trabajar y él se quedaba despierto hasta que llegaba para desayunar juntos, para dormir juntos, para estar juntos.

Entra en uno de esos supermercados que nunca cierra, lleno de gente extraña y perdida como él. Compra un paquete de galletas con pepitas de chocolate, concretamente un cuarenta por ciento; a Nisa le gusta remarcar el porcentaje de pepitas de chocolate que tienen. Coge dos batidos, uno de fresa y otro de vainilla y piensa cuál de los dos preferirá ella. Quizá haga eso de beber de los dos y mezclar los sabores en la boca, es muy de su estilo.

Todo está recogido y Nisa ya puede volver a casa. En el callejón lleno de grafitis que está a la salida de la discoteca todavía están las personas a las que les queda noche por delante, aunque ya esté amaneciendo. Hablan muy alto, se preguntan los unos a los otros a dónde ir y Nisa desea por un segundo irse con ellos, bailar como si a ella también le quedase noche. Nunca les dice nada, tampoco les contesta cuando le preguntan si sabe qué puede estar abierto, solo sonríe y sigue su camino a casa. Hoy, su casa está más cerca. Jose está sentado en el bordillo de enfrente, con una bolsa de plástico entre las piernas.

¿Y esto?, pregunta Nisa, sonriendo.

Ya ves. No me podía dormir y… me entró el hambre…
Y pensé que tú también tendrías hambre.

¿Y qué has comprado?

Nisa no se sienta, Jose se levanta y abre la bolsa, ella coge
el batido de fresa y camina.

Espera. Que he visto un sitio hoy… y te lo quiero enseñar.
Podemos desayunar allí.

¿Qué sitio?

Es sorpresa, pero está cerca de casa.

Vale.

En el andén del metro, ellos son los únicos que están sobrios.
Nisa deja caer su cabeza sobre el hombro de Jose. Una vez
dentro consiguen sentarse y ella se acurruca sobre el cuerpo de
él. A mitad de camino, deja de hablar y de apretar la mano
de Jose. Ya están en su parada, pero no la despierta hasta que
han pasado a la siguiente.

Bb, estamos llegando.

Vale, ya voy, dice Nisa dormida.

Le cuesta saber dónde está, con los ojos medio abiertos,
puede leer «Buenos Aires» y por un momento desea que Jose
la haya despertado al otro lado del mundo. Los edificios de ladrillo la hacen volver a la realidad de su vida, de su barrio.
Suben ladera arriba, Jose va delante y tira de Nisa. Él vuelve a
aquella primera vez, pero en esta ocasión la tierra de La Palma
es sustituida por los adoquines de la acera, y la vegetación sal-
vaje y desordenada ha pasado a ser césped de un verde casi
artificial. Llegan a la cima, aunque hay muchas más cimas a su
alrededor. Ya es de día y se han perdido la salida del sol por
mucho que Jose ha tirado de ella. No han llegado a tiempo,
pero el cielo aún mantiene los tonos rosados. La ciudad está
bajo los dos, todavía despertándose. Los rascacielos están en
línea, pero ellos saben que hay cuatro o cinco. Al fondo se

intuyen las montañas entre las capas de una neblina gris azulada. Abren el paquete de galletas y los dos cogen.

Me gusta que todo sea nuevo, dice Jose.

¿Nuevo?, pregunta Nisa.

Sí, desde que estamos aquí, todo lo que vivimos es nuevo. Venir aquí, ver el amanecer juntos, desayunar esto, la casa, el metro, todo. Es todo como nuevo… también entre tú y yo.

22

Sí, todo es nuevo, pero también creo que es un poco… de mentira, dice Nisa.

Jose mastica, traga y bebe. Lo hace para ocultar su decepción al escuchar esa respuesta.

Quiero decir que este lugar, este parque, es artificial. Y pasa un poco con todo en esta ciudad. Todo lo que vemos está hecho. No es de verdad. ¿Sabes?

El sol ya está iluminando los edificios más altos. Empieza a notarse el calor.

Nosotros somos de verdad, dice Jose.

Nisa sonríe, da un sorbo a su batido, da un sorbo al de Jose, mezcla los sabores en su boca y traga.

Pero este momento tampoco es muy de verdad, dice ella.

Jose no quiere discutir por nada del mundo.

Pues si quieres, nos vamos, dice él.

A ver, que está guay, pero que esto lo haces por ti, no por mí ni por nosotros.

Jose fija la mirada en las antenas que hay en el techo de un edificio de ladrillo. Ya no tiene hambre ni sed.

No sé, no le doy tantas vueltas a las cosas, no soy como tú, solo quería que estuviésemos juntos un rato, contesta él.

Bueno, es domingo, podríamos haber hecho algo luego y no cuando me estoy cayendo de sueño.

Jose se levanta.

Vámonos, va.

Que no, ahora que hemos venido hasta aquí, nos quedamos.

Nisa sigue sentada y sube la mirada hasta los ojos de Jose, por el camino se pierde en su muñeca, que tiene el sello de la discoteca marcado. Nisa agarra el brazo de Jose y lo gira hacia ella.

¿Estuviste allí?

Sí.

¿Y no me dices nada?

No te vi.

No te creo.

No te quería molestar.

Nisa se levanta y se pone a su altura, está de cara a Jose, aunque él mira al horizonte que está perdido entre edificios.

Ya sé por qué.

Él no dice nada, ella sigue hablando.

Porque no te gusta verme allí, ver que estoy en la mierda. Porque ese trabajo es un asco. Y eso te hace sentir peor, dice Nisa.

¿Qué dices? Yo no he dicho nada de que estés en la mierda, pero si te sientes en la mierda... Busca otra cosa. Así, podremos vernos más.

Para ti es fácil decirlo. Yo tengo que currar, no tengo dinero como tú.

Dinero que comparto contigo y que nunca te echo en cara.

Me lo estás echando en cara ahora.

Además... Dices que para mí es fácil. ¿Te recuerdo de dónde viene ese dinero? Muy fácil, eh.

Pues nada, todo a la mierda, dice ella.

¿Qué?, pregunta él.

Que todo esto lo has liado tú, por eso te sientes mal... Teníamos una vida allí y era buena, no sería todo tan nuevo como dices o habría cosas difíciles… pero no para salir huyendo. Esto, todo, mi trabajo, mi vida, nuestra casa, nuestra vida sí que es una mierda.

Jose mira a Nisa por primera vez desde que se levantó. Ella lo ha odiado cada segundo que la evitaba, pero ahora que la mira, lo odia más.

Tienes razón, nada de esto es de verdad, dice Jose.

La recepción está vacía; solo está él, ya no va a llegar nadie más esa noche, pero no puede irse. Siente que las cámaras de vigilancia lo delatarían si se sentase, aunque sabe que no hay nadie mirándolas.

Jose viste un uniforme moderno que finge no ser un uniforme: camisa y pantalones de lino gris no muy apretados, pero que debe planchar mucho más de lo que le gustaría. Ahora también lleva gafas, porque resultó que tenía tres dioptrías en un ojo y cuatro en el otro. Son muy finas y todavía no se ha acostumbrado a llevarlas, pero no le quedan mal. Los tatuajes de su mano contrastan con ese lugar, tan blanco y tan perfecto, pero sabe que gracias a ellos consiguió el trabajo.

Todos sus compañeros tienen alguna «tarita», como las llama el jefe. Armand tiene un dilatador en la oreja derecha, no es muy grande, pero si ahora se lo quitase podría colar canicas por el hueco. Myriam tiene la mitad de la cabeza rapada y cuando se hace una coleta puede leerse «Calma» en su nuca. Elvira, la nueva, solo es pelirroja, aunque es cierto que sus ojos azules sobresalen más de lo normal y suelen intimidar a quien los mira. También tiene un espacio entre los dientes que cuando se ríe deja ver su lengua.

Los primeros meses, Jose siempre hacía el turno de tarde, para coincidir con Myriam y que le explicase cómo funcionaba todo en el hotel. Después lo pasaron al turno de noche y casi siempre estaba solo. Era aburrido, pero él ya sabía cómo matar el tiempo en una recepción vacía. Adelantaba trabajo a sus compañeros de la mañana y era el único que contestaba a las peticiones especiales de las reservas. Llevaba mejor tratar a los turistas, porque ya no era un crío o porque, en esa ciudad, él todavía se sentía un turista. Suena el teléfono de Jose, es su jefe.

Hola.

¿Qué haces usando tu teléfono en horario de trabajo?

Jose mira a la cámara de seguridad y no contesta.

¡Es una broma! ¿Qué tal vas?, dice la voz al otro lado.

Bien, todo tranquilo.

Genial. Mira, te quería comentar que voy a pasarte a las tardes con la nueva y así la enseñas.

¿Con Elvira?

Sí.

¿Te parece bien?

Claro.

Genial, que tengas buena noche.

Muchas gracias.

Cuelga y sale del mostrador. Camina por el recibidor del hotel, lleno de mármol gris y de un olor que se supone que es a bambú, aunque Jose no sabe a qué huele el bambú realmente. Llega a la escalera circular que lleva hasta las habitaciones y sube cinco peldaños, se para. Las paredes están cubiertas de espejos y Jose se vuelve hacia ellos. Se detiene en unas nuevas venas que le han aparecido y que suben de las manos hasta los brazos; su pecho se marca a través de la tela y sus hombros hacen que la costura del uniforme esté menos caída de lo que debería; su cuello también ha crecido, o eso parece en el reflejo. Desde que llegó a la ciudad, no ha parado de observarse en cada espejo y en cada cristal. Es imposible no verse, piensa Jose, está ese retrovisor gigante en cada andén del metro, las ventanas del autobús o la pared de espejos del gimnasio. Todos te persiguen y son un recordatorio constante de quién eres y de que no vales para estar allí. Pero esa noche, en esa escalera, se siente bien al mirarse por primera vez desde que llegó o, quizá, por primera vez en su vida.

A través del cristal, la calle transcurre demasiado rápido. Se fija en cada farola que ve pasar y eso hace que se maree un poco más. Al apoyarse sobre la ventana del taxi, se crea una simetría perfecta entre la Nisa real y la Nisa del reflejo, ninguna de las dos parece muy feliz.

¿Os recogéis ya por hoy?, pregunta el taxista.

No, nosotros estamos empezando, dice Edu.

Salimos ahora, somos unos currantes de la noche, como tú, dice Elena.

Pues mira que tenéis aguante, yo en cuanto acabe, a dormir a casa.

Sí, eh, dice Ninton.

Bueno, hace unos años lo hacía, pero ahora imposible. ¿Y por dónde se sale ahora?

Nisa vuelve en sí, se separa del cristal y se convierte en la protagonista.

Un sitio secreto, no te lo podemos decir, que nos lo llenas de taxistas.

Uy, ¿tú de dónde eres?

De aquí, dice Nisa.

No, tienes acento de fuera.

De dónde, a ver.

No sé, cubano, venezolano… caribeño.

Sabes tú mucho de acentos, dice, pues no, soy de aquí, madrileña.

Edu mira a Nisa y se ríe, lleva una botella de agua rellena con vodka, se la pasa y ella da un trago. Al bajar del taxi, Edu pasa su brazo por encima de los hombros de Nisa.

¿Qué te ha pasado?

Nada.

Te has enfadado, eh.

Estoy harta de lo de ser de aquí o de allí.

Los cuatro amigos bajan las escaleras hacia un sótano a donde no llega la luz. Una vez atraviesan la puerta todo es de color rojo, las paredes, el suelo, el techo los tiñen a ellos también. Su piel pasa a ser roja, incluso sus dientes lo son cuando se ríen. Hace ya tiempo que Nisa dejó de rechazar las invitaciones de Edu. Ahora los dos van al baño juntos y comparten los mismos rituales. También comparten la droga y Nisa se siente un poco mejor por no comprarla para ella sola. Es curioso cómo sigue dándole a todo el proceso un halo de misterio, cómo se esconde de cara a Ninton, o cómo finge normalidad al salir del baño. Edu no se esconde, pero a Nisa todavía le importa lo que piensen de ella. Ha vuelto a pasar y se siente automáticamente bien. La música se acelera, al igual que su corazón. Esto debe ser la verdadera felicidad. El rojo es todavía más rojo.

Jose baja las persianas antes de que entre el sol y sea incapaz de dormirse. La casa está vacía, aunque Nisa hace rato que salió de trabajar. Cierra los ojos intentando forzar el sueño, pero nada, la lámpara que está sobre él está mal colgada y se fija en los cables que asoman. Piensa en la cantidad de bichos que habrá al otro lado del falso techo y en si usarán el hueco para llegar hasta él mientras tiene los ojos cerrados. Se imagina una araña peluda que corretea por su frente en el momento que él sueña con que es la brisa del mar la que roza su piel. Baja la mano por dentro del calzoncillo de tela y se acaricia, piensa en cuánto hace que no se masturba y no recuerda cuándo fue. Antes lo hacía todos los días al acostarse, pero, desde que empezó a vivir con Nisa, dejó de hacerlo. También piensa en cuánto hace que no follan y eso lo tiene más claro.

Hace un par de semanas lo hicieron, casi dormidos, se encontraron volviendo de trabajar por la mañana y pactaron una tregua en su pequeña guerra. La imagen de Nisa sobre su cuerpo de aquella noche pasa a otra almacenada de años atrás, y de esa a otra. Ahora están de lado y él le sujeta la pierna y le besa la nuca. Tiene muchas escenas con Nisa guardadas en su cabeza, pasan como vídeos o como cuando cambias de canal de forma impulsiva. Al final, se detiene en una que está un poco borrosa. Él lloraba; solo habían pasado unos días desde que el volcán había arrasado con todo y ella intentaba consolarlo, aunque estaba peor que él. Sus besos pararon las lágrimas de Jose y él se abrazó a su cuerpo como si fuese lo único que tenía, bueno, era lo único que tenía realmente. Nisa siguió besándole y de las mejillas pasó a su boca y luego al cuello. Le quitó la camiseta, le beso el pecho, los brazos, la barriga y las piernas. Él estaba paralizado y se contraía con cada beso que ella le daba, siguió sufriendo esos espasmos de placer mientras hacían el amor. Jose se corre con ese último recuerdo.

Son las doce y las luces rojas se convierten en unas blancas que ciegan a los pocos que quedan allí. Nisa no quiere irse a casa todavía, está demasiado despierta como para meterse en la cama. Ahora no es cuestión de esperar a volver cuando todos duermen, como hacía de niña, es esperar a que se le pase el efecto de todo lo que ha tomado, para que Jose no lo note. Elena se fue hace un rato y solo aguantan Ninton y Edu, sabe que Edu es difícil de manejar, pero Ninton seguro que acepta.

¿Vamos a desayunar?

Yo paso, dice Edu.

Más bien a comer, dice Ninton.

Bueno, lo que quieras, hay un Vips aquí, dice Nisa.

No quiero dar mal ejemplo a los niños que estén comiendo tortitas con nata, dice Ninton.

Les va a encantar, van a pensar que somos unos vampiros como los de la tele, dice ella.

Claro.

La luz del sol los ciega y los tres reaccionan a ella, como los vampiros de la tele. Nisa saca unas gafas de su bolso y se convierte en un cliché.

Voy a coger un taxi, ¿os acerco?, pregunta Ninton.

Vale, contesta Edu.

Yo paso, que les den.

Nisa los ve alejarse y les dice adiós con odio. Camina cuarenta minutos hasta no poder más, los coches de la Castellana pasan muy cerca de ella y sus ruidos la molestan casi tanto como el sol. Se tapa las orejas, haciendo un hueco con las manos que transforma los motores en olas del mar. Por un momento vuelve a estar en casa, pero un segundo después decide coger el metro para volver a su verdadera casa. Todo está en silencio y a oscuras. Jose todavía duerme y Nisa se desviste mirándolo. Se tumba a su lado, aunque él está de espaldas a ella. Nisa ve el tatuaje del monstruo que sobresale por su nuca. Si no supiese que él se lo tatuó antes de conocerla, pensaría que se inspiró en ella para dibujarlo.

El sonido del agua correr despierta a Nisa, Jose debe de estar duchándose. Intenta adivinar qué hora es por el tráfico que escucha más allá de las ventanas. Serán las cinco o por ahí. Se equivoca solo por media hora. Abre la puerta del baño y el vapor apenas le deja ver a Jose desnudo al otro lado de la mampara.

Qué susto, dice él.

Perdona, me meo, dice ella.

Nisa se sienta en la taza, tiene demasiado vodka dentro. Jose se cepilla los dientes dentro de la ducha y ella sonríe, porque siempre le hace algo de gracia que haga eso. Al acabar, escupe y habla.

Me van a cambiar de turno, dice Jose.

Joder, qué pesados. ¿Y ahora?, pregunta Nisa.

Al de la tarde.

Mejor, así no vives al revés.

Ya… pero bueno, ahora nos veremos menos, dice Jose.

Tampoco es que coincidiésemos mucho, contesta Nisa.

Era un poco más fácil teniendo el mismo horario.

Sí.

¿A qué hora has llegado?

No sé. A la una o así. Al final ayer es que me liaron.

Ya.

Esa noche ha empezado de día. Quedaron para tomar algo antes del trabajo por la zona de Moncloa. Nisa bebió solo cerveza, pero Edu tomó dos gin-tonics. La cena solo fueron patatas, un mix de frutos secos y unas gominolas que estaban un poco duras ya. En el trabajo perdió rápidamente la cuenta de los chupitos que tomaron o de las veces que se escaparon al baño. Había conseguido mantenerse en esa frágil línea entre descontrolarse y saber lo que estaba haciendo en cada momento. Después del *after*, esta vez sí que fueron a desayunar y después a casa de Edu. Allí volvieron a empezar.

Nisa consigue parar de moverse, saca su móvil y allí encuentra algo que no contaba con ver. Un recuerdo aleatorio de hace un par de años, una foto con Jose en la playa: él todavía tenía el pelo amarillo y ella tenía la misma cara que ahora, pero en su versión feliz, más morena, sin cansancio, sin los ojos rojos.

Se mete la última raya de la noche, aunque ya no es de noche. Sin despedirse, Nisa abre la puerta y se va. Quiere volver a casa, estar con Jose, necesita que su piel esté pegada a la suya como en esa foto. Da igual que no estén en la arena caliente, le vale estar abrazada a él en esa cama en la que nunca consigue dormir bien.

Ir en el metro le parece en esos momentos insoportable; que su cuerpo toque el de otras personas, que su sudor se mezcle con el de desconocidos le da ganas de vomitar. Querría haber cogido un taxi, pero ya había gastado demasiado dinero en esa noche infinita, más de lo que había ganado.

La masa de gente la va arrastrando hacia el final del vagón. Busca sus cascos, los enchufa a su móvil y pone una canción, pero no la aguanta hasta el final. Tampoco la siguiente, ni la siguiente. No ha sido una buena idea meterse esa última raya. Tampoco la anterior, ni la anterior.

Llega a su parada y salir al andén es lo más parecido a respirar aire fresco, aunque allí también sea denso. Antes de emerger a la superficie abre la cámara de su móvil, cambia a la frontal y se mira. Jose va a notar que algo pasa, que algo ha tomado, que algo no está bien del todo.

Detrás de ella, las líneas empiezan a moverse y Nisa deja de mirarse. Entre los vagones, al otro lado del andén, está Jose. De todas las personas que hay en ese barrio, tenía que encontrarse con él. Jose levanta la mano y grita su nombre. Cuando la estación ha quedado vacía, los dos quedan separados por las vías del metro.

¿Vienes o voy?, dice él.

Voy, dicen Nisa y Jose a la vez.

Ella intenta caminar muy recta, respirar más lentamente. En las escaleras, se para a la mitad y piensa si la pillará.

Quizá debería hacerlo y ya está, piensa Nisa.

Vuelve a subir, pero arrastrando los pies. Jose ha ido más rápido y ya está torciendo en su esquina.

Ey, ¿qué tal la noche?

Jose va a besarla y Nisa tuerce un poco la cara y la besa en la mejilla.

Bien. Estaba un poco muerto hoy.

Pero digo después, que habrán salido, ¿no?

Ah, bien. Normal. Como siempre.

Guay… ¿A dónde?, Jose vuelve a preguntar.

A varios sitios. Yo qué sé. Lo de siempre, ya te he dicho, contesta Nisa, evitando su mirada.

Jose la analiza, su sudor, la cara, los movimientos que intentan ser normales, pero que solo la delatan.

Nunca te había visto así, dice Jose.

¿Así cómo?, Nisa se encara.

Nada, da igual.

¿Borracha?, pregunta ella.

No, no estás solo borracha, contesta él.

¿Qué dices?

Jose tarda seis segundos en pensar la respuesta. Nisa no es capaz de aguantarle la mirada.

A veces no sé quién eres ya.

¿Qué?

Eso, que ya no sé si te conozco, dice Jose.

Pensaba que era eso lo que te gustaba de mí, dice Nisa.

¿No conocerte?

No conocerme.

Su corazón sigue acelerado, como si ella le hubiese contagiado el ritmo raro al que iba. Jose levanta cuarenta kilos, veinte a cada lado de la barra. Pone cinco kilos más a cada lado y vuelve a levantarla. Cada vez que estira los brazos y aguanta el peso en el aire, la imagen de Nisa se le aparece, a modo de fogonazo. El beso que no quiso darle, sus ojeras, su cara extraña. Su encuentro le da asco y rabia, y lo usa para impulsar con más fuerza la barra. Luego se desinfla cuando baja y le entra una tristeza que le hace pensar que ya no podrá volver a subirla. Las pocas veces que se ha sentido así, había alguien a quien recurrir. Primero estaba su madre, pero luego no. Después podía contar con su padre, pero ya tampoco. Una vez que ellos desaparecieron, estaba Nisa, pero ahora no puede hablar con ella y se siente solo de verdad.

Mira a las personas que le rodean, a todas ellas las ve cada día en el gimnasio, pero no conoce sus nombres ni nada de sus vidas. Ojalá se hubiese interesado algo por ellos y ahora podría hablarles y acabar contándoles lo que siente. Repasa todos los amigos que dejó en La Palma, tampoco es que haya mantenido la relación demasiado y desde que está en Madrid las conversaciones se han ido espaciando. Sería extraño llamar a Marcelo ahora, así, sin más. Jose coge su móvil.

qué pasa tú?

cuéntame qué tal todooo…

Marcelo contesta:

Bien!
Tú?

Jose ya se ha duchado y está volviendo a casa.

bien tío

a ver si nos llamamos un día de estos

no?

Le cuesta imaginar esa conversación. Cómo le contará lo que de verdad le preocupa o lo que de verdad está sintiendo, ese agujero que lo atraviesa cuando piensa que no tiene a nadie. Seguramente no lo haga, solo hablarán de cosas absurdas y esto hará que se sienta un poco mal por no haber podido contárselo, pero un poco bien por haber tenido alguien con quien hablar.

Tengo un rato ahora
Te llamo?

Jose escribe y borra. Escribe y lo envía.

justo me pillas currando
te llamo en otro momento

23

Todo el hotel estaba lleno por una feria de tecnología que había esa semana en Madrid. Jose había mostrado un falso interés por lo que le contaban los huéspedes, pero ya había olvidado todo lo que le habían dicho. Intentaba no darles mucho pie, porque al venir solos, muchos de ellos buscaban en Jose un amigo o consejero, más que un simple recepcionista. Elvira llevaba mejor tratar con esos seres trajeados que habían sustituido a los turistas extranjeros que solían alojarse allí. Mientras él reparte tarjetas para las habitaciones de forma casi automática, ella se toma su tiempo para explicar en qué planta ponen el desayuno, los mejores sitios a los que ir cerca del hotel o los horarios del gimnasio. Ese día, Elvira va más rápido de lo normal, tiene prisa por acabar. Lleva toda la semana recordándole a Jose que el jueves no puede quedarse más, cumple veinticinco años y va a dar una fiesta en su casa. Lo invitó hace un par de semanas, pero él no llegó a decir ni que sí ni que no.

No es de Halloween, porque todo eso me da miedo, pero es de disfraces, dijo Elvira.

¿Pero todo el mundo va a ir disfrazado?, preguntó Jose.

Sí, pero de cosas que no den miedo. De cosas adorables. De cosas guays. De cosas… de colores.

Ajá…

Es una fiesta anti-Halloween, ¿entiendes?

No. Ponme un ejemplo.

Todos me preguntáis lo mismo. Pues… yo qué sé, los unicornios.

Necesito otro ejemplo.

Algo divertido, gracioso.

A ver, ¿de qué vas a ir tú?

Mis amigas y yo hemos dudado un poco. Mira, íbamos a ir de las Spice Girls, pero al final no. Vamos de otra cosa, porque somos una más. Pero no te lo digo, vienes y lo ves.

Se me da fatal disfrazarme.

Parece mentira que seas canario.

Qué tendrá que ver.

Pensaba que os lo enseñaban en el cole, asignatura disfraces o algo así.

Jose se rio y no contestó más, dejando abierta su respuesta. Sabía que ella quería que fuese y le hacía ilusión, pero le daba vergüenza ir solo, Elvira no había invitado a nadie más del trabajo.

Venga, vete ya, yo acabo.

Pero entonces ¿no vienes?

Jose mira a Elvira, entre tímido y tierno.

Va, vente, voy a cambiarme. Tienes cinco minutos más para pensártelo.

En ese tiempo, Jose hace una lista mental de pros y contras. En los pros está que no tiene nada que hacer esa noche, que Nisa trabaja y que es la primera fiesta a la que lo invitan desde que llegó a Madrid. En los contras está el tema del disfraz, y que no sabe si Elvira lo invita como amigo o compañero o como algo más. Él le ha hablado de su novia alguna vez, pero no sabe si ha quedado muy claro todo. No sabe cómo, pero el contra se vuelve pro y la idea de gustarle a ella también le gusta a él.

No tengo disfraz, dice Jose.

Da igual, ahora buscamos algo, contesta Elvira.

La casa de Elvira está cerca. Ella baja decidida las escaleras hasta un gran bazar secreto cargado de disfraces y decoración de Halloween. Nada le vale a ella, que quiere luces de colores y lo de Navidad todavía no ha llegado.

Jose se pasea por el pasillo de los disfraces, abarrotado de jóvenes que compran sus máscaras, cuchillos y machetes en el último momento. Camina hasta el fondo, buscando inspiración, pero cada vez está más perdido. Tiene la tentación de rendirse, improvisar una excusa e irse a casa. Luego siente que ya es demasiado tarde para decir que no. Entre los uniformes cree haber encontrado algo, pero ir de jardinero o cocinero no es guay, ni adorable ni divertido y Jose ahora necesita ser guay, adorable y divertido. Entre los juguetes, encuentra unos peluches gigantes que cuestan tanto como lo que gana en un día. Coge un oso enorme en brazos y camina hacia la caja, es casi como él.

¿Y eso?, pregunta Elvira.

No te lo digo hasta que tú no me digas tu disfraz.

Pues sorpresa para los dos.

Jose se encierra en el cuarto de Elvira, lleva en las manos unas tijeras de cocina. Raja el peluche por la tripa, como si fuese un veterinario de urgencias que estuviese operando, y millones de bolitas blancas ruedan por la habitación sin que pueda pararlas.

Ya verás luego para limpiar todo esto, piensa.

El timbre suena y las voces llenan el salón, al otro lado de la pared. Jose se agobia con que su disfraz sea un desastre, pero consigue meter sus dos piernas dentro de las patas del oso y sus brazos en las zarpas. Fuera, la música ya está sonando. Hace otro corte circular, en lo alto de la tripa, a la altura del cuello para poner su cabeza. Cada vez hay más gente. Se mira al espejo y ve que ahora el oso ha perdido un poco de forma sin las bolitas. Usa su propia ropa y unos cojines que tiene Elvira sobre la cama para rellenar el peluche, cree que ya está listo. Por fin abre la puerta y saca solo la cabeza, ve el salón iluminado con guirnaldas de colores y una luz que gira y proyecta estrellas en las paredes. No identifica a Elvira entre los personajes de la fiesta, hay princesas de cuento, un grupo que va de Pokémon, un ángel sexy, una mariposa y cuatro amigos que van de los Teletubbies.

¿Elvira?

Una Power Ranger amarilla se acerca hasta él, se quita la máscara y es Elvira.

¿Ya estás?

Creo que sí, pero necesito una bolsa para recoger todo.

Déjalo, luego lo hacemos.

Jose se atreve y sale. Elvira no puede parar de reírse.

Me encanta, eh, bastante guay.

¿Sí? El tuyo sí que mola.

Espera, que es un disfraz grupal. ¡Chicas, a metamorfosearse!

Cinco Power Rangers se acercan hasta Elvira. Hacen movimientos de karate.

Este es Jose, de mi curro. Tamara es la Power Ranger rosa, Elisa azul, Violeta negro, Cruz rojo y Ana verde.

Todas saludan, algunas de ellas se quitan la máscara para dar dos besos a Jose, otras siguen en su papel, haciendo que luchan contra el oso gigante. Para cuando ha acabado la presentación, él ya ha olvidado todos los nombres.

¿Vas de Winnie the Pooh?, pregunta la Power Ranger color verde.

No, de oso amoroso, contesta Jose.

¿Qué quieres beber?, pregunta Elvira.

Tres cervezas de cincuenta centilitros después, Jose ya ha perdido la vergüenza. Hace mucho calor, se ha quitado la camiseta y se la ha metido en su garra derecha. Por la mitad del pecho peludo del oso aparece la piel de Jose, llena de tatuajes y sin un pelo. En su camino a la nevera, el oso se topa con la Power Ranger amarilla.

¿Te lo estás pasando bien?

Sí, sí. Gracias.

Nada, a ti por venir.

No le cuentes a nadie del curro que he venido así.

Vale, será nuestro secreto.

Jose se apoya en la pared, invitando a Elvira a acercarse más a él. Tienen entre los dos sus respectivas manos, sujetando sus bebidas, están casi rozándose, pero hay una tensión que lo impide. Se imagina que cada fin de semana puede ser así, con planes que no tengan nada que ver con el trabajo, la casa o Nisa. Había olvidado que existía algo más allá y siente que en ese último año ha perdido un poco el tiempo. Siempre esperando a que llegue algo que nunca llega, pero ahora está ahí, frente a Elvira y quiere más de eso en su vida, que no se acabe esa noche. La música cambia y Elvira da un salto.

¡Esta canción!

¿Qué pasa?

Elvira busca a sus amigas.

Ahora vuelvo.

Las seis amigas se reúnen y bailan una coreografía muy bien ejecutada teniendo en cuenta los diferentes grados de alcohol en sangre de cada una. Alrededor de ellas se forma un corro y todos aplauden o intentan unirse al baile, sin éxito. Al acabar la canción, todas gritan. Jose no ha dejado de mirar a Elvira. Le gusta que siempre sonría, le gusta que lo haga sentir especial, le gusta que teniendo toda una casa llena de gente que la quiere, elija hablar con él.

Otra noche en la que los efectos del alcohol y la cocaína duran más en Nisa que su turno. Ni Edu, ni Elena, ni Ninton quieren seguir, pero ella piensa en irse sola al *after*. No los necesita. El andén está lleno de gente desfasada que va a trabajar muy pronto o de gente desfasada que vuelve de fiesta muy tarde.

El teléfono de Nisa suena; será Ninton que se anima, pero no, es su madre, que no suele llamarla y menos a esas horas.

Hola.

Hija, perdona las horas.

Nada, estoy saliendo de currar.

Ah, cierto. Mira, necesito que vengas a casa.

¿Y eso?

Tu hermana está con fiebre y no puede ir a clase y yo me tengo que ir a trabajar.

¿Y Juanma?

No está.

Mamá… estoy sin dormir.

Bueno, vente, le echas un ojo y te duermes un rato.

¿Y no puedes pedirte el día?

Mira, Nisa, para una vez que te pido algo… Pero, vale, gracias, ya busco otra solución.

No, da igual, voy.

Mar tarda en contestar.

Vale, gracias. ¿Cuánto tardas?

Media hora.

Genial, ahora te veo.

Cuelga y repasa todo lo que puede hacer para que su madre no note que está drogada. Compra una botella de agua y unos chicles en una máquina del andén. Debería comer algo, pero no tiene hambre. Su cabeza va de una frase a otra, hilándolas sin mucho sentido, incluso cortándolas a la mitad. La mayoría de ellas tratan sobre lo mal que se siente por estar así cuando Hari la necesita. Imagina conversaciones con Mar en las que se disculpa y se justifica con lo duro que está siendo todo, cada noche en el trabajo, cada mes en esa ciudad y cada día junto a Jose. Se forman las respuestas que le dirá su madre cuando la descubra: «Vienes igual que tu padre» o «No haces nada bien» o «Qué vergüenza que te vea Hari así». Nisa se enfada y le responde en su cabeza, aunque llega a mover los labios, sincronizados con sus pensamientos: «Si estoy así es por tu culpa», «Tú me echaste de tu casa» y «Desde niña parece que te molesto». Cada vez está peor, pero solo deja de hacer gestos al ver que la mujer frente a ella la mira con una cara extraña. «Que se joda, si me lo nota, que se joda. Que no me hubiese llamado. No tengo que justificarme».

Mar sale con tanta prisa que casi parece ella la que ha tomado cocaína. Hari duerme en su cuarto, Nisa se asoma y la ve hecha un ovillo bajo las sábanas. Deja la puerta abierta y se sienta en el sofá, el mismo que se convertía en cama y en el que pasó tantas noches. Ya no hay rastro de Jose ni de ella en aquel lugar, como si nunca hubiesen estado allí.

A Hari le gustará comer algo rico cuando despierte, quizá pueda cocinarle su plato favorito. Nisa intenta recordar cuál era mientras camina a la cocina. Eran macarrones con salchichas y tomate. Espera que siga siendo ese. Busca en los armarios, todo sigue colocado igual. Coge la pasta, el tomate y un paquete de salchichas que estaba olvidado en el fondo de la nevera y aún no ha caducado. Pone una cacerola con agua a hervir y mete la pasta. En la sartén, calienta el aceite y echa las salchichas cortadas en trocitos. Cuando la pasta está lista, la escurre y la vuelve a meter en la olla. Añade el tomate y las salchichas. Lo deja todo preparado para cuando se despierte Hari. No recoge ni limpia nada de lo que ha utilizado, piensa en hacerlo cuando acaben de comer. Nisa se acerca a la habitación, Hari sigue durmiendo, le toca la frente y la nota muy caliente, parece que aún tiene fiebre. La mira y una sensación de calma la invade. La respiración suave de Hari se acompasa con la de Nisa, que se tumba al lado de su hermana y la abraza.

Consigue por fin relajarse y se va quedando dormida. Baila junto a su hermana, rodeadas de bombillas de colores, parece que están en una verbena y todos ríen y cantan. Aunque sea de noche, hay mucha luz, Nisa le enseña unos pasos de baile, que parecen sacados de una coreografía country. Las luces se apagan y la música cambia; ahora Hari ya no está y Nisa tiene que bailar sola. Escucha la voz de su hermana, pero no puede encontrarla entre la oscuridad. La busca entre el público de la fiesta. Llega hasta Mar, que está muy quieta. Nisa la zarandea, pidiéndole ayuda para encontrar a Hari, pero Mar no le hace caso. Sigue corriendo y ve a Jose, que le sonríe, pero tampoco hace nada.

La voz de Hari vuelve a sonar, está llamándola.

¡Nisa!, grita Hari. ¡Despierta!

Abre los ojos y se incorpora casi al mismo tiempo. Hari está de pie y la casa está llena de humo. Nisa corre por el pasillo y su hermana la sigue.

Quédate en la habitación, dice Nisa.

Entra en la cocina y las llamas tocan el techo. Salen de la sartén donde hizo las salchichas. Tose por culpa del humo y no consigue ver el grifo, quiere echar agua, pero no sabe si es buena idea. Coge el mango de la sartén y está ardiendo, la tira al suelo, y las llamas llegan hasta la altura de su cabeza. Los gritos de Hari se escuchan cada vez más, Nisa se gira y allí está su hermana, viendo todo desde la puerta. Coge la tapa de la cazuela y la lanza al suelo, bloqueando las llamas. Apaga el fuego, que estaba al tres. Todo ha acabado y la casa está en silencio.

Nisa tarda en reaccionar, lo hace cuando Hari se echa a llorar, la coge en sus brazos y va por todas las habitaciones, abriendo las ventanas. La abraza fuerte, pero Hari intenta apartarse. Nisa entiende que su hermana no necesita abrazos y la deja sola en la habitación. Vuelve a la cocina y ve lo que ha hecho. El techo está oscuro y las marcas de las llamas ensucian toda la pared de azulejos blancos, que ya no son blancos. Los muebles que están encima de los fuegos no han ardido, pero están negros y deformados. Hay comida por toda la encimera y el suelo, el humo sigue flotando por todas partes. Vuelve sobre sus pasos hasta Hari, que está de pie en su habitación.

¿Estás bien?

¿Qué haces aquí?, pregunta Hari.

He venido… porque mamá tenía que ir a trabajar y estabas mala… para cuidarte, contesta Nisa.

Quiero irme con ella.

Vendrá en un rato.

No. Quiero irme con ella ya.

Hari…

No quiero estar contigo.

Hari…

Tú no me cuidas.

Le gustaría no volver a casa nunca, o incluso que no existiese una casa a la que volver. Que nadie la esperase, para no tener que dar explicaciones, para poder sentirse mal sola. Si se imagina la cara de Jose al enterarse le dan ganas de llorar, aunque ya ha derramado muchas lágrimas con su madre y con su hermana. Nisa se pasó horas limpiando hasta que Mar volvió a casa y lo vio todo. Hubo cacharros que, por mucho que los frotase, eran irrecuperables, pero seguía haciéndolo con todas sus fuerzas, por si acaso. Podría ayudar a pintar o pagar con su dinero la reparación de los muebles de la cocina, eso casi no le importaba ya, pero lo que la comía por dentro era haber puesto en peligro a Hari, el susto que tenía y que no parecía marcharse, aunque ya no hubiese ni humo ni fuego. Vio en su hermana la misma cara que puso ella cuando su casa ardió, la única diferencia era que Nisa se había convertido en la culpable, en su padre, en Yeray. Ya no hay marcha atrás, quedan tres paradas para llegar a casa. Si hace tiempo paseando por el barrio, llegará la hora en la que Jose se va a trabajar y así podrá evitarle un día más, pero necesita ducharse y quitarse todo ese olor a humo de encima. Quedan dos paradas. Ojalá haya ido al gimnasio y pueda evitar mirarlo y mentirle, cree que podrá ser capaz, pero le da miedo que él le pregunte algo y ella se derrumbe. Queda una parada y le suena el móvil. Es un mensaje de Jose:

dónde estás?

Nisa escribe y borra. Escribe y manda el mensaje.

Llegando a casa
Estuve cuidando de mi hermana

Jose está escribiendo.

aaah, guay! yo he salido ya

Nisa no sonríe porque es incapaz de hacerlo después de todo, pero se siente aliviada. Jose vuelve a escribir. Todavía no se ha librado del todo.

todo bien?

Quizá lo sabe ya, se lo ha podido decir su madre. Quiere

llamarle y decirle la verdad, que es un desastre y que destruye todo y a todos los que se le acercan. También quiere llamarle y mentirle. Jose es la única persona que le queda en el
mundo, la única persona que piensa que ella es buena y no
quiere perderlo. No hace ninguna de las dos cosas. Tan solo
escribe:

Sí

24

El viernes, Nisa fue a trabajar casi sin dormir. Solo bebió agua, rechazó todo lo que Edu le ofreció y se fue directa a casa al terminar su turno. Jose comentó con Elvira lo bien que se lo había pasado la noche anterior. Fugazmente, se preguntó si la sonrisa de ella era más bonita que la de Nisa.

El sábado, Jose y Nisa coincidieron a la hora de cenar. Ella se preparaba para irse y él volvió del trabajo nada más terminar el turno. Continuaron viendo un episodio de una serie que habían dejado a medias hacía semanas, nunca coincidían para acabarlo. Los dos se sentían mal por lo que le ocultaban al otro.

El domingo, Nisa apagó el teléfono después de ver dos llamadas perdidas de su madre. Elvira le dijo a Jose que si iban a tomar algo, pero él dijo que tenía planes. En realidad se fue al gimnasio, donde llegó a la conclusión de que, aunque Elvira le gustase, no era nada comparado a lo que sintió por Nisa cuando la conoció.

El lunes, Jose volvió a pensar en Elvira, en cómo sería besarla, pero intentó mantener su postura de no darle más vueltas a eso hasta ver cómo evolucionaba todo. Cada vez que cerraba los ojos, Nisa revivía las mentiras. La única solución para dejar de sentirse mal era contárselo todo.

Nisa entra en la recepción de mármol del hotel. Es muy diferente a lo que se imaginaba, aunque hubiese visto fotos del lugar en internet. Jose está allí, detrás del mostrador, suena el teléfono y él lo coge. Nisa revive su primera conversación con Jose, cuando ella fingió ser otra persona y él no sabía que lo observaba. A su lado está Elvira que la mira como si la reconociese.

Buenas tardes, dice Elvira.

Hola, contesta Nisa.

La voz de Nisa hace que Jose levante la vista del ordenador, su boca se tuerce y casi forma una sonrisa. Si esto mismo hubiese pasado unos años atrás, sin duda sería una sonrisa completa. Nisa mira a Elvira y señala a Jose.

Vengo a verle a él.

Vale, contesta Elvira.

Jose corta la llamada y cuelga, todo lo rápido que puede.

¿Qué haces aquí?

Quería verte.

Me quedan un par de horas para salir.

Jose mira de reojo a Elvira, que finge que trabaja en el ordenador.

¿Pasa algo?, pregunta Jose.

No sé. Sí. Quería hablar. Estamos raros, bueno yo seguro y tú no sé, pero creo que sí, contesta Nisa.

Espera un momento, dice Jose.

Mira a Elvira, entre vergonzoso y agobiado.

Vengo en diez minutos, me llevo el móvil por si pasa algo.

Sí, no te preocupes.

Jose mira a Nisa, quiere que lo siga. Caminan por el pasillo, pasando por la escalera rodeada de espejos. Cogen el ascensor, en silencio. Evitan mirarse, y también evitan mirarse a ellos mismos en sus reflejos. Jose abre la puerta de una habitación que está vacía. Es una suite gigante con varias estancias: la primera es un salón con dos sofás claros, una televisión de cuarenta y tres pulgadas y un balcón desde el que se ven los tejados de la ciudad. No se fijan, pero desde allí se ve aquella casa que visitaron juntos y que tanto les gustó, esa desde la que se imaginaron en el tejado, viendo cómo pasaban los días y las noches. Jose camina hasta la siguiente. Es un despacho con una mesa grande y varias butacas, todas forradas con una tela color arena. Al final está la habitación, con una cama de dos metros perfectamente hecha, Jose se sienta en el borde y Nisa se queda de pie.

¿Qué pasa?, pregunta él.

Llevamos unos días… raros, contesta ella.

¿Unos días? Yo diría unos meses.

Bueno, eso.

Pero… ¿no podemos hablarlo en casa?

No quería irme a trabajar y que pasase otro día más. Estaba agobiada y… yo qué sé.

Ya, Nisa, pero es que estoy currando.

Ya, ya, perdona.

Los dos se callan. Nisa lo vuelve a intentar.

Aunque mejor hablarlo en este sitio tan bonito, es mejor que nuestra casa.

Jose no se ríe.

¿Qué pasa?, vuelve a preguntar él.

No te pasa a veces que… te da miedo contar algo o hacer algo por si… yo me decepciono. O ya no te miro igual que antes, dice Nisa.

Sí, contesta Jose.

¿Cuándo?

Me pasaba mucho, al principio, cuando nos conocimos. No quería… que vieses algo de mí que no te gustase y me dejases de querer.

¿Y ahora no te pasa?

No tanto, intento que no, pero últimamente me cuesta más.

¿Tú tienes claro… que me quieres como antes?

No. No lo tengo claro. Pero sí tengo claro que te quiero.

Ella se encoge y se sienta junto a él.

¿Te acuerdas cuando me iba a venir a Madrid? ¿Que me puse mala?

Sí, claro.

Soñé que estábamos flotando en una cama, la mitad de grande que esta, primero íbamos separados, pero remábamos y conseguíamos estar cerca y luego ya navegábamos juntos. Y luego llegaba una ola y bueno, bien, pero luego llegaba otra más grande y todo se iba a la mierda.

¿Y qué?

Pues que entonces… la idea de separarme de ti me ponía enferma…

Yo sé que he estado mal y me he rayado, porque no sabía lo que sentía y tampoco sabía qué querías tú, pero creo que lo podemos arreglar, como otras veces.

No es como otras veces, porque lo que me enferma ya no es la idea de estar sin ti… Es estar contigo y ver que no eres feliz, que solo te hago daño, eso es lo que de verdad me enferma.

No, eso no es así, Nisa.

Sí, tú no lo ves, pero yo sí. Últimamente estás triste cuando estamos juntos, solo porque yo lo estoy.

No sé, Nisa, también ha habido momentos en los que yo he estado mal y tú has estado a mi lado y te habré puesto triste, pero no pasa nada.

Pero es que ya no puedo hacer esto más.

¿Y qué quieres?

No lo sé.

¿Quieres dejarlo?

Creo que sí.

25

No sé si me aprieta, dice Jose.

Yo creo que está bien. Tiene que quedar un poco ajustado.

¿Pero no me hace como bolsa aquí?

Jose agarra la tela del pantalón a la altura de su ingle y tira. Elvira se ríe de él.

¿Nunca te has puesto un traje o qué?

Uhm, no.

Jose había ido a un par de bodas en La Palma, de niño, pero era demasiado pequeño para llevar traje. Es más, a una de ellas fue con unos pantalones cortos, a juego con la camisa y una minipajarita. Nunca se había comprado un traje, ni para su graduación, ni para aquel cotillón de fin de año, ni para el funeral de su padre. A este último fue con vaqueros y una camisa negra que le dejó Marcelo; la tenía de los tiempos en los que trabajaba de camarero. Había ido a una tienda que estaba cerca del hotel, de esas que hace años eran teatros o cines. Todo estaba lleno de gente y Jose se veía incapaz de decidir cuál de los trajes coger. En la cola de los probadores tuvo ganas de rendirse, dejar todo tirado y salir corriendo. Mientras se lo probaba, buscaba formas de esconder la etiqueta y poder devolverlo todo al día siguiente. La camisa iba a ser difícil, pero con el pantalón y la americana seguro que podría. Lo que en el probador le pareció bien, en casa no le gustaba. La luz del día le hizo fijarse en las arrugas raras y en el largo de los pantalones una vez que se los probó con zapatos. Al menos, la fiesta iba a ser de noche y la oscuridad le daba cierta tranquilidad.

¿Qué tal?, pregunta Elvira.

Lleva puesto un vestido largo de color rosa. Su piel pálida casi es del mismo color y a primera vista parece que va desnuda. Su pelo naranja va recogido en un moño alto, del que caen pequeños mechones hasta su cuello.

Estás muy guapa.

Elvira besa a Jose y se apoya sobre su hombro con hombreras.

Tú también.

En el metro van abrazados, muy juntos, intentando ocupar un espacio en vez de dos en un vagón abarrotado. Cuando el metro llega a la estación, Elvira pierde el equilibrio por los tacones y se abalanza sobre Jose. Disimula dándole un beso.

La fiesta es en un hotel mucho más elegante que en el que trabajan ellos. En la puerta, les preguntan su nombre y los da Elvira. El vestíbulo tiene techos altos y alfombras caras. Pasan a una sala con una gran bóveda con vidrieras de colores. Los camareros desfilan con bandejas llenas de copas de vino, Jose se lanza y agarra dos. La comida empieza a salir en forma de canapés muy pequeños y muy raros. Los camareros introducen cada plato y les ofrecen servilletas que no son de papel cuando ya están masticando. A Jose le cuesta aguantar copa, canapé y servilleta a la vez, por lo que acaba guardando las servilletas en el bolsillo del pantalón. Los de la chaqueta aún están cosidos. Elvira le explica a Jose cuál es el secreto en este tipo de fiestas: colocarse muy cerca de la salida de la cocina para ser los primeros en probar todos los canapés. Jose se pregunta por qué ninguno de sus compañeros de trabajo ha querido ir. La música se para y dos señores trajeados salen al escenario, todos aplauden y Elvira y Jose los imitan.

¿Quiénes son?, pregunta Jose.

Gente importante, los que han pagado todo esto, supongo.

Durante cuarenta minutos, los dos hombres hablan sobre cifras, proveedores, la recuperación del sector, la valentía de no sé quién y los años malos que han pasado. Luego hacen subir a una mujer al escenario para hacerse una foto en la que ellos quedan mejor por no ser solo dos hombres. Durante estos mismos cuarenta minutos, los camareros únicamente pasan para recoger copas vacías y los canapés desaparecen. Jose ahora entiende por qué sus compañeros no han ido, y cuando termina el discurso, se siente un poco mal.

De lo que no dicen nada es de todo el dinero que roban, dice Jose.

Nuestro jefe se merece que le roben un poco, dice Elvira.

No me refiero a él, es más por los pequeños hoteles, esta gente los joden, pero bien.

Ah, ya, sí.

Los canapés vuelven a circular y pasan a ser dulces. Jose y Elvira siguen bebiendo como si a alguna hora fuesen a empezar a cobrarles cada copa. Bailan lo que pincha la DJ, una especie de electroswing que va genial con sus pintas y sus movimientos exagerados. La fiesta termina y Jose y Elvira abandonan el gran hotel con dos bolsitas de tela con una batería portátil, una libreta y un boli, todo de regalo y con el logo de la empresa. A esa hora ya no hay metro y la pareja coge un taxi. Ella abre el portal y la puerta de casa, por la costumbre. Están en la cocina, descalzos, pero aún elegantes.

Si tomamos unos sándwiches mixtos con huevo ahora, mañana no tendremos resaca.

Pero si me he puesto fino de croquetas chiquititas.

Da igual, hazme caso, en serio. Nuestros yos del futuro nos lo agradecerán.

Jose se ríe, la abraza por detrás y le besa el cuello. No recuerda haber vivido momentos así antes, tan fáciles y simples.

Instantes que sean felices de verdad, sin ninguna sombra que los marque, por el pasado o por lo malo que podría pasar. Está ahí, con ella y solo tiene que pensar en si prefiere el sándwich con huevo o sin huevo.

Compraste queso el otro día, ¿no?, pregunta Elvira.

Sí.

A pesar de las altas horas, Elvira no usa la tostadora, le pone mantequilla mezclada con un poco de mayonesa al pan y los hace en la sartén. Jose se convierte en su pinche y fríe los huevos. Los dos beben a morro de la botella de agua que tienen en la nevera. Se llevan los platos a la cama y comen y hablan de ese momento en el que Jose se ha puesto de rodillas para intentar hacer un paso de baile y coger a Elvira estilo *Dirty Dancing* y de que seguramente tras eso será difícil devolver los pantalones. Acaban de cenar y comienzan a besarse, hacen el amor y es como todo entre ellos: fácil y divertido. Es la décima vez que follan en esa cama desde que viven juntos. Jose se mudó allí hace quince días, después de unos meses buscando habitación, después de dejar la casa en la que vivía con Nisa y después de que lo dejasen. No se despierta en toda la noche; ya se está acostumbrando a dormir en esa cama y con esa compañía. Por la mañana se alegra de haber hecho caso a Elvira porque no tiene nada de resaca, pero no se lo agradece porque ella todavía está dormida. Coge su bolsa de deporte, que está tirada en la entrada, y sale. En su nuevo gimnasio hay demasiada gente, por lo que nunca va a primera hora para no tener que esperar en las máquinas. Hoy le toca espalda. Piensa en los ejercicios que va a hacer, en lo que desayunará al salir, en…

Hola, dice Nisa.

Nisa tiene unos nuevos y pequeños rituales, como ir a alguno de los cines cerca de Plaza España todos los miércoles por la tarde. Le gusta no saber nada de la película antes de entrar, no le gusta ver tráileres ni sinopsis ni críticas, y solo coge el papel con información una vez ha salido del cine. No tiene un gusto definido, elige por los títulos o por los carteles. Suele ir sola y eso le parece bien, así puede volver a casa paseando y pensando en lo que acaba de ver. A veces, si la película le ha gustado mucho, sube el cartel a sus stories, o si la película le ha parecido muy bonita visualmente, sube imágenes que encuentra en internet. Cuando alguien le responde y le dice que la ha visto también o que quiere verla, Nisa comenta lo que le ha parecido. A veces acaba hablando con esa gente sobre la posibilidad de ir al cine juntos, pero en el fondo Nisa sabe que no va a pasar. La película de esa tarde le ha recordado a su padre, a cómo eran cuando ella era una niña o a cómo podrían haber sido si ella se hubiese quedado con él. Aunque estuviesen a miles de kilómetros de distancia, Nisa se siente más cerca de Yeray que cuando vivían a solo diez minutos. De camino a casa, evita subir por Gran Vía y callejea por la zona de Conde Duque. Esa noche no le apetece comentar la película consigo misma y llama a su padre.

Hola.

Hola, papá.

¿Qué haces?

Saliendo del cine, voy a casa.

¿No trabajas hoy?

Salí a las cuatro.

Genial.

¿Tú, qué tal?

Pues llegando a casa, se me ha hecho tarde hoy.

¿Mucho curro?

Bastante, sí. Todo vuelve a la normalidad.

Qué bien. Me alegro.

Oye, hija.

Dime.

¿Me oyes?

Sí, sí.

Si quieres venirte unos días, ya sabes que te puedes quedar aquí.

Sí.

Estoy arreglando la casa.

Sí, me dijiste.

¡Cierto! Está quedando bien.

Qué bien, ya me mandarás fotos.

¿Has hablado con tu hermana y con tu madre?

Últimamente poco. Nos vimos en las Navidades y eso.

Ya..., pues llámalas o vete a verlas. Seguro que se juntan y está todo bien.

Sí. Sí. Lo haré.

La luz del salón asoma por el pasillo. Las voces también. Elia, Patri y Bego beben cerveza y tienen un tablero extendido sobre la mesa, discuten sobre qué ficha es cada una y por qué Patri siempre tiene que ser la azul. Nisa acaba siendo la ficha roja. Suena el timbre que anuncia la llegada de la cena de Patri, mientras las otras calientan unos táperes con sobras en el microondas, por turnos. La partida se reanuda y acaban casi de madrugada. La habitación de Nisa da a una calle ruidosa los fines de semana. Tiene un balcón pequeño en el que ha colocado una silla, pero en la que no se ha llegado a sentar. Es una de aquellas sillas robadas, de lo poco que se quedó de la casa que compartió con Jose en Vallecas. Tiene una cama individual, pero que si la abre se hace doble. Desde que vive allí, nunca la ha abierto. También tiene un armario blanco y una mesita. Todo estaba ya en la habitación y Nisa agradeció no tener que volver a Ikea. Lee metida en la cama antes de apagar la luz y ya no le suele costar quedarse dormida. El ruido de sus compañeras saliendo a trabajar la despierta muy temprano. Ahí comienzan las dos horas de soledad absoluta que Nisa disfruta en el piso. Normalmente desayuna café y galletas en la cocina y después se tumba en el sofá y mira al techo hasta que suena su alarma. Entre el silencio, se siente como una madre que ha dejado a sus hijas en el colegio, pero en realidad todas tienen casi la misma edad. Bego tiene veintitrés, solo es un año mayor. Patri y Elia tienen ya veinticuatro. Así que ella es la verdadera niña de la casa. Ese sentimiento de estar por debajo de ellas no viene solo por la edad, viene por comparar su vida con la de sus compañeras. Las tres tienen trabajos de persona adulta, una es consultora, otra maestra y la otra es asistente en un despacho. Tienen un horario fijo, catorce pagas y una cesta de Navidad. Nisa envidia un poco todo eso, incluso la cesta más cutre de las tres. Ella sigue encadenando trabajos temporales, con pocas horas oficiales, pero muchas extras. Se pregunta si en el año que tiene para alcanzar la edad de sus compañeras podrá tener un trabajo como el suyo o seguirá como está.

Sea cual sea la respuesta… estará bien, se dice a sí misma.

La segunda alarma suena y eso significa que tiene que ducharse, vestirse y salir. Ahora trabaja en una medio cafetería medio restaurante que está a quince minutos andando de su casa. No ha vuelto a vivir de noche y dormir de día desde hace tres meses, cuando dejó el trabajo de la discoteca. Tampoco ha vuelto a ver a Edu, ni a Ninton ni a Elena. No ha vuelto a drogarse y casi no bebe. Nisa se pone aquel abrigo que le compró Mar, hace mucho frío en la calle, más que cuando llegó a Madrid un año atrás. De camino, abre el Instagram y casi automáticamente comienza a escribir el nombre de Jose en el buscador. Para a la mitad y cierra la aplicación. No quiere perder su récord de once días sin mirarlo. En su juego de recompensas, se ha propuesto que al llegar al día treinta se premiará comprándose un billete de avión al lugar más barato que le marque el buscador. Vuelven a ella las palabras de su padre, que debe saber todo lo que pasó en aquella cocina, y tiene unas ganas repentinas de llamar a su hermana, pero estará en el colegio. Mar también estará ocupada, trabajando, quizá esta noche la llame. Es cierto que todo está mejor ahora, Nisa ha conseguido cambiar aquello que la hacía estar mal y aceptar todo aquello que no se puede cambiar. También es cierto que ya no tiene nadie a su lado que sepa quién es realmente, o quién era ella antes. Sus compañeras de piso solo conocen a esta nueva Nisa y en el trabajo creen que es la mejor camarera, pero si Jose, Hari o Mar la vieran, no se creerían del todo que ha cambiado, creerían que está fingiendo, que es temporal y que en cualquier momento volverá a aparecer la Nisa que ellos conocieron. No sabe cómo les va sin ella en sus vidas, pero tiene miedo a descubrir que tenía razón, que sin ella les va mejor. La tercera alarma suena y Nisa debería estar ya llegando, va corriendo. Por la acera ve a un chico en chándal que le hace aminorar el paso. Por encima de su chaqueta asoma el tatuaje que tanto conoce. Ahora todo encaja, su forma de caminar, las zapatillas, la bolsa de deporte. Nisa tiene la tentación de dar media vuelta y no decir nada. Un sentimiento que tiene una tercera parte de nostalgia, otra de curiosidad y otra de amor que hace que se acerque hasta casi tocarlo.

Hola, dice Nisa.

Él se gira y sus ojos no parpadean.

Hola, contesta Jose.

26

¿Qué tal?, pregunta Nisa.

Bien, bien, contesta Jose. ¿Y tú?

Corriendo, que llego tarde a currar.

Los dos caminan uno junto al otro. Jose se ajusta al ritmo de Nisa. Se miran poco.

¿A dónde vas tú?

Al gimnasio.

Bueno, ya. Si te he visto la bolsa y todo.

Podría estar volviendo.

¿Madrugar tanto tú?

Ya… ¿Trabajas por aquí?

Sí, en una cafetería, bueno también dan comidas y cenas.

Genial.

Sí, sí, está bien. Mejor que lo anterior.

Ya.

Jose cambia la bolsa de brazo, para que no quede entre Nisa y él.

¿Quieres que te acompañe?, pregunta Jose.

Vale. Sí. Está cerca, contesta Nisa.

¿Y qué tal todo?

Bien. No sé. Nada nuevo. Y con las chicas del piso… muy bien.

¿Y las fiestas… qué hiciste? ¿Las pasaste aquí?

Sí, cené en casa de mi madre… gracias por escribir.

De nada.

¿Qué hiciste tú?

Aquí también, contesta Jose. Bueno, me comí las uvas en el hotel, eh.

Como en los viejos tiempos.

Jose sonríe, entre recuerdos y nervios.

Sí, algo así.

¿Y en Navidad?, Nisa vuelve a preguntar.

Pues comí con una compañera de trabajo… Creo que la conociste el día que fuiste.

Ah, sí. Simpática.

Nisa se para frente a una verja verde, mete las llaves y la levanta, haciendo fuerza con todo su cuerpo. Jose finge que la ayuda, pero en realidad no hace falta. El local es un poco antiguo, existía antes de que los dos naciesen, pero eso no lo convierte en un lugar con más encanto. A un lado hay una hilera de mesas de madera y bancos con tapizado de falsa piel amarilla. Al otro, está la barra metálica. Nisa pasa por debajo de ella y enciende la cafetera.

¿Quieres algo?

No, tranqui.

Va, que invito.

Un… café.

Mientras Nisa lo prepara, Jose la observa. Sus movimientos han cambiado, ahora parece que tiene menos prisa. Nisa también observa a Jose, lo hace a través del reflejo de la cafetera. Le parece diferente, quizá porque la superficie metálica lo deforma o quizá porque es una nueva persona. Su pelo ha vuelto a crecer, es castaño oscuro y está muy despeluchado. Nunca le había visto así, le recuerda a una de esas fotos de él de niño que colgaban en la escalera de los apartamentos.

Te veo bien, dice ella.

Gracias, creo, contesta él.

¿Y yo?

Tú estás como siempre.

Nisa se gira y sonríe.

Que es algo bueno, eh. Quiero decir que no cambias. O sea, que no envejeces, dice Jose.

Nisa suspira.

Que a ver, que no ha pasado tanto tiempo. Es normal que estés igual. Pero que en general no sueles cambiar mucho.

Ya, ya.

Me refiero físicamente. Que igual has cambiado mucho por dentro y tal, pero por fuera te veo igual. Aunque, claro, también te he ido viendo en Instagram lo que subes y eso.

Ella le sirve el café y él baja la cabeza y deja de hablar.

Y… ¿cuándo dejaste el piso?, pregunta Nisa.

Hace unas semanas solo.

¿Y vives por aquí?

Sí. Muy cerca.

Jose da un sorbo largo.

Está muy rico. El café, digo.

Gracias.

Nisa y Jose se quedan callados. Ella finge que ordena la barra, que ya está ordenada. Él se termina el café.

¿Sabes? El otro día fui con mis compañeras de piso a cenar y acabamos en un concierto y, bueno, resultó que tocaba el grupo que vimos aquella vez en Santa Cruz y me acordé de ti, dice Nisa.

Jose hace una pausa muy larga antes de hablar.

Vaya nochecita.

Sí, dice Nisa.

Pero fue guay dormir en la playa, recuerda Jose.

Ahora es Nisa la que se calla, solo sonríe.

Me parece fatal que solo te acuerdes de mí por eso.

Bueno, alguna vez más también.

Los dos sonríen. Jose finge estar herido. A Nisa le gustaría quedarse en ese momento un buen rato.

Y tú, al final... ¿encontraste piso para ti solo?, pregunta ella.

Qué va, me rendí. Era mucha pasta.

¿Y con quién compartes?

Jose duda, pero no quiere mentir.

Vivo con Elvira, la chica que te dije antes.

¿La del hotel?

Sí.

Nisa no quiere preguntar más, no quiere hablar más, pero finge sonreír. Jose, que la conoce mejor que nadie en el mundo, se imagina lo que siente en ese momento y sabe que no debe de ser nada bueno. Luego intenta buscar qué decir para hacerla sentir mejor, pero todo lo que se le ocurre solo empeoraría la situación. Piensa si ha sido del todo claro o si sigue jugando a la ambigüedad. Podría decirle que está con ella, que salen juntos, que empezaron después de su ruptura y que no sabe todavía qué significan el uno para el otro, aunque él está bien, pero eso sería cruel. También sabe que si le dice eso, podría perderla para siempre y aún no está preparado, y menos ahora que ella está frente a él. La frase se repite en la cabeza de Nisa y la analiza. «Vivo con Elvira, la chica que te dije antes». Vuelve atrás, antes dijo que había pasado la Navidad con ella, y no lo dijo, pero seguramente la Nochevieja en el hotel también. Nisa no tiene dudas, está con ella, la única pregunta es si empezó antes o después de que lo suyo acabase, y eso la lleva a preguntarse en qué momento exacto acabó lo suyo. No sabe si fue cuando rompieron, o cuando hablaron en aquella suite, o cuando discutieron en aquel parque, o incluso antes de mudarse a Madrid.

Quería contártelo, dice Jose.

Vale, gracias, contesta Nisa.

Durante el turno, Nisa consigue distraerse entre cuentas, cervezas y pinchos de tortilla, pero al salir todo vuelve a ella. En el camino intenta alejar esos pensamientos, la idea de llorar en la calle a plena luz del día la agobia. Desea que su casa esté vacía y no tenga que dar explicaciones a sus compañeras, que no tenga que llorar muy bajito para que su llanto no se escuche en el pasillo en el que todo se amplifica. Ellas no saben nada de Jose ni de sus años juntos y prefiere que todo siga así.

Hola, dice Patri desde la cocina.

Hola, contesta Nisa, escapando hacia su cuarto.

¿Has comido?, Patri vuelve a gritar.

Sí.

He hecho chuletas, ¿quieres?

No, gracias.

Nisa cierra la puerta de su habitación y se tira en la cama, boca abajo. Aplasta su cara contra la almohada y se echa a llorar. Parece que a la escena dramática le hubiesen quitado el volumen, porque todo está en silencio en la habitación. Nisa no sabe cuánto tiempo podrá contenerse y pone música muy alta. Ya puede llorar a gusto. Espera que, cuando se calme, todo haya pasado ya y acepte que la historia con Jose ha terminado. Las lágrimas cambian de origen, del enfado a la tristeza, hasta que se agotan. Ahora está tumbada de lado, mirando hacia la pared. La música le impide escuchar los mensajes que llegan a su móvil. Son mensajes de Jose y dicen así:

me ha gustado mucho verte hoy

si quieres nos vemos otro día

Jose coloca el móvil debajo del mostrador, sabe que si lo tiene a la vista no va a dejar de mirarlo. Vuelve a sentir esa tristeza solo porque sabe que Nisa está triste y vuelve a no saber cómo deshacerse de esa sensación. Para Jose era muy fácil acercarse a ella en esos casos, decir algo gracioso o hacer algo bonito que mitigase el dolor de ella, y así, automáticamente, se sentía mejor. Eso era antes, cuando estaban juntos. A veces, el sentimiento pasaba de ella a él y se le quedaba más profundo, incluso cuando ella ya estaba feliz. Mandar esos mensajes es una versión lejana de esa forma de actuar. Ahora que no están juntos, que no la tiene a su lado, Jose confía en que leerle sea algo parecido a una caricia, a un chiste o a un beso. Hacía mucho que no pensaba en besar a Nisa.

Sí, pásate un día por la cafetería
Estoy de 9 a 16

Jose lee los mensajes de Nisa hora y media después de que ella los haya enviado. El impulso o la costumbre le hacen ponerse a escribir una respuesta corriendo, sin pensar. Borra. Vuelve a escribir. Nada le parece bien, ni siquiera la idea de contestarle. No quiere que piense algo que no es, aunque tampoco tiene claro lo que es o no es. Vuelve a dejar el móvil en el mostrador mientras piensa cuánto tiempo debería dejar pasar antes de contestar. Elvira lo abraza por la espalda y Jose tuerce su cuello para mirarla. Ella aprovecha que no hay nadie en la recepción para meterle mano.

Ey, que nos van a ver, dice Jose riéndose.

¿Quién? Si esto está muerto hoy, contesta ella.

Elvira le baja la cremallera del pantalón. Jose no se mueve.

Puede entrar alguien.

No creo.

Elvira mete su mano por el pantalón y acaricia la tela de su ropa interior. Jose finge que le hace cosquillas.

Las cámaras, Elvira.

Sabes que nadie las mira.

Luego en casa, va.

Jose se aparta y Elvira lo nota. Él le agarra la mano y ella no puede seguir. Él le da un pico y sonríe, ella aparta su mano. Entre los dos solo queda un silencio raro que se corta con risas aparentemente tímidas.

Jose vuelve al trabajo y Elvira lo imita. No entiende muy bien qué ha pasado. Se pregunta si es por Elvira, si es por la situación o si todo es por haber visto a Nisa esa mañana. Intenta recrear en su cabeza qué habría pasado si Elvira hubiese hecho lo mismo hace una semana, o ayer. Le preocupa que su reacción no hubiese sido la misma, pero entierra esa idea debajo de los correos que tiene que contestar. Entre tarea y tarea automática, llega a una conclusión: no quiere que Nisa vuelva a ser el centro de sus pensamientos, aunque volviendo a pensar en ella ya lo está siendo. Tampoco quiere que Elvira note nada.

Es que no hay nada que notar, no pasa nada, se dice a sí mismo.

El turno termina y los dos se cambian en un vestuario minúsculo que huele al aceite recalentado de la cocina del hotel. Ahora es Jose el que coge a Elvira por la cintura, la besa en el cuello y baja las manos hasta que están por debajo de sus bragas. Se las quita y él también se desnuda. Todo ocurre muy rápido y ella le tapa la boca para que nadie los escuche. Él acaba después de ella y se siente un poco mejor consigo mismo.

¿Ves? No pasaba nada, piensa Jose.

Nisa dejó de levantar la vista cada vez que escuchaba la puerta de la cafetería. Lo hizo un par de días después del mensaje de él, pero luego entendió que no iba a ir nunca.

Entre medias, llegó a dudar de todo, de haberle visto y de que aquel encuentro hubiese sido un sueño o un espejismo, pero los mensajes estaban ahí, no se los había imaginado, fue real.

27

¿Podemos ver una peli juntas?, pregunta Hari.

Sí, pero después de estudiar, contesta Nisa.

Ya he estudiado y ya me lo sé.

Pues venga, cuéntamelo.

A ver, que es un examen de matemáticas, no se puede contar.

La hermana mayor se ríe y la hermana pequeña se enfada, vuelve a su habitación. Nisa mira sus apuntes, todos subrayados con fluorescente azul y amarillo. La voz de Hari se escucha desde el salón.

¿Tú, qué estudias?

Economía.

¿Para hacerte rica?

Sí, algo así.

Nisa consigue concentrarse. Nunca se le dio mal del todo estudiar, simplemente no le interesaba, o eso es lo que decían sus profesores. Aun así, en estos años ha perdido el hábito y la capacidad de sentarse y quedarse quieta delante de un papel. Empieza a sonar una canción a todo volumen, Nisa parece volver de nuevo a aquella discoteca, pero esta vez la música sale de la habitación de Hari.

Hari, bájala un poco.

Sigue al mismo volumen.

¡Hari!

Nisa se levanta y recorre el pasillo. Antes de llegar a la habitación de su hermana, pasa por la de su madre. Hay una bolsa de rafia de cuadros en la puerta. La abre y ve muchas camisas color azul y rosa claro, algunas de cuadros. También hay pantalones, libros y un reloj. Todo tiene un olor que reconoce, es el de Juanma, el novio de su madre. Nisa deja todo como estaba y sigue su camino hacia Hari.

¡Hari!

¿Qué?

La música, que no puedo estudiar. Ni tú tampoco.

Yo estudio mejor con música.

No me lo creo.

Ya.

Nisa ve en Hari a su yo de diez años y le hace gracia. De la sonrisa pasa a morderse el labio, intentando saber la mejor manera de conseguir lo que quiere.

Oye, dice Nisa.

Oigo, dice Hari.

¿Qué tal con Juanma?

Bien.

Bien… ¿qué?

Bien, no sé.

¿Te lo pasas bien con él?

Sí. Aunque ahora le veo menos.

¿Por?

Porque ya no vive aquí, dice la hermana pequeña.

¿Desde cuándo?, pregunta la hermana mayor.

No sé. Desde que discutió con mamá.

¿Y mamá está triste?

Un poco al principio, pero ella dice que son amigos.

Claro.

La canción acaba, empieza otra. Nisa se olvida de por qué se levantó de la mesa llena de apuntes.

Nada más acabar de cenar, Hari va a poner una peli. Nisa deja los platos sucios en el lavavajillas y mira de reojo los nuevos muebles que su madre tuvo que comprar después de que el fuego destrozase los anteriores. No sabe si es una paranoia suya o no, pero le parece que todavía huele a quemado en esa cocina. Mar le dice a Hari que es tarde y que no les va a dar tiempo a acabar la película.

Pero Nisa me dijo que sí.

Ya verás como te quedas dormida.

Que no.

Mar no se equivoca y Hari cierra los ojos a la mitad. Madre e hija siguen viendo la película, pero comentando todo lo que está mal hecho y riéndose de las frases que son demasiado dramáticas. También critican a un actor que a las dos les cae mal. Mar mira los libros apilados sobre la mesa.

¿Qué tal lo llevas?

Bien, creo que bien.

¿Cuándo son los exámenes?

A principios de junio.

Ah, bien, aún tienes tiempo.

Sí.

Y… ¿ya sabes lo que vas a hacer después?

Quiero entrar en Turismo.

Qué bien.

Sí. A ver si lo consigo.

Seguro que sí, hija.

Y… ¿de dinero vas bien? Tu padre y yo te podemos pagar la matrícula.

Gracias.

Hari ronca demasiado para ser una niña. Las dos se ríen.

Si quieres, puedes quedarte a dormir, que es tarde, dice Mar.

Creo que mejor cojo el último tren y duermo en casa, así mañana estoy al lado del curro, contesta Nisa.

Claro.

Pero gracias.

Mar da un beso a Nisa antes de que esta abra la puerta de la casa. Las dos se miran en el umbral y comienzan a hablar más bajito.

Estás bien, ¿no?, pregunta Mar.

Sí.

Nisa entiende que Mar quiere decir algo más, así que entorna la puerta un poco para que su conversación no pueda ser escuchada por nadie.

Yo te veo bien, mejor que en mucho tiempo. Y… no sé, me da esperanzas eso, dice Mar.

¿Por?

Pues que estés consiguiendo sacar algo bueno de todo lo que ha pasado, de lo de Jose, de estar sin él.

Nisa sonríe, su madre le está diciendo algo bonito a ella y a la vez está buscando encontrar algún consuelo para sí misma. Para no volver a dar las gracias, la abraza y con ese gesto intenta decirle que todo saldrá bien.

A veces se está mejor sola, dice Mar.

Sí, contesta Nisa.

Pues tío, si estás contento con el curro y con esa chica pues todo bien… A ver si vienen y la conozco, ¿o qué? Que joder… te mereces estar un poco mejor, vamos, creo yo, dice Marcelo en el final de un mensaje de audio que dura tres minutos y veinte segundos.

Ya tío, yo qué sé. Estoy tranquilo, la verdad. No discutimos, no hay malos rollos. Lo pasamos bien. No sé, guay. Y sí, con Nisa… pues es que había mucho drama ahí, dice Jose en otro audio.

¿Y siguen hablando?, pregunta Marcelo.

No, no mucho. ¿Tú sabes qué tal le va o algo?, dice Jose.

No, yo no, me dijo Gara que hablaron hace poco, pero yo no sé nada.

Jose no ve a Nisa, repasa su conversación con ella para comprobar que ha ido en el horario correcto. Hay un camarero de unos cincuenta años que va de una mesa a otra hablando muy alto. Entra y busca con su mirada, le pide un café al señor y nota que no está tan rico como el que le puso Nisa. Espera que en cualquier momento ella aparezca por el fondo, que salga del almacén o del baño. Cuando se termina el café, Jose se atreve a preguntarle al camarero por ella. Le contesta que es su día libre.

¿Eres un admirador secreto?

No, no.

Es muy guapa, sí.

La verdad es que sí.

¿Ves? Ya sabía yo que la amabas, dice el camarero.

Somos amigos, dice Jose.

Decir que Nisa es su amiga se le hace raro. Intenta recordar si alguna vez la llamó amiga, si alguna vez la consideró una amiga o si alguna vez lo fueron. Cree que no, siempre fueron otra cosa. Cuando estaba enamorado, no sabía qué sentía ella; cuando lo supo, pudieron ser esa clase de novios que son también mejores amigos, pero no. Luego fue pasándoles todo por encima, las cosas malas que convirtieron a Nisa en su única familia. Luego vinieron más cosas malas y se convirtieron en compañeros de tristeza, unidos, pero porque no tenían otra opción. Quizá por eso todo se derrumbó al llegar a Madrid, porque tenían más opciones, o porque nunca fueron amigos. No sabe si fue así como pasó, pero ahora lo recuerda todo muy rápido. Igual de rápido que ha pasado todo con Elvira, aunque en un caso fueron años y ahora han sido solo unos meses. Siente como si no hubiese querido bajar la velocidad, y continuar con una persona a la que prácticamente acaba de conocer donde lo dejó con la anterior.

Ya, claro, amigos, dice el camarero.

Que sí.

Jose piensa que quizá ha sido una señal, aunque él no cree en esas cosas, por eso decide volver al día siguiente. No quiere estar semanas imaginándose conversaciones con ella que no son de verdad, necesita oír sus respuestas a todo lo que él quiere decirle. La espera sentado en un banco junto a la cafetería y recuerda aquella vez a la salida de la discoteca. Lo que también espera es que esta vez todo salga mejor. Cuando ella sale, no lo ve, así que Jose se levanta y se cruza en su camino.

Hola, dice Jose.

Ey, contesta Nisa. ¿Qué haces aquí?

Vine ayer a verte y no estabas. Y, bueno, he vuelto hoy.

¿Todo bien?

Sí, sí. ¿Quieres tomar algo?

Nisa nota que Jose está nervioso.

Emmm… vale.

Se sientan en una terraza techada que está casi vacía. Los grandes ventanales tienen unas vistas panorámicas a la carretera. Los primeros minutos que pasan allí los gastan en conversaciones absurdas como que todavía hace mucho frío o en contabilizar cuántos baños se habrían dado ya si estuviesen en La Palma. Nisa se cansa de dar vueltas y aprovecha un silencio para sacar el tema.

Bueno… entonces…

Entonces ¿qué?

No sé, me escribiste y quedamos y luego no viniste.

He venido ahora.

Ya, pero ha pasado… un mes.

Jose se siente acorralado, aunque Nisa no lo haya pretendido así. Se defiende con algunas mentiras.

No sé, tampoco quedamos un día concreto. Dije que me pasaría.

Jose…

¿Qué?

Que por qué has venido hoy.

Porque desde que nos vimos me he acordado de ti. Antes también lo hacía, pero desde ese día me acuerdo más.

Yo también.

Pero yo todos los días un poco más. Intento que no, pero te echo de menos.

Nisa no dice nada. Jose espera un «yo también». Casi se lo imagina saliendo de su boca, pero está solo en su cabeza.

Es normal, Jose.

Si es tan normal, por qué lleva días sintiéndose tan mal. Si es tan normal, por qué a ella no le pasa lo mismo. Si es tan normal, por qué antes de sentirse mal… se siente bien solo con pensar en ella. La cabeza de Jose da muchas vueltas antes de contestar. Elige justificarse e intentar dar un paso atrás.

No sé si es tan normal.

¿Por?

Porque es raro. Hemos pasado de vernos todos los días a no saber nada el uno del otro. No veo normal eliminar así a alguien de tu vida. Que no digo que hayas sido tú, es cosa de los dos, pero, no sé, podríamos vernos de vez en cuando y estar de, alguna forma, uno en la vida del otro.

Quieres decir… ¿ser amigos?, dice ella.

Sí, dice Jose.

Vale.

Nisa dice ese vale sin tener muy claro si esa nueva amistad tiene algún sentido. No se imagina qué planes podrán hacer juntos, qué conversaciones tendrán sin que nadie salga herido o si volverá a sentir algo más y llorará en su habitación intentando que nadie la escuche. Recuerda las palabras de su madre sobre cómo ella ha conseguido sacar algo bueno de lo malo y siente que está retrocediendo, que ese tipo de amor solo le hizo odiarse más a sí misma, y que volver a él es una mala idea. Jose se queda tranquilo, traga saliva, al final ha sido fácil. Ahora se arrepiente de haber dado tantas vueltas, no solo en su conversación con Nisa, también en su cama antes de dormir. Ya fueron novios, luego familia, luego compañeros de tristeza y ahora pueden ser amigos. Lo serán y todo saldrá bien.

28

El primero de sus encuentros fue algo torpe y accidentado. Quedaron para pasear, pero se puso a llover. No sabían a dónde ir y se refugiaron en una cafetería. Volvieron a hablar del tiempo, pero ahora tenía sentido porque estaba jarreando. Jose relató qué hacía en sus nuevas clases en el gimnasio y ella quiso vacilarle, pero no lo hizo por si le sentaba mal. Escribió una de las compañeras de piso de Nisa y dijo que iban a pedir pizzas y poner una peli, que si le apetecía. Nisa lo dijo en voz alta y Jose se apuntó al plan, para sorpresa de ella. Él almacenó en su cabeza cada detalle de la habitación de Nisa, igual que ella hizo con la suya en La Palma esa primera noche. La pizza, la lluvia, la película, pero ahora junto a ellos había tres chicas con las que compartir el momento. Cuando acabó, Jose se fue y bajó las cajas vacías de pizza. Nada más cerrar la puerta, Patri y Bego se rieron de Nisa por cómo se comportaba delante de Jose, pero ella no les hizo caso y se fue a dormir. En casa, Jose le contó a Elvira que había estado con Nisa, sin dar detalles y esperando que ella no los preguntase. Para su suerte, Elvira no lo hizo.

A la semana siguiente, Nisa empezó a ir a clase en una academia para preparar su examen de acceso a la universidad. Solo le quedaba un mes y aunque había intentado hacerlo sola, vio que no era la mejor idea.

Jose y Elvira alquilaron un coche y se fueron a pasar el fin de semana a la playa. Le preguntaron a sus móviles cuál era la más cercana a Madrid y les contestó que La Malvarrosa, a trescientos sesenta kilómetros. Durmieron en el coche, comieron paella para dos y fueron, objetivamente, felices.

La segunda vez que se vieron fue por una visita que se había retrasado varias veces. Víctor, Marcelo y Gara quisieron visitarlos el año anterior, pero no consiguieron ponerse de acuerdo. Propusieron una nueva fecha a la pareja, pero Nisa y Jose acababan de romper y todos decidieron que no era el mejor momento. Tres meses más tarde volvieron a intentarlo, consultaron a los dos por separado. Se quedaron en casa de ella porque era más grande y podían caber todos. Esos días Nisa y Jose volvieron a hacer el mismo recorrido turístico que en sus primeros meses en Madrid. También salieron las noches del jueves, viernes y sábado. El último día quedaron para beber en casa de Nisa, pero nunca llegaron a salir. Todos estaban tirados en unos colchones que habían puesto en el suelo del salón y poco a poco las voces se fueron apagando. Nisa y Jose fueron los últimos en dormirse. Curiosamente, estaban uno al lado del otro, pero en colchones diferentes. El de Nisa, compartido con Gara, era de espuma y muy fino. El de Jose, a medias con Marcelo, era hinchable y fue perdiendo aire hasta que tocó el suelo con su cuerpo. El frío le despertó y la única parte de su piel que aún conservaba el calor era su mano, que estaba tocando la de Nisa.

Animada por Gara, Nisa se instaló dos aplicaciones para conocer gente, bueno, para ligar. Desde que lo había dejado con Jose solo se había liado con una chica un día que salió con sus compañeras de piso, pero Nisa le dio mal el teléfono a propósito. Quedó con «Mauro, 24, viajero y aventurero»; con «Daniel, 26, ¿tortilla de patatas con o sin cebolla?»; con «Lara, 23, are we human or are we dancer?». Se lo pasó más o menos bien en las tres citas, pero no quiso repetir con nadie.

Tras la visita y las cuatro noches que Jose no compartió cama con Elvira, Jose notó que estaba más callada de lo normal. Pensó en no preguntar para evitar discutir, pero al final lo hizo. Elvira le dijo que le habría gustado conocer a sus amigos, que él conocía a los suyos y que no le parecía muy normal. Jose le dio la razón y aunque no se lo dijo a ella, sabía que el motivo para no invitarla era Nisa.

La tercera vez que quedaron fue unos quince días después, más o menos. En realidad debía haber sido la cuarta vez, pero la primera tercera vez se canceló. Jose escribió a Nisa que estaba cerca de su academia, que si la pasaba a recoger y daban una vuelta. Ella, al leer el mensaje, cortocircuitó, aún no sabe muy bien por qué. Le recordó a aquella vez en la discoteca que la fue a buscar y todo le pareció demasiado raro, algo de otro tiempo, de otros Nisa y Jose. Mintió y dijo que tenía planes, pero que otro día se verían. Jose contestó con un emoticono de una carita sonriente y un «clarooo», aunque estaba un poco decepcionado cuando lo escribió. Nisa sintió que era ella la que debía buscar la siguiente excusa para verse, y tardó unos días en encontrarla. Le propuso ir a unas fiestas que había en el barrio de Moratalaz. Ella iba con Patri, Bego y Elia para celebrar que había aprobado los exámenes y tenía la nota para hacer lo que quisiese. Él contestó que sí muy rápido, sin dejar que pasasen las horas entre el mensaje de ella y el suyo. Ese mismo día, Elia y Bego amanecieron revueltas de la tripa. Nisa creyó que era una excusa porque no les apetecía el plan, pero dos horas después Elia estaba vomitando y Bego muy mareada, así que era verdad. Patri iba a una fiesta primero y dijo que le escribiría cuando estuviese de camino, aunque sabía que no iba a aparecer. Nisa dudó en cancelar todo el plan, pero en el fondo quería salir de casa y, si era sincera, ver a Jose.

Llegan tarde, el concierto ya ha terminado, pero la música no se para entre que unos recogen y otros montan el escenario. Los dos comparten un tinto de verano. Ella apenas bebe, lleva una botella de agua en el bolso. Las luces cambian de color y comienza la sesión del DJ. Bailan canciones que no conocen hasta que sudan tanto que necesitan alejarse de la gente.

Perdona, mi fiesta de celebración es una mierda.

No está tan mal, tienes música, bebida y atracciones para los niños.

¿En qué te quieres montar? Invito yo, dice Nisa.

Elige tú, que es tu fiesta, contesta Jose.

Estoy entre la cama elástica y los coches de choque.

¿La cama elástica? Si eso lo puedes hacer en tu propia cama.

No es lo mismo.

Bueno, no digo nada, vamos.

Su camino pasa de la oscuridad a las luces de colores. Un petardo anuncia que empiezan los fuegos artificiales y todo el mundo mira al cielo para verlos volar. La música y los gritos que salen de las atracciones se paran y los rostros de Nisa y Jose se iluminan. Cada estallido provoca que tengan que hablar más alto.

¿Estás contenta?

¿Qué?

Nisa ahora está coloreada de rosa, pero pasa al morado.

Que si estás contenta, por la nota, por haber terminado.

Ah. Mucho. Había momentos en los que, uf, pensaba que no lo conseguiría.

Jose sonríe, teñido por el verde, que desaparece y deja pasar al dorado.

Yo lo tenía claro…

Ella lo mira. Él no. Suena otro petardo. Los dos están azules, luego rojos.

… que lo ibas a conseguir.

Gracias.

Al final Turismo, ¿no?

Sí.

El final de los fuegos les impide hablar. Los estallidos retumban en todo su cuerpo. Tres golpes anuncian el final y los dos desean abrazarse o tocarse. No lo hacen.

Nisa salta y se impulsa con los brazos para llegar más alto. Jose dobla las piernas en el aire. Son los únicos adultos que están sobre la cama elástica y han tenido que convencer al dueño para que los dejase subir. Al principio, Nisa está volando cuando Jose toca la colchoneta, pero poco a poco sus ritmos se van acompasando y se impulsan a la vez. En uno de sus saltos, los dos se abrazan en el aire y caen juntos en la cama. En la cola de los coches de choque, discuten sobre si ir juntos o separados. Gana Jose y van juntos. Ella da vueltas por la pista, evitando chocarse con nadie, pero él le mueve el volante y busca darle con el morro a otra pareja.

¿Quieres unas papas?, pregunta Nisa.

Depende de si después vas a querer subirte en el saltamontes o no.

Nisa se ríe.

Montamos y luego cenamos.

Veremos si al bajarme de ahí estoy para cenar.

Del saltamontes van a por las papas y de ahí a un mojito, todo para compartir.

Vuelven a bailar, al ser ya de madrugada el ambiente está menos cargado. Cuando la música acaba, es muy tarde y el metro está cerrado. Miran en su móvil cuánto tardan andando a casa y cuánto cuesta el taxi. Es más de una hora y treinta y cinco minutos y el taxi cuesta más de veinticinco euros. Mientras deciden, se ponen a caminar, pero en realidad ya se han decidido. Ninguno de los dos habla de la posibilidad de coger un autobús nocturno, más barato y más rápido, quizá porque ninguno de los dos quiere dejar de estar junto al otro.

Y tú... ¿estás contento?

Jose no sabe a qué se refiere Nisa concretamente. Ella tampoco lo sabe.

¿Con qué?

Con el hotel, con tu vida aquí, dice Nisa.

Sí, bueno creo que no haber tenido nunca muchas expectativas con cómo iba a ser todo... ha ayudado, dice Jose.

Eso está bien.

Está bien... o no.

Yo a veces echo de menos los apartamentos. Cómo era trabajar allí, dice ella.

Yo también, dice él.

Por eso creo que he elegido Turismo, como... queriendo volver a eso. ¿Tiene sentido?

Sí.

Jose recuerda el lugar, la recepción, a él sentado allí, pero visto desde los ojos de Nisa. A ella levantándose antes y a los dos desayunando juntos. Recuerda la piscina y el hueco que había antes de que estuviese. Recuerda a su padre y a su madre pintando las paredes y a Nisa y a él haciendo lo mismo años después. Luego, las paredes cambian al color rojo del fuego y todo queda arrasado por la lava. Le da pena que todos los recuerdos de ese lugar acaben siempre igual.

Nunca me había sentido como ahora, como no sabiendo qué es lo que va a venir después, dice Jose.

El itinerario que les marca su móvil bordea el parque del Retiro, a esas horas ya está cerrado. Del otro lado de la verja emana una humedad que los hace bajar un par de grados su temperatura corporal.

Llegan hasta una puerta donde los barrotes son más bajos y hay dos grandes columnas de piedra.

Sabes que si lo atravesásemos... tardaríamos menos, ¿no?, dice Jose.

Y estaríamos más fresquitos, contesta Nisa.

Y tendríamos el parque para nosotros solos.

Y hace mucho que no vamos juntos.

Solo fuimos una vez, dice él.

Pero está cerrado, dice ella.

¿Y cuándo te ha frenado eso?

Nunca.

Jose da un salto a la piedra y se agarra de la verja. Escala y desde arriba le da la mano a Nisa, que todavía no sabe si quiere hacerlo.

¿Vamos?

No sé...

Considéralo una despedida de la vieja Nisa.

Nisa se ríe.

Ahora que vas a ser una estudiante responsable... ya no podrás hacer estas cosas.

Nisa coge la mano de Jose, sube una pierna y luego la otra. Todo le resulta muy fácil, como si nunca hubiese perdido la práctica. Cuando llega a su altura, el pelo de ella se mete en la boca de él. Los dos ríen y se preparan para saltar dentro del parque. Primero va Nisa y luego Jose. El parque está a oscuras y solo se escuchan los grillos.

¿Sabes de lo que tengo ganas?, pregunta Jose.

¿De qué?

De un baño en el lago.

Qué puto asco, dice Nisa.

Anda, no me digas que no.

Yo te miro desde la orilla, y así puedo pedir ayuda cuando te devore una carpa gigante.

En el anfiteatro, Jose empieza a descalzarse. Deja una zapatilla en un escalón, otra en otro, se quita los calcetines y se remanga el pantalón.

¿Seguro que no te metes?

Me estás vacilando.

Que no.

No lo vas a hacer.

Jose pasa una pierna por la barandilla, y luego la otra. Está a punto de tocar con el dedo gordo del pie el agua. Nisa suelta un gritito cuando mete el pie.

Qué asco, Jose.

Está buena, eh.

Para, va.

Me voy a tirar.

Nisa vuelve a gritar. Jose se asusta y grita también. Ha notado algo viscoso en su pie. Puede haber sido un pez que ha ido a comérselo o simplemente la suciedad del fondo del lago. Saca el pie corriendo y vuelve a tierra firme, junto a ella.

Tú también te vas a tener que despedir del viejo Jose. El que tenía pies, porque ese te lo van a tener que amputar.

Muy graciosa.

Jose se frota el pie contra el césped. Nisa se tumba y lo observa. Él hace lo mismo.

Me está entrando un poco de hambre, dice él.

Nisa mira al cielo.

¿Tú no tienes hambre? Podemos desayunar, continúa Jose.
Pareces yo.

¿Tú de qué?

La vieja Nisa.

Ajá.

Intentando alargar la noche.

No puedes decir que te estás aburriendo, dice él.

No, pero va llegando la hora de volver a casa, dice ella.

Después de desayunar.

¿Me lo vas a decir ya o qué? Por qué no quieres volver a casa.

No hay nada que decir.

No se lo voy a contar a nadie.

Vale. ¿Lo prometes?

Sí, te lo juro.

Jose se gira a Nisa, que sigue en el cielo. Él va a buscar lo que ella mira, pero solo está la oscuridad de la madrugada.

Solo quiero estar más rato contigo, dice Jose.

Nisa no contesta.

¿Tú?

Nisa arrastra su cuerpo entero, para que su cabeza toque la de Jose. Él entiende que eso significa que también quiere. Ella solo nota cómo su corazón va más rápido, igual que pasó cuando los fuegos artificiales hacían retumbar su pecho. Jose escucha un silbido que parece el de una serpiente, por un momento piensa que le van a morder otra vez, pero antes de poder reaccionar, los aspersores se encienden y los empapan. Aceptan que ya están mojados, pero aun así intentan frenar el agua con sus manos.

Caminan por la mitad de la carretera; a esas horas y en esa época del año hay muy pocos coches y personas en la ciudad. Sus ropas mojadas gotean y dejan un rastro a su paso. Jose va parando su ritmo, muy lentamente. Se frena en un portal.

Yo me quedo aquí, dice él.

¿Es tu casa?, pregunta ella.

Sí.

¿Y el desayuno?

Otro día. Es hora de irse a dormir.

Jose se acerca y le da un beso en el brazo. Al notar el contacto de los labios en su piel, Nisa se queda paralizada.

Ya hablamos.

Sí.

Ella le da un beso en la mejilla de despedida, pero él no se da la vuelta. Se mantienen la mirada y Jose se acerca despacio hacia sus labios. Nisa se queda quieta y, aunque parece que cierra los ojos, sigue mirando cómo él la besa. Dura muy poco, comparado con otros besos entre los dos, pero los hace sentir como si fuese uno de los primeros. El beso acaba, aunque ninguno quiere que acabe.

Perdona, no debí hacerlo, dice Jose.

29

Jose está esperando a que Elvira abra los ojos. Siente que no puede esperar ni un día más. Ya le da igual si es el momento adecuado o no. Si decírselo va a hacer que su semana o su mes se vayan a la mierda. Ya se recuperará. Le da igual que sea la peor manera de empezar el día. Él no ha dormido apenas y si no se lo dice hoy le pasará lo mismo esa noche, y la siguiente y las que vengan después. Se siente un cobarde cada vez que se besan o que hacen el amor, o incluso cuando se acuesta a su lado en la cama o ven una película juntos. Bueno, no es que se sienta un cobarde, es que lo es. Primero esperó a hablar con Nisa de aquel beso, pero no lo llegaron a hacer. Luego, Elvira se fue de vacaciones y no quiso estropeárselas. Después llegó el viaje que tenían pillado desde hacía meses. Eran cuatro días a Londres y cuando compraron los billetes le parecieron pocos días, pero cuando estuvo allí le pareció una eternidad. No dijo nada antes de ir por si en el viaje se arreglaba todo. No estuvo mal ni discutieron, pero Jose se preguntaba todo el rato qué hacía allí. Consiguió aguantar sin decir nada hasta la vuelta. En septiembre llegaron semanas horribles en el trabajo para los dos y le daba miedo que lo notasen sus jefes, tener que dejarlo o tener que estar todo el turno al lado de alguien que le odiase, así que tampoco dijo nada. Ahora ya no le quedan excusas.

Buenos días, dice Elvira. ¿Llevas mucho despierto?

Un poco, sí. He dormido mal.

Jose está tomándose el café en el sofá.

¿Has hecho café?

Sí.

Guay.

Jose escucha cómo Elvira calienta la leche en el microondas mientras reproduce el discurso que ha preparado en su cabeza.

He estado pensando mucho y quiero que lo dejemos. Hace algún tiempo que no soy feliz y creo que tú tampoco y esto es lo mejor para los dos, piensa Jose.

¿Crees que nos da tiempo a hacer la compra, comer y luego ya ir al curro?, pregunta Elvira.

Ella está de pie, con la taza en la mano. Él está sentado con la cabeza baja, parece como si le hubiesen castigado.

¿Jose?

Voy a pedir que me cambien de turno.

¿Por?

Porque… no sé, no estoy bien…

¿Qué dices?

No estoy bien contigo. Estoy rayado, llevo algún tiempo así. Creo que es lo mejor.

Elvira deja la taza en la mesa.

Es lo mejor para los dos.

¿Para los dos? Para mí no es lo mejor.

Elvira…

¿Qué?

No… somos felices.

¿Por qué hablas en plural? Habla por ti. Tú no serás feliz, pero yo sí.

Pues yo no, ya está.

¿Y cuándo has dejado de ser feliz? Porque hasta hace poco lo eras, pregunta Elvira.

No lo sé, contesta Jose.

¿Antes o después de las vacaciones? ¿Antes o después de venirte aquí a vivir?

No lo sé.

¿Antes o después de volver a quedar con Nisa?

No tiene nada que ver con ella.

Claro que sí, pero a mí eso me da igual. Es cosa tuya.

Jose no dice nada más. Apenas la mira.

¿Y qué quieres hacer?

Ya te lo he dicho…. Voy a pedir que me cambien de turno.

Y lo que yo quiera te da igual, ¿no?

No sé qué quieres que te diga.

Jose tiene la cara tapada, no está llorando, pero le gustaría, lleva horas queriendo hacerlo. Elvira no para de moverse.

Nada, pero que aquí hemos hecho todo lo que has querido tú todo el rato y ahora no va a ser diferente. Nunca te ha importado lo que yo quiera realmente. Y… puf, de repente ya no me quieres y quieres que todo se acabe, dice ella.

No es eso, contesta él.

Sí es eso. Estaba todo bien hasta que tú has querido que deje de estar bien.

Lo siento, pero no puedo hacer otra cosa.

Claro que puedes, pero no quieres.

Elvira se va, dejando en la mesa la taza de café.

Esa noche, después de pasar el turno en el hotel sin apenas hablar, Jose recoge la taza, la vacía en el fregadero y la friega. Se mete en la cama cuando cree que Elvira ya está dormida. Cierra los ojos y ella le dice una frase que recordará mucho tiempo después.

Te estás equivocando.

Los primeros días las conversaciones eran siempre las mismas. «¿Cómo te llamas?», «¿De dónde eres?». Estas preguntas eran solo una introducción a otras más indiscretas. «Pero ¿has estudiado otra cosa antes?», «¿Tú, qué edad tienes? Porque eres un poco mayor que nosotros, ¿no?». Nisa era lo más amable que sabía y que podía, daba las explicaciones pertinentes sobre por qué había tardado un par de años en estudiar. En ninguna de esas respuestas mencionaba las palabras incendio, volcán o ruptura. Esos primeros días también se formaron los grupos de compañeros que, por suerte o por desgracia, se mantendrían los próximos cuatro años. Los motivos para esa generación espontánea de amistades no siempre eran los mismos: lugar de procedencia, forma de vestir, preocupación por el futuro o simplemente edad. Nisa acabó sentándose cada día con Gael y Sonia, que tenían veintidós años como ella. El resto los apodó como «los Repetidores», aunque solo Sonia estaba repitiendo alguna asignatura y nunca contaba por qué. Antes de todo esto, el tercer día de clase, Nisa se sentó sola en la quinta fila. Gael, con el que ya había coincidido en la cafetería, se le acercó.

¿Está ocupado?, preguntó Gael.

Sí, contestó ella.

Gael miró el asiento vacío al lado de Nisa.

Vale.

Por ti, si quieres, dijo ella.

Nisa pensó que se había pasado de cursi, pero él se rio y se sentó a su lado.

¿Cómo te llamas?

Gael.

Yo...

Nisa, dijo Gael interrumpiéndola.

¿Cómo lo sabes?

Te escuché ayer cuando hablabas con no sé quién.

Ah, dijo Nisa.

Es bonito, nunca lo había oído.

Gracias.

Cuando acabó el día, se dieron los teléfonos y a la semana siguiente Gael le propuso ir a una exposición que tenían que ver para un trabajo de clase. También se lo dijeron a Sonia, pero Nisa esperaba que no pudiese ir y, finalmente, no pudo. Luego fueron a una fiesta en casa de uno de sus compañeros de clase, aguantaron un par de horas y se fueron a cenar, y luego a tomar algo, y luego no sabían qué hacer y ninguno se atrevió a invitar al otro a subir a su casa. Cogieron la costumbre de mandarse mensajes después de clase. Tenían un grupo los dos con Sonia, pero en ese apenas hablaban. Se pasaban apuntes, comentaban memes y planes que no llegaban a hacer. La noche previa a su primer examen, Nisa le mandó un mensaje ya de madrugada.

Cómo lo llevas?

Gael le contestó con una foto en la que salía poniendo una cara triste.

Muy mal
Tú?

Nisa se hizo cinco fotos antes de mandarle una. Eligió en la que salía mejor. Gael contestó:

Oyeee…
Estás bastante bien para no haber dormido

Nisa sonrió mientras escribía:

Tú tampoco estás mal

Gael volvió a escribir:

Jajaja.
Mañana voy a estar que me caigo

Nisa escribió:

No te preocupes, yo te recojo

Gael dijo:

Me gusta la idea

Nisa solo había dormido dos horas esa noche. En el metro, mientras repasa sus apuntes, vuelve a sonar su móvil. El mensaje no es de Gael, es de Jose:

hola nis, qué tal todo? perdona que haya
estado desaparecido un tiempo.
necesitaba alejarme un poco y ver todo
desde fuera. me he estado acordando
mucho de ti desde aquella noche,
espero que no estés enfadada y puedas
entenderme. si quieres que nos veamos
un día, aquí estoy. espero que sí

Nisa lee el mensaje dos veces más. Debería estar repasando en vez de estar leyendo una y otra vez ese mensaje. Vuelve a los apuntes, pero ya no es capaz de concentrarse. Analiza cada frase, le pide perdón por desaparecer. Para ella, eso no es nada nuevo, nada que no hubiese hecho antes. Jose desaparecía, lo hizo cuando rompieron, o cuando dijo que se pasaría por el bar, o incluso cuando estaban juntos y discutían. Es cierto que él no le había contestado a su último «Qué tal?», pero Nisa no quiso volver a entrar en ese juego. Se pregunta si esa disculpa es solo por esa última vez o por todas. Con respecto a la frase sobre alejarse y ver todo desde fuera, elucubra qué es ese «todo» del que se tenía que alejar o si ese «todo» sería ella misma. Intenta saber qué habrá visto para volver. Sobre aquella noche, Nisa también ha pensado mucho, en el beso que tanto deseó que fuese algo más, pero sobre todo en la decepción que sintió después. Estos dos meses se prometió que, pasase lo que pasase, Jose nunca volvería a ser el centro de su mundo. Con el «espero que no estés enfadada» lo único que consigue es enfadarla más y con el «y puedas entenderme» lo único que consigue es que ella no entienda nada. Nisa pasa de una conversación a otra. Escribe:

> Hoy después del examen
> Celebramos
> No?

Gael contesta:

> Claro!
> Pero antes necesito una siesta
> Jajaja

30

Nisa y Jose llevan todo el día sin salir de la cama. En esa buhardilla tampoco se puede hacer mucho más. Fuera hace frío y en la nueva casa de Jose no hay calefacción, por lo que todo ocurre debajo de las capas del edredón y de las mantas. Entre sus besos, fantasean con tener una chimenea o con estar en el Caribe o con follar en aquella suite del hotel en el que trabaja Jose. Esa cama que nunca llegaron a probar. Aquí al menos están solos y Nisa no tiene que dar explicaciones a sus compañeras de piso, que a veces se refieren a él como su novio y eso a ella la pone muy nerviosa. Jose vuelve del baño, con los pies descalzos, así que lo hace muy rápido.

Qué frío.

Ven aquí, bb.

Jose junta mucho su cuerpo desnudo al de Nisa y vuelve a entrar en calor. Pega su cabeza a la piel de ella y la olisquea. No sabía que necesitaba tanto ese olor hasta que volvió a tenerlo entre sus brazos. La primera vez que estuvieron desnudos después de tantos meses desacostumbrándose del otro, no se tocaron durante unos minutos, solo se observaron manteniendo la distancia y pensando en lo mucho que habían echado de menos sus cuerpos. Esa vez ya ha quedado atrás y ahora, siempre que pueden, están muy juntos.

Jose, ¿tú...

… Yo…

… cuando no estamos juntos…

… Sí…

… ¿te tocas pensando en mí?

Jose se parte de risa. Nisa lo mira, desafiante.

¿Por qué lo dices así como tímida?

No sé. Nunca hemos hablado de esto.

Claro. ¿Tú no?, dice Jose.

Sí. ¿Pero mucho?, pregunta Nisa.

Casi siempre.

¿Y en qué piensas?

Pues… en tu cara… aquella vez en la piscina.

¿Cuál de todas?

El día de tu cumpleaños, dice él.

Me acuerdo, dice ella.

Nisa se pega más a él. Los dos ya están excitados de nuevo. Él también quiere saber más.

¿Y tú?

Yo tengo una foto.

¿Una foto mental?

No, una foto de verdad. Te la hice hace muchos años, cuando dormías.

Oye, eso está fatal.

Que sales monísimo. Dormido con el culo al aire.

¿En serio? ¡Enséñamela!

Nisa sale al mundo exterior que hay más allá de la cama y coge su móvil. Vuelve junto al calor de Jose y busca la foto. Jose aparece con el pelo amarillo pollo. Su cara está pegada a la almohada y no se le reconoce. Las sábanas, hechas un gurruño, solo le tapan hasta los gemelos, dejando ver el resto de sus piernas, su culo y su espalda tatuada.

Oye, salgo bastante sexy, eh, dice Jose.

Ya. Es mi foto favorita del mundo, dice Nisa.

¿De la historia?

De la humanidad.

Yo quiero una foto tuya así.

Me parece justo.

Nisa se destapa e imita la postura de Jose, tumbándose boca abajo. Él coge su móvil, se incorpora y dispara.

Date prisa, que me congelo.

Jose salta sobre ella y la cubre con su cuerpo. Coge todas las capas y las coloca sobre ellos. Los dos se besan bajo las sábanas y vuelven a hacer el amor.

Jose se aclara la espuma del pelo. Ve a Nisa a través del cristal de la mampara. Ella entra en la ducha y se echa jabón en las manos.

Vas muy lento, te voy a ayudar.

Sus manos recorren todo su cuerpo, empezando por los hombros y bajando por sus brazos. Pasa a su torso y vuelve a bajar, esta vez haciendo círculos. Llega a su ombligo y se detiene porque le hace cosquillas. Las manos de Nisa pasan a las piernas de Jose. Él la coge por los hombros y hace que los dos giren, el agua cae sobre la cara de ella y después en su cuerpo. Jose coge el jabón.

Me toca.

Mientras acaricia el cuerpo de Nisa, llenándolo de espuma, besa su cuello y luego sus pezones. Ahora, ella se da la vuelta y pega su espalda al cuerpo de él. Hacen el amor entre el agua y el vapor. Fuera de la ducha, se secan el uno al otro.

Es la primera vez que lo hacemos aquí, dice Jose.

La primera de muchas, contesta Nisa.

Sí.

Mi casa no la tenemos muy explorada.

¿Dónde quieres hacerlo?, pregunta él.

En la cocina. ¿Tú?, dice ella.

En el balcón.

Estás flipando, eh.

Me vale la cocina también… Si yo solo quiero hacerte feliz.

Nisa intenta decir lo que cree que Jose quiere oír.

Ya lo haces. Me lo paso muy bien contigo.

No, pero en serio… si tienes… alguna fantasía que quieras hacer, cualquier cosa que no hayamos hecho nunca o un sitio donde quieras follar… dímelo.

Nisa se pone un dedo en la boca, fingiendo pensar.

Uuuhm… ¿En un cine?

Me gusta. ¿Algún tipo de película en concreto?, pregunta él.

Una de acción, para que haya muchos disparos y no se nos escuche, dice ella.

Vale.

Vale.

Jose mete la tarjeta en el lector de la puerta y todas las luces de la suite se encienden. No ha pasado por casa, aún va con su uniforme del hotel. Ha elegido otra diferente a aquella de color blanco en la que rompieron, no necesita ninguno de esos recuerdos esa noche. Mete una botella de vino en la nevera, también ha comprado algo de comer. Desde el balcón se ven más y más tejados, pero ya no se ve aquella casa que visitaron juntos. Jose a veces piensa cómo habría sido todo si hubiesen vivido allí, en aquel piso en el que podrían haber cenado en el tejado. Ese tiempo habría sido más fácil, sin los trayectos en metro o en búho para ir a trabajar, sin las horas sin verse, sin las peleas y sin tanta soledad. Suena su móvil, Nisa está escribiendo, le dice que va a llegar un poco tarde. Jose vuelve a pensar, quizá no importa dónde hubiesen vivido. Habría sido todo igual porque ellos eran los que eran. «Te estás equivocando», aquella frase que le dijo Elvira en su última noche juntos, vuelve a Jose a veces, cuando está más inseguro. Intenta no pensar en ella o, si no puede evitarlo, intenta pensar que Elvira no tenía razón. Se convence de que fue una de esas frases que se dicen con rabia, en medio de una ruptura, para hacer daño al otro. En realidad, fuese como fuese, Jose se merecía que ella le dijese eso. También se merecía otras muchas cosas que Elvira no llegó a hacer. Fue ella la que pidió el cambio de turno y pasó a las mañanas. Fue ella la que le dejó vivir en su casa hasta que encontrase piso. Fue ella la que finalmente dejó el trabajo y empezó a currar en otro hotel, o eso escuchó Jose. En su cabeza, Elvira es ahora más feliz, tiene una nueva pareja, viven juntos, le encanta su nuevo trabajo y nunca piensa en él. Tenía razón, Jose se equivocó, no en su decisión, pero sí en cómo hizo todo con ella. Llaman a la puerta y va a abrir, al otro lado está Nisa, que lleva puesto un vestido negro con solo un tirante que deja uno de sus hombros al descubierto. También lleva una botella de vino en la mano.

Tengo vino.

Hola a ti también.

No se saludan con un beso, pero se estarán besando pasados los diez minutos.

Ella está en la terraza viendo cómo cae la noche y él la abraza por detrás.

¿Qué tal?, dice él.

Podríamos estar siempre así.

Es fácil, podemos venir cuando esté vacía.

Ya hemos estado ahí, y no se nos dio muy bien ser de esa gente que vive en hoteles.

Cierto.

Jose deja de abrazarla automáticamente, entra en la habitación y abre la botella de vino. Nisa lo espera fuera, se sienta en un sillón de la terraza. Él vuelve con dos copas en la mano, le pasa una a Nisa, se sienta a su lado. Ella bebe poco, deja el vino en el suelo y pone su mano sobre la pierna de él. Sus caricias lo excitan y Jose también deja el vino. Ella lo besa muy fuerte y él parece estar cortado. Nisa deja de besarlo.

¿No querías hacerlo en un balcón?

En el tuyo.

Ah, amiguito, pero estamos en este.

Vuelve a besarlo, se levanta y se sienta sobre las piernas de él. Con su cuerpo tapa las posibles miradas. No pueden ver lo que acaricia con sus manos, lo que desabrocha, lo que toca, pero sí pueden ver cómo se mueve. Jose tarda en entrar al juego, pero finalmente mete las manos por debajo de su vestido y le aparta las bragas. Sus movimientos son lentos, aunque van aumentando la velocidad. Parece que no pueden más y Nisa se para, se levanta y coge a Jose de la mano. Lo lleva hasta la habitación y se quita el vestido, luego lo desnuda a él. Follan contra los armarios y no pueden dejar de mirar su reflejo, sus caras de placer, sus gestos y sus cuerpos multiplicados por dos.

¿Mañana tienes planes?, pregunta Jose.

Están los dos en la cama. Ella está eligiendo qué ver en la tele, él está detrás, con la espalda pegada al cabecero.

He quedado para hacer un trabajo, contesta Nisa.

¿A qué hora?

Pues cuando amanezca. Rollo diez.

Ah, pues pongo el despertador para bajar al desayuno.

Igual paso que no quiero madrugar tanto, me pillo un café y un bollito para el camino.

Ah, guay.

¿Te apetece una de miedo o de risa?, pregunta ella.

Me da igual, contesta él.

A mí risa, se dice Nisa a sí misma.

Y luego cuando acabes… ¿qué haces? La suite va a estar libre también.

Uf, no sé a qué hora acabaré, y luego tomaremos algo los de clase.

Vale.

Nisa se cansa de buscar entre carteles de películas. Mira a Jose, que está perdido en los tatuajes de su mano, embobado.

¿Vemos esta?

Jose regresa a la vida real.

Sí, guay.

Vale.

Nisa se levanta y va al baño. Vuelve y Jose sigue en la misma posición. Sabe que está evitando algo, ella también quiere evitarlo, pero es incapaz.

Pensaba que el plan era solo pasar la noche…

Sí, sí, que he sido yo que me había hecho a la idea.

¿Estás bien?

Sí.

¿Quieres ver la peli entonces?

Sí, sí.

Los momentos de risa de la película los hacen reír, Jose deja de pensar por un rato, aunque la frase de Elvira vuelve en un par de ocasiones y pierde el hilo de la película. Los títulos de crédito empiezan y la música sigue sonando de fondo, por lo que el dramatismo de los pensamientos de Jose están más fuera de lugar todavía con esa canción alegre.

¿Por qué dijiste antes eso? Lo de que podríamos estar siempre como ahora, pregunta Jose.

Porque el plan es guay.

Ya, a ver, no sé cómo decirlo sin que suene mal, pero a veces pienso en qué somos o en qué nos hemos convertido ahora. ¿A ti no te pasa?, pregunta Jose.

No sé, no lo pienso. Cuando estamos juntos, estoy guay y creo que tú también. Y cuando no estamos juntos, también estoy bien y espero que tú también, dice Nisa.

Sí, yo estoy bien. Solo me gustaría saber qué piensas tú.

Pues… que antes nos salió mal y la jodimos y que ahora nos va bien así, cada uno teniendo su vida.

Sí, dice él.

Yo pensaba que tú también querías eso, dice ella.

Claro.

Yo… siento que empiezo a encontrar mi sitio, ¿sabes? Que estoy haciendo cosas por mí misma que quiero hacer. Y no quiero perder eso.

Ni yo que lo pierdas.

Nisa lo mira, lo acaricia, no sabe si entiende realmente lo que ella siente, lo que piensa o lo que quiere.

¿Te parece bien?

Sí.

Yo quiero que tú hagas lo que quieras, que vivas donde quieras, que curres donde quieras, que estés con quién quieras, que si aparece alguien y quieres más, no te frenes por mí. Eso no va a cambiar lo que tenemos tú y yo, que me encanta y no quiero perderlo, dice Nisa.

Ni yo, contesta Jose.

31

Llevaban semanas hablando. Él le había dado like a todas sus fotos de los últimos tres meses. Ella le había contestado comentando con un corazón verde en una foto en la que Jose salía sin camiseta. Era una foto en el baño del gimnasio, y las puertas a los retretes que había detrás eran verdes. Después, él la siguió y ella hizo lo mismo. Siguieron con likes, pero ese mismo día Jose le mandó un mensaje privado: «Tú sí que eres...» y el mismo emoji del corazón verde. A partir de ahí comenzaron a hablar, lo típico, cómo te llamas, de dónde eres, a qué te dedicas. Se dieron sus teléfonos y siguieron la conversación. Parecía que tenían mucho en común. La misma edad, los mismos gustos musicales y los dos vivían por Cuatro Caminos, por eso Jose no entendía que costase tanto quedar. Él había propuesto un par de veces ir a tomar algo, pero ella no podía. Es cierto que ella un día le escribió para preguntarle qué hacía, para quedar en ese momento, y él tardó en ver el mensaje porque estaba trabajando. Para cuando lo hizo, ya era tarde. Jose se cansó de ir detrás de ella e hizo un último intento.

estás por el barrio?

Sí

Se llama Sasha y lleva en Madrid más años que él. Se saludan con dos besos y ella echa a andar hacia un bar al que va siempre, de esos que tienen en el suelo tiradas las servilletas arrugadas de todo el día, palillos y algún hueso de aceituna mordido. Él analiza su forma de hablar, de reír, piensa que, si lo lleva a un bar al que siempre va, algo debe gustarle. O no, quizá lleva allí a todas sus citas y listo. Ya no pueden preguntarse mucho más sobre sus gustos u orígenes, se lo han contado todo por mensaje, así que la conversación versa más sobre anécdotas graciosas que los dos van encadenando para ver cuál es más espontáneo y guay. Sasha gana la competición con su historia sobre una Nochevieja en la que acabó en ropa interior en el rellano de su escalera. No recuerda cómo llegó allí, solo haber bebido y ni siquiera haber tomado nada más, pero tuvo que pedir ropa a unos chicos que pasaban por la calle. Esperó a que su madre se despertase para llamarla y pedirle las llaves de casa. Jose se ríe con el final de la historia, forzando la carcajada. Sasha se levanta y va al baño. Jose se la imagina en su cama y desea que pase pronto, que pase hoy, aunque no sabe muy bien por qué, porque en el fondo toda la cita, ella, le da igual. Lo único que quiere es no quedarse atrás, no ser él el que no aprovecha eso de «tener cada uno su vida». Jose tardó algunos días en digerir aquella conversación con Nisa en la suite, todo lo que significaba. Él sentía que en el pasado todo había ido muy rápido con Nisa, también con Elvira, y le parecía bien lo de ir lento, ir viendo cómo iba encajando todo, pero eso no le había llevado a pensar en estar con nadie más aparte de ella. Al menos no hasta aquella noche. Ahora, curiosamente, ha acabado volviendo a hacer todo muy rápido para no sentirse un idiota. Tiene miedo a que cualquier día Nisa le cuente que está viendo a alguien más, o que no puede quedar esa noche con él porque ya tiene otros planes y Jose sepa que esos planes son otra persona. Por eso necesita hacer esto muy rápido. Suena el móvil de Jose, es un mensaje de Sasha.

Tíaaa, tiene unos tatuajes muy feos
Pero me lo voy a follar igual
Jajaja!

Antes de que desbloquee su teléfono para volver a leerlos, los mensajes desaparecen. «Se eliminó este mensaje» aparece escrito tres veces. Sasha vuelve del baño menos graciosa de lo que se fue. Observa a Jose y este nota que quiere saber si él ha llegado a leer los mensajes o no. Jose hace como si nada.

¿Pedimos otra?

No… que me emborracho fácil y mañana quiero estar como una rosa, dice Sasha.

Podemos comer algo, aquí o en otro sitio.

¿En tu casa?

Venga.

Jose y Sasha están abrazados, desnudos, bajo esas sábanas en las que solo habían estado Nisa y él. Sasha no tiene pinta de que se vaya a quedar a dormir, pero a él tampoco le importaría.

Oye, bastante bien, eh, dice Sasha.

¿Sí?

Besas muy bien.

Vuelve a besarla, más tímido que diez minutos antes.

Gracias, tú también.

Es que hay gente muy rara ahí afuera.

Define gente rara, dice Jose.

Pues el otro día quedé con uno y todo el rato me apretaba mazo los pezones y yo le pregunté que si estaba de moda eso de apretar tanto los pezones porque me lo hizo otro hace unos meses, pero el tío no pillaba que no me estaba molando nada. Se lo dije y se le iba la mano ahí. Tú en eso muy bien la verdad, dice Sasha.

Gracias, contesta, pero bueno, que todos tenemos cosas raras.

Sasha se aparta y mira a Jose con los ojos muy abiertos.

¿Qué tengo yo de rara?

Nada… bueno… esos mensajes que has borrado…

Ay, es que me equivoqué de chat.

¿Y qué decían?

Nada, que la cita… iba guay.

¿Ah, sí?

Sí. Te lo juro.

Te creo, te creo.

Sasha vuelve a acurrucarse junto a Jose. Los dos se besan, parece que van a volver a empezar, pero ella interrumpe la escena.

Me meo.

Cuidado con la cabeza.

Va al baño, que está a solo unos metros de la cama. Esquiva la viga de madera sin chocarse. Jose escucha la cadena y la puerta abrirse, pero Sasha no llega a la cama.

¿Quién es la chica de la foto?

Sasha está cotilleando la única estantería que entra en esa buhardilla. Jose tiene unos libros, cuadernos de dibujo y cubiletes con lapiceros y rotuladores de colores. Hay dos fotografías, una de Carolina y Pedro, sus padres, de jóvenes. La fotografía tiene mala calidad, es una foto de una foto que ha sido impresa de nuevo. Al lado hay una polaroid de Nisa remando en una barca del Retiro.

¿Cuál de las dos?

Para acercarse a las fotos, Sasha apoya su rodilla en la única silla que hay en toda la casa. Es una de esas sillas que Jose robó junto a Nisa.

Las dos, dice ella.

Una es mi madre, en esa foto estaba embarazada de mí. La tenía en mi móvil y la imprimí hace poco, dice él.

Qué guapa. ¿Viven en La Palma? Tus padres.

No.

A Jose se le escapa una risa nerviosa, le pasa cuando se acerca una conversación incómoda como esta, en la que si Sasha sigue preguntando tendrá que contar aquello que nunca cuenta.

¿De qué te ríes?, pregunta Sasha.

De nada.

Me pasó con otro tío... empecé a salir con él y al poco quiso presentarme a su madre. Luego me regaló como un vestido largo de flores, y otro día que quedé con él y su madre, ella llevaba uno igual. Ahí me dije: esto es un poco chungo, está enamorado de su madre y quiere que yo sea como ella, dice Sasha. ¿No serás tú uno de esos también?

Si lo fuese... no te lo diría.

Sasha agarra la foto y la pone al lado de su cara.

La verdad es que no nos parecemos en nada.

No... y casi mejor.

¿Por?

Porque sí.

También es raro odiar a una madre.

Odiar es una palabra un poco fuerte. Pero, bueno, pasaron cosas que no me gustaron.

Pero ¿os lleváis bien o no?

Jose vuelve a reírse, se tapa la boca nervioso.

Pues... no sé. Hay historias que no entiendo y que a día de hoy pues... me joden. Y tampoco puedo enfadarme o discutir con ella.

¿Por?

Porque murió hace años. También mi padre.

Sasha intenta adivinar de dónde viene la cara que está poniendo Jose.

¿Estás de broma?

No, no, dice Jose, incapaz de perder esa sonrisa nerviosa.

Joder, lo siento.

Nada, no te preocupes.

¿Y qué hizo tan malo?

Tenía otra vida… aparte de mi padre y de mí. Y yo qué sé, siento que nunca la conocí de verdad. Una mierda.

Sasha deja la foto en su sitio. Coge la foto de Nisa, con mucho más cuidado.

Ahora me da miedo preguntar…

Normal.

¿Quién es ella?

Es Nisa.

Y Nisa es… ¿Tu ex?

Sí. Bueno, no. Tenemos algo. Yo qué sé.

Joder, pues qué calladito te lo tenías. No me habías dicho nada y llevamos semanas hablando.

No hay mucho que decir. Cada uno hace su vida también.

¿Ves? Eres otro raro.

Jose se ríe, pero Sasha no. Vuelve a la cama, pero aunque objetivamente estén igual de cerca que antes de la conversación, él nota que cada vez hay más espacio entre ellos.

¿Te quieres quedar a dormir?

Mejor me voy que siempre duermo mal en casas de otros.

Vale.

Jose se siente liberado, la idea de estar atrapado más rato con Sasha lo agobiaba. También le alivia haber acabado con el trámite y no tener que preocuparse más por si la vida de Nisa gana a la suya. Lo que no esperaba son los sentimientos de culpa que le inundan desde que Sasha se ha ido y se ha quedado solo. Se pregunta si se ha adelantado y en realidad Nisa está como él, no queriendo definir su relación, pero tampoco queriendo estar con nadie más. También se pregunta si debe contárselo, si es lo que hay que hacer, pero si al hacerlo provocará que ella lo haga también y se cree un bucle sin fin que sabe que no podrá soportar. Decide no contar nada, es lo mejor, se dice a sí mismo, para evitar que todo se estropee otra vez.

Nisa fue a todas las macrofiestas que se hacían en las diferentes universidades de la ciudad. Sonia, Gael y ella quedaban un poco antes para ir juntos. Luego se juntaban con los demás compañeros de clase que ya estaban borrachos. Sonia estaba saliendo con uno de «los babies», que era como llamaban Nisa y Gael a ese grupo, porque todavía les parecían más pequeños de la edad que tenían. Comentaban que cuando ellos dos tenían diecinueve años eran mucho más maduros, aunque posiblemente fuesen iguales que el resto. En cada fiesta, Nisa y Gael habían establecido la misma dinámica. A medida que la gente se emborrachaba, ellos se iban alejando del grupo. Primero desaparecía uno, luego desaparecía el otro, quedaban en algún punto cercano, como la boca de metro o la Facultad de Ciencias de la Información, y seguían la noche juntos, lo que significaba acabar besándose. Ninguno de sus compañeros, ni siquiera Sonia, sabían que se liaban.

Una noche, una compañera los vio ir por la calle juntos y se lo contó a sus amigos, pero uno de ellos dijo que había oído que Nisa tenía novio desde siempre y el chisme no fue a más. Ella había subido a casa de Gael, que estaba cerca de los bares por los que solían salir, pero después de follar se iba a su casa. También lo habían hecho en los baños de su facultad una tarde que se quedaron estudiando en la biblioteca hasta que se hizo de noche. No hablaban del tema, aunque tampoco es que hubiese mucho de lo que hablar. Nisa sabía que el cotilleo de que tenía novio había llegado a Gael. Lo notó raro unos días, pero él no le dijo nada y ella prefirió no aclararlo.

Voy a ir al baño, dice Gael.

Nisa lo mira y sabe que esa es la señal en clave. A Gael no le gusta despedirse de todo el mundo. En las fiestas hace eso, dice que se va al baño y no vuelve. Solo la espera a ella. A los minutos suena su teléfono, el mensaje de Gael le indica dónde la espera. Nisa se queda un rato más para que nadie sospeche nada.

Chicos, yo me voy ya.

Sonia está ocupada besando a su baby. El resto están desperdigados y no le hacen mucho caso. Solo dos chicas se levantan del césped y la abrazan muy fuerte, por los efectos del alcohol.

Jo, qué pena Nisa, quédate un poco más.

Es que mañana trabajo pronto y quiero descansar.

Le encanta no tener que mentir del todo; es verdad que mañana trabaja a las nueve en el bar, pero es mentira que se vaya a ir a descansar.

Gael está en el puente sobre la autopista, a mitad de camino entre la fiesta con todos y el plan de los dos solos. No se besan hasta que no hay nadie a su alrededor.

No sé por qué hacemos esto de escondernos, dice Gael.

A mí me pone un poco, contesta Nisa.

¿Ah, sí?

Si quieres, volvemos y vamos con ellos. Creo que van a ir a tomar cócteles a un bar que los sirve en vasos con caras de animales, dice ella.

O les hacemos la competencia y vamos al de los cócteles con forma de volcán, contesta él.

Nisa sonríe, pero no quiere sonreír.

Creo que no. ¿Vamos a tu casa?

Vamos.

Gael vive con dos compañeros más, los dos están fuera, de fiesta, seguramente sigan en el macrobotellón del que ellos han huido. A Nisa le encanta estar en el piso de Gael cuando no hay nadie. Aunque lleva yendo meses, todavía no le ha encontrado defectos. Las paredes son blancas y lisas, los muebles son todos bonitos y nuevos y siempre está limpio porque alguien va a limpiar todas las semanas. Algo parecido le pasa con Gael, que no le encuentra nada malo aunque lo haya buscado. Con él siempre se lo pasa bien, hacen cosas nuevas y se siente ella misma o, al menos, la versión de ella misma que ahora le gusta ser. En ese piso, la nevera siempre está llena, aunque ellos no suelan bajar a hacer la compra. Piden todo por internet y cada uno trae los táperes de las casas de sus padres. No solo la nevera está llena, hay un armario con galletas de varias marcas y con tabletas de chocolate de distintos tipos, todas empezadas. Hay una librería que en vez de libros tiene botellas medio vacías, las sobras de las fiestas. Siempre hay cerveza fría y alguna botella de vino abierta. Cuando Nisa va, no tiene que preocuparse de nada y eso es algo nuevo. Esa noche, tampoco tiene que preocuparse de elegir la música, Gael abre su proyector, lanza un videoclip en YouTube y deja que pase de uno a otro. Entre canciones, los dos se besan, cenan y se quitan algo de ropa, pero no toda. Los videoclips también les dan tema de conversación, como lo mucho que les gusta la chaqueta del cantante o lo guapos que son los actores protagonistas. En uno de los videoclips sale un desierto que parece sacado de un western, pero que en realidad está grabado en España.

Yo he estado allí. Es una pasada.

¿Dónde está?

De camino a Almería.

Qué guay.

Nisa coge una de las tabletas de chocolate y empiezan los postres, Gael se levanta y saca del congelador helado de vainilla. También escribe por el grupo de WhatsApp de la casa y pregunta si vendrán pronto o no, dicen que van a una discoteca, que si se viene y Gael contesta que no. De los vídeos musicales pasan a una peli, no les cuesta mucho elegir cuál, Gael tiene una lista enorme de pendientes y a Nisa le gustan un par de ellas. Aunque él tenga prácticamente un cine en casa, ella sigue yendo cada miércoles sola al cine. La película está de fondo, los dos hablan sobre si les servirá de algo lo que están dando en clase de Derecho Administrativo. Gael opina que no y Nisa intenta darle sentido a esos años de su vida. También piensa que para él es fácil opinar así por las oportunidades que tendrá y que ella no, pero no se lo dice, solo lo piensa. Antes de que lleguen a pasar de la conversación a la discusión, Gael cambia de tema.

¿Qué vas a hacer el puente?

Curro.

Ah, claro, cierto. Perdona.

Nada. Trabajo el festivo, pero bueno que tengo ya unos días libres por ahí.

¿Y vas a hacer algo?

Me apetecía, sí, pero no he pensado en nada.

¿No te vas a casa?

Nisa lo mira. Gael no sabe si ha dicho algo malo.

A La Palma, aclara él.

Quería esperar al verano mejor.

Guay.

Pero sí, algo haré que llevo mucho tiempo… aquí.

¿Quieres ir al desierto ese?, pregunta Gael.

¿A cuál?, pregunta Nisa.

Al de antes, al del vídeo.

Molaría.

Mis padres tienen una casa en Almería, en la playa, pero nunca van. Podemos ir en tus días libres.

Pues…

La primera respuesta que aparece en la cabeza de Nisa es un no.

Antes de decirlo, intenta saber por qué se siente así. Puede imaginarse a sí misma en el desierto, incluso en esa casa en la playa que debe ser toda blanca, con paredes lisas y la despensa llena. Puede imaginarse el viaje en coche, las canciones, y ser ella la protagonista guapa del videoclip. Lo que no se imagina en ninguna de esas escenas es a Gael y, cuando se fuerza a hacerlo, nota una pequeña punzada en el pecho que hace que su respiración vaya un poquito peor.

… déjame que vea los días que tengo y te digo.

Nisa ya sabe que no va a mirar ningún calendario, ni a calcular los días libres que le corresponden. Ya se inventará una excusa, se calma a sí misma.

Los dos vuelven a la película y ahora le prestan atención. Esa noche es la primera vez que no tienen sexo. Se quedan dormidos con la película y cuando acaba, Gael despierta a Nisa y los dos van a su cuarto.

En algún momento de la noche llegan a abrazarse, pero la mayor parte del tiempo cada uno está en su lado de la cama.

En los días siguientes, Nisa se esfuerza en que su relación con Gael siga siendo la misma. No quiere que él piense que algo ha cambiado; ella tampoco quiere pensarlo. Quiere que todo siga igual, que no vaya para adelante ni para atrás. También quiere que Gael no entienda esa negativa como un no real, que quede ambiguo y así la posibilidad de que él vuelva a proponerle algo así siga estando ahí. Puede que mañana, sí que quiera ir, y que pasado mañana… también.

Entre estas conversaciones consigo misma aparece Jose. No es nada nuevo, aparece antes o después. Quizá es culpa suya que ella haya querido huir de casa de Gael, o quizá es culpa suya el que ella quiera huir de la ciudad. Quizá es culpa de ella, por haber dejado que Jose volviese a entrar en su vida.

Nisa coge su teléfono y escribe al culpable.

Qué haces hoy?

Jose escribe. Llega su mensaje.

verte

32

Entre Nisa y Jose han vuelto a aparecer algunas rutinas de pareja. Duermen juntos un par de noches a la semana, van improvisando si en casa de él o en la de ella. También alternan quién paga la cena, o el desayuno, sin establecer una norma. Estas rutinas son más parecidas a las que tenían cuando se conocieron que a las que fueron adquiriendo en los años posteriores. Cuando se despiertan en casa de ella, él la acompaña al trabajo y vuelve a su pequeño estudio. Esa mañana están en la de él. Ya no hace frío, así que Nisa puede ir en ropa interior hasta el baño, sin tener que envolverse en una manta. Jose escucha el agua de la ducha caer. Quiere meterse con ella y aprovechar esos quince minutos que les quedan juntos antes de que ella se vaya a trabajar. Si lo piensa, la noche ha sido buena, como lo son todas últimamente. Cada vez son más, cómo decirlo, románticas. Vuelven a cogerse de la mano a veces, para cruzar una calle, para evitar que uno de los dos muera atropellado. A veces se mandan mensajes que no llegan a decir que se echan de menos o que se quieren, pero casi. Contienen frases en clave como «me caes muy bien», «te quiero ver, eh» o «qué ganas de lo de hoy». Han ido a cenar a un restaurante de esos en los que hay poca luz y apenas ves la comida. Luego han bailado en un antro hasta que cerraron. Cuando acabó una de las canciones, Nisa se dejó caer sobre su pecho y él le besó la cabeza y ella el cuello y él volvió a sentirse como en los buenos momentos. Ojalá pudiese quedarse con ella toda la mañana, ojalá fuesen ricos y no tuviesen que trabajar y su cama se convirtiese en todo su mundo. Cada vez le cuesta más ir a su trabajo, le cuesta coger el metro, cruzar la puerta del hotel, ponerse el uniforme y sonreír durante horas a gente que no le importa nada. Tampoco hace mucho más aparte del trabajo, salvo su gimnasio. Ya no habla por el grupo con sus amigos, tampoco lo hace por separado. Apenas dibuja y hace años que no se tatúa nada. Lo único que le hace feliz es Nisa, la parte de ella que aún sigue con él. Quedan muy pocos minutos para que ella se vaya y ya no lo soporta. Odia quedarse solo, sobre todo cuando ella se va. Se pregunta si a ella le pasa lo mismo, si le echa de menos cuando no están juntos, si esos mensajes en los que pone «quiero verte» solo significan eso o significan algo más como los que manda él. Quiere sacar el tema, ha querido muchas veces, esa misma noche lo pensó, pero le da miedo que la respuesta de ella no sea la que él espera. Compara su vida con la de ella: está bien en su trabajo, tiene una buena relación con su familia, está estudiando lo que le gusta y está rodeada de gente que es mejor que él. El móvil de Nisa está tirado en el suelo. ¿Pensará que esa noche ha sido especial o una más? El corazón de Jose se acelera. ¿Cómo será ella cuando está con otra gente, con otros tíos?, se pregunta. Alarga su mano y coge el teléfono. ¿Será con otros como es conmigo?, se tortura. Recuerda la clave, se la dijo un día para cambiar la canción. ¿Habrá cosas que no me cuenta? Imagina las respuestas. Busca entre los mensajes y ahí está todo. ¿Quién es Gael?, se pregunta a sí mismo. Nisa y Gael hablan todos los días. El agua de la ducha para. Nisa y Gael se mandan fotos. Jose solo escucha su propio bombeo. Nisa y Gael quedan mucho. Dos pasos se escuchan hacia la puerta. Nisa y Gael son más que amigos. Tira el móvil al suelo. Nisa y Gael follan. La puerta se abre. Nisa tiene el pelo empapado, mira a

Jose, ignorando lo que acaba de hacer, le sonríe. Jose le sonríe a ella.

No me apetece nada ir a trabajar. Me quedaba aquí, contigo, dice ella.

Ya, qué pena, dice él.

Están solos, así que han podido elegir en qué butacas sentarse. A esas horas, el cine está vacío. Les gusta ir a esa sesión, pueden reírse en alto, a carcajadas, o pueden lloran sin vergüenza a que nadie los mire. Entre ellos ya no es algo nuevo, se han visto llorar el uno al otro varias veces a lo largo de los años. La primera vez fue en aquel concierto en Santa Cruz, cuando ella le dijo que se iba y él no le dijo que la quería. La última vez fue cuando Nisa dejaba el piso de Vallecas que habían compartido y él se quedaba solo. Fue por una tontería, nada dramático, Nisa ya tenía la maleta hecha y Jose encontró su camiseta de dormir debajo de la almohada y se la dio. Ella hizo un gurruño y la metió en el bolsillo exterior mientras murmuraba que no pensaba abrir la maleta de nuevo. En ese momento, Jose se echó a llorar al pensar que ya no iban a dormir juntos, ni esa noche ni ninguna más, aunque en el fondo pensaba que algún día volverían y, al final, ha tenido razón. Nisa también lloró al verlo y fue moqueando todo el camino hasta su nueva casa. Ella se ha dejado la mitad del cubo de palomitas y quiere abandonarlo allí, pero él se lo lleva y va comiendo sobras todo el camino. A mitad de la calle que separa el cine del metro, Nisa ve una figura conocida. Lo reconoce por la altura y los pantalones anchos, es Gael. Aminora el paso y busca a su alrededor formas de escapar de ese encuentro. Puede darse la vuelta y fingir que se ha dejado algo en el cinc, puede coger la calle de la derecha, pero para cuando lo hagan Gael ya los habrá visto, puede...

¡Hola!, dice Gael.

Hola, contesta Nisa.

¿Qué haces por aquí?

Vengo del cine, ¿tú?

Estaba tomando algo, voy a casa ya.

Guay.

Nisa no mira a Jose, tiene sus ojos clavados en Gael. Su cara expresa una incomodidad que Gael nunca ha visto y que Jose ha visto en contadas ocasiones. Por el rabillo del ojo, la mancha desenfocada que corresponde a Jose deja de comer palomitas y se centra en ellos dos. Gael pasa de Nisa a Jose.

Oye, perdona, soy Gael.

Yo Jose.

Jose extiende su mano y Gael hace lo mismo.

Encantado.

Igualmente.

Los dos retiran sus manos mientras Nisa quiere que todo se acabe ya.

¿Qué plan tenéis?, Gael sigue preguntando.

Nada, dice Nisa y mira a Jose.

A casa ya, ¿no?, dice Jose.

Mañana trabajo pronto, dice ella.

Ya, que entras... ¿A las nueve?, dice Gael.

Sí.

Nada, pues hablamos esta semana.

Claro.

Jose los mira. Nisa sabe que los mira. Gael se despide apretando la mano de Jose y abrazando a Nisa. Al final del abrazo, le da un beso en la mejilla, a unos treinta centímetros de distancia de Jose.

Adiós, dice Gael.

Encantado, dice Jose.

Nisa se despide levantando la mano, es un gesto infantil, como si hubiese perdido la madurez de repente. Gael se aleja y Nisa y Jose siguen caminando. Jose vuelve a comer palomitas. Nisa no sabe qué decir, ni qué pensar, ni qué sentir, pero no tiene tiempo de averiguarlo antes de que Jose pregunte.

¿Quién era?

Gael, un compañero de clase.

Ah. Parece buen tío.

Sí, lo es.

¿Y el curso que viene van juntos?

Sí, supongo que sí.

Ya. Porque... ¿tú el año que viene seguirás de tarde?

Supongo. Si sigo currando en la cafetería, pues... sí.

Vale, vale.

A Nisa se le hacen raras tantas preguntas y se le hace raro mentir a Jose. Tampoco son mentiras del todo, Gael es todo lo que ella ha dicho, aunque sea todo eso y más, o aunque ahora ya no lo sea tanto. Había dejado que lo que había entre Gael y ella se apagase lentamente. Primero fingiendo que no pasaba nada; luego, al llegar el final de las clases, tardando más en contestarle o poniendo excusas cuando él le decía de quedar. Otra cosa que hacía era proponer ella planes cuando sabía que él no iba a poder. Le había dado plantón la semana pasada, solo dos horas antes de la cita, pero Gael no había dejado de insistir. Lo único bueno de este encuentro entre ellos dos, piensa, es que sepa que estoy con otra persona, con la persona de la que nunca me debí separar. En septiembre, si tiene que decirle algo, se lo dirá, pero por ahora todo está donde debe estar. Tampoco le ha dicho nada a Jose, ni de todas sus dudas, ni de que al final le ha elegido a él. Tampoco quiere decir nada, ya no hay nada que decir.

Sobre Nisa y Jose, todo está cubierto de nubes, pero hace calor. El azul intenso que queda en el cielo cuando el sol se va es un poco más oscuro que de costumbre. Se sienten los únicos en la ciudad y eso les encanta, porque quedarse en agosto allí es la prueba definitiva de que pertenecen a ese lugar. También puede significar que no tienen otro sitio a donde ir, pero eso no lo piensan. Cada vez que querían tomar algo en esa terraza, nunca encontraban mesa, pero hoy iba a ser su día, en ese mes que iba a ser su mes y en ese verano que iba a ser su verano. Solo hay dos mesas ocupadas, así que pueden elegir el mejor lugar. No tiene vistas a ningún sitio, es una calle normal por la que pasan coches por un lado y peatones por otro. Piden dos tacos y dos jarras de cerveza.

¿Te das cuenta de cómo empezó todo?, pregunta Nisa.

¿Qué?, pregunta Jose.

Jose está bebiendo de su vaso, se da con el cristal en los dientes. Ambos ríen.

Que si mis padres no hubiesen sido un desastre, y se hubiesen preguntado a dónde iba su hija cada noche, no nos hubiésemos conocido, dice Nisa.

Bueno… si mi padre hubiese arreglado la valla, nunca te hubieses podido colar, dice Jose.

Me habría colado igual.

Lo habrías intentado, sin duda.

Si mi padre no hubiese quemado mi casa, no hubiese tenido la excusa para quedarme contigo para siempre, dice ella.

Ya te quedaste antes de eso, dice él.

Cierto. Aunque en realidad fue tu madre la que encontró esos apartamentos y los convirtió en lo que eran y yo… acabé sintiéndolos como… mi casa.

Nisa se emociona. Jose deja la jarra de cristal en la mesa y le coge la mano. Los dos se miran como solo ellos lo hacen. Los sentimientos de Nisa se transforman en una sonrisa que rompe en risa, a la vez que le cae una lágrima.

¿Y ahora?, pregunta Jose.

Ahora viene lo mejor.

¿Eso crees?

Sí. En algún momento… quizá en un tiempo cuando todo esté más claro, volveremos a vivir juntos y lo haremos mejor.

Ya.

Y como tendremos más dinero, en vez de muebles baratos iremos a uno de esos almacenes de las afueras y pillaremos todo bien a juego. Madera maciza, madera de verdad.

Nisa sonríe y Jose también.

Y luego cuando tengamos todo decorado, pues un día tonto que estemos aburridos y no sepamos qué hacer… te pediré matrimonio y dirás que sí o será al revés. Quiero decir que tú me lo pedirás a mí, no al revés de que me digas que no, dice Nisa.

Ahora le toca hablar a Jose.

Te diré que sí, y luego pues… lo que toca. ¿No? Tendremos un par de niños con el pelo rizado que se escaparán por la noche, ya sabemos de quién lo habrán heredado. Y yo no los dejaré hacerse tatuajes, pero no podré hacer nada para impedirlo.

Me estoy agobiando un poco, pero vale. Ya veremos… Sea como sea, moriré a tu lado cuando tenga ciento y pico años, dice ella.

Qué bonito todo, dice él.

Bueno, también vendrán cosas malas. Yo qué sé. Alguno se pondrá enfermo y el otro tendrá que cuidarlo, y será insufrible. Y llegará ese momento de crisis horrible en el que dudaremos de lo que sentimos y creeremos estar enamorados de otros, dice Nisa.

Eso ya ha pasado, dice Jose.

La sonrisa de Nisa desaparece. La de Jose se mantiene, pero tiembla un poco, como si le hubiese puesto nervioso su propia frase, como si se le hubiese escapado y ahora solo desease no haber dicho nada.

¿Qué?, dice ella.

Que ya nos ha pasado eso, dice él.

A ti, dirás.

Y a ti.

¿De qué hablas?

Que no diga nada no quiere decir que no me entere.

Si quieres preguntar algo, pregunta.

Una gota cae sobre la mesa. Otra sobre la piel de Nisa. Jose sigue ajeno. Ella se levanta antes de que empiece a diluviar, pero él cree que lo hace por su discusión y la sigue. Rompe la lluvia, que los pilla a medio camino entre su mesa y el interior del restaurante.

¿Cuánto es?, dice Nisa al camarero.

Pago yo, apunta Jose.

Da igual, voy yo.

Son dieciocho con cuarenta, dice el camarero.

Nisa paga con su móvil cuando Jose todavía no ha sacado la cartera.

Que iba a pagar yo.

Ya me lo darás.

Han pasado seis minutos de silencio entre ellos, no va a parar de llover. Nisa se cansa de esperar dentro y sale del local. Jose se pone a su lado, debajo de un pequeño toldo que aguanta el chaparrón.

Pues sí que hay algo que te quiero preguntar, sí.

Nisa ni lo mira. Está hipnotizada con la cortina de agua frente a ella.

Dime, va.

Te quiero preguntar si crees que soy idiota o algo así.

No. ¿Tú crees que eres idiota?

No lo sé, quizá sí, por creerte.

¿Por creerme?

Por creer en esto mientras tú estás con otra gente.

Sí que eres idiota.

¿No me lo vas a decir?

¿Qué quieres que te diga?

Que estabas con ese tío. El que nos encontramos hace unas semanas.

Ah. Y tú no has estado con nadie. ¿Y Elvira?

Tú y yo ya no estábamos juntos.

Sí, habíamos roto tres horas antes solo.

No fue así como pasó.

¿Y me vas a decir que no has estado con nadie más en este tiempo?

Jose sabe que debe medir cada palabra para no empeorarlo todo.

Sí, pero porque tú dijiste que lo hiciese.

Oh, sí, pobrecito. Te puse una pistola en la sien.

No, una pistola no, pero fuiste tú la que salió con ese rollo de que cada uno tenía que tener su vida y yo no quería.

Pues Jose, haberlo dicho.

Lo intenté, pero no me dejaste.

Mira, no sé… si soy tan mala, ¿qué haces conmigo?

No he dicho que seas mala, pero me haces sentir…

Jose se frena a la mitad de la frase. El volumen de la discusión ha subido, por culpa del sonido de la lluvia y por culpa de sus propios sentimientos, que también caen con fuerza.

¿Cómo?

Me haces sentir de nuevo esa mierda.

¿El qué? ¡Dilo!

Lo mismo que con mi madre.

Nisa le clava la mirada. No dice nada y sale del toldo, sin importarle la lluvia. Jose la sigue, pero ella lo ignora. Él tiene que alcanzarla y ponerse a su altura.

Déjame.

Las dos son unas mentirosas. Me hicieron creer que eran de una forma y no.

Jose está llorando, pero apenas se nota por la lluvia que cae por su cara.

Es mentira todo, dice él.

Nisa se detiene para decir lo que está a punto de decir.

No tienes ni idea de nada. Tu madre se enamoró de ese tío, pero tu padre llevaba engañándola años. Por eso pasó lo que pasó, pero tú has querido creer lo que has querido, dice ella.

Deja de mentir.

No estoy mintiendo. Me lo dijo tu padre.

La luz de un rayo ilumina la calle y las caras de Nisa y Jose. A los dos segundos suena el trueno. La lluvia no cesa, va a más. Los dos vuelven a caminar, sin rumbo, pero con prisa.

¿Y por qué no me lo has dicho antes?

Porque no quería hacerte daño.

¿Y ahora sí?

Nisa no contesta. Vuelve ese color morado muy claro, un *flash* gigante, que los deja congelados. La luz los hace ver lo que no quieren ver. Al pasar, todo vuelve a ese gris homogéneo que es su vida en esa ciudad.

Ahora tampoco.

Nisa y Jose llegan hasta la boca de metro. El agua baja por la escalera formando una cascada. Una vez dentro, hay que elegir qué pasillo coger. Ella deja de caminar en el cruce.

Voy a tu casa, dice Jose.

No, es mejor que… lo dejemos aquí, dice Nisa.

¿Qué quieres decir?

Que ya está.

No, Nisa. No está.

Creo que nos hacemos mal el uno al otro.

¿Sabes lo que creo yo?

Ella no dice nada, pero él sigue hablando.

Que solo me quisiste cuando te sentías sola, porque no tenías a nadie más. Y ahora que eso ya no es así, ya no te sirvo.

Las palabras de Jose hacen que Nisa llore por primera vez en toda la tarde, y por primera vez en mucho tiempo. Se limpia las lágrimas con su brazo y empieza a hablar sin mirarle, aunque a mitad de su frase lo hace.

Yo siempre te he querido. Y es un amor de verdad. Y siempre te voy a querer... pero ya no quiero estar contigo.

Después del silencio, llega un abrazo. Él se apoya en la pared y ella mira al suelo. Se despiden y cada uno camina por su pasillo hacia su andén, hacia su metro, hacia su casa y hacia su vida sin el otro.

33

cuando pienso en ti, la primera imagen que viene a
mi cabeza es tu pelo haciéndome cosquillas en los
brazos, en el pecho y bueno… en todas partes.
luego pienso en tus ojos o, más bien, en cómo me
mirabas a veces y me hacías sentir en casa. pienso
en tus otras miradas, cuando tenías miedo o cuando
estabas triste. muchas veces sentía que podía
cambiarlas, y que pasases de la tristeza a la felicidad.
la última vez que te vi esa mirada triste fue por mí y
cuando la recuerdo siento que nada tiene sentido.
no sé si algún día me acostumbraré a no tenerte
cerca y no poder estar horas mirándote. como
cuando te dormías viendo una peli y yo recorría hacia
adelante y hacia atrás la línea en la que tu piel se
juntaba con la mía. era como la línea del horizonte,
pero cambiando el cielo y el mar por ti y por mí.
intento quedarme con todo lo bueno que vivimos,
porque es mucho más que lo malo. también me da
un poco de miedo eso. que los peores momentos
se me vayan olvidando y algún día solo recuerde
que solo fuimos felices. porque cuando ese día
llegue, no entenderé por qué no estamos juntos.
tampoco lo entiendo muy bien ahora.

Jose dejó el mensaje a la mitad y nunca se lo llegó a mandar a Nisa. Las tormentas de verano pasaron y solo quedó el calor. Empezó a escribirlo después de sus vacaciones, en las que se fue por primera vez solo. Tardó un par de horas en redactarlo, con cada punto y seguido paraba e intentaba saber cómo continuar. Cuando llegó a ese «Tampoco lo entiendo muy bien ahora» no supo seguir y sí supo que no iba a mandarlo.

Nisa escribe una postal desde una costa muy lejana y muy diferente a la que ella conoce. El verde llega hasta el mar, y apenas hay arena ni tierra. Hace dos meses que no habla con Jose y no sabe si seguirá viviendo en su piso, por lo que pone en el destinatario el hotel en el que trabaja. Tampoco quiere que nadie lea el contenido de la postal, así que la mete en un sobre. Jose nunca leerá la postal porque cuando llegue, él ya no trabajará allí. La letra apretada de Nisa dice lo siguiente:

Hola, Jose:

Estoy mirando el mar y me acordé de ti. En realidad, no me hace falta el mar para eso: vas conmigo allá donde voy. Podría gastar este espacio en decirte qué hice hoy o qué comí, pero prefiero contártelo esta noche, cuando me meta en la cama e imagine que hablo contigo. Ojalá nos veamos a la vuelta.

Un beso,

NISA

EPÍLOGO
LA CENIZA

El avión llega a su hora y Jose no se da prisa en bajar, por eso es de los últimos en la cola para recoger su coche. Es blanco, pero sabe que perderá su color en los días que pasará recorriendo La Palma. Quiere visitar la isla entera, volver a los sitios a los que iba cuando era solo un chaval y conocer aquellos que le quedaron pendientes cuando se fue. También ver a los pocos amigos que le quedan allí, con los que casi no ha hablado en estos últimos dieciséis años. Ha mirado si la heladería de Tazacorte sigue abierta o cerró y también si el quiosco cerca del hotel sigue en pie o se ha caído por el acantilado. A ese hotel también quiere volver, pero no ha cogido una habitación allí. Solo quiere colarse, como ya hizo antes, y fingir que es quien no es mientras da una vuelta para ver cómo está todo. Recuerda perfectamente el camino de un lado al otro lado de la isla. Hubo un tiempo en el que lo hizo demasiadas veces. Las curvas y las montañas de fondo no han cambiado. Llega al túnel del tiempo y se imagina que al cruzarlo su pelo vuelve a estar amarillo y que las entradas que ahora tiene desaparecen. Se mira las manos y sus tatuajes no han perdido su definición, no están borrosos, vuelven a ser pequeñas líneas que cuentan su historia, aunque haga años que dejaron de hacerlo. Su cuerpo es de nuevo el de un niño y tiene que ajustar el retrovisor porque es más pequeño. Llega al final del túnel y la luz del sol le devuelve a sus casi cuarenta años. Recupera su pelo sin decolorar, sus entradas, su cuerpo grande y sus tatuajes emborronados. La carretera comienza a descender y aunque lleva veinte minutos al volante, es ahí cuando es consciente de que va en silencio, de que no ha puesto música y decide continuar así. Reconoce la mayoría de las casas, aunque hay alguna nueva o que ha cambiado de color. A medida que se acerca a Todoque, Jose empieza a sentirse un poco más inquieto. Cada kilómetro le hace querer dar la vuelta y huir, como hizo en su día y como lleva haciendo desde entonces. La plaza por la que acaba de pasar le recuerda lo que vivió allí, tanto lo bueno como lo malo, y le provoca una sensación de estar en casa, aunque ya nada de eso sea su casa. Es raro porque el tiempo que vivió en ese lugar sí tenía esa sensación de que era su hogar, pero, claro, lleva casi el mismo tiempo fuera de la isla que en ella y ya no sabe seguir. Teclea en su móvil el destino y lo busca, está a solo ocho kilómetros y medio. Su memoria le lleva al pasado, ella debe seguir en el túnel del tiempo, y lo trae de vuelta a un día de playa de cuando era niño. En esa misma carretera, Jose se mareó y hubo que parar para que respirase. Quiere pararse y respirar como entonces, pero ya está muy cerca. La casa blanca aparece al pasar la curva. Aparca y baja del coche, sin coger la maleta ni su chaqueta, que están tiradas en el asiento de atrás. Llama al timbre y la puerta se abre.

Hola, dice Jose.

¿Te costó encontrarme?, pregunta Nisa.

Ella está diferente, ha perdido esa capacidad que tenía de no cambiar, de mantenerse siempre igual.

Un poco.

Nisa abre más la puerta y Jose entra.

Lleva un vestido amarillo y le extraña verla de ese color. Ella le sonríe y él piensa que esa forma de hacerlo es también nueva. Al pasar, Nisa también lo examina: cómo camina, cómo huele y cómo lleva el pelo. Nada es como era, pero le es familiar.

¿Y tus maletas?

Luego las bajo.

Vale, si quieres te enseño tu cuarto.

Claro, vamos.

Nisa sube unas escaleras y Jose la sigue. Le siente caminando detrás y se pregunta si estará feliz por verla o todo esto es una especie de trámite que debía cumplir. Ver ese sitio, volver a la isla, volver a verla, al menos una vez más. Nisa abre la puerta y todo está a oscuras. Ella ya no lo nota porque vive allí, pero huele a algo que Jose conecta con su pasado juntos. La luz entra por la ventana cuando ella aparta las cortinas. Jose tarda en reconocer el paisaje y en entender lo que antes estaba debajo de él. La roca negra fue antes una colada de lava y antes de eso fue su hogar, donde creció y la conoció.

Este lugar, donde estamos ahora mismo, es lo que veíamos desde la ventana del apartamento, dice Nisa.

Me has dado la habitación mala, la que no da al mar, dice Jose.

Justo.

Los dos ríen. Él se pega al cristal y dibuja con su dedo una equis en el lugar en el que estaba su casa. Ella se pone a su altura.

¿Te estás poniendo triste?

No, no mucho. ¿Y tú?

Yo lo veo todos los días.

Aunque lo vea todos los días, Nisa se queda perdida en las vistas. Le pasa cada vez que se asoma y está frente a esa ladera.

Nisa.

Dime.

Cuando pasó todo lo del volcán y tú querías entrar allí y yo no te dejé…

Sí…

¿Qué querías salvar?

Nisa piensa, recuerda, siente algo, pero no consigue llegar a la respuesta.

Ya no me acuerdo.

Jose se queda más tranquilo, llevaba años pensando en qué sería eso que ella no tenía por su culpa. Nisa vuelve a él y sonríe diferente a como lo ha hecho desde que ha abierto la puerta. Es una sonrisa más parecida a las que le salían antes.

Si los apartamentos siguiesen existiendo, nos haríamos competencia, dice él.

Te ganaría fijo, soy majísima.

Lo peor es que lo sé.

Jose mira a la habitación y ve a Nisa en cada esquina, en cada mueble, en cada color. Su memoria ahora lo lleva hasta cuando los dos vivían juntos en ese valle, en la parte que no se salvó, y cambiaron todo pensando que estarían allí para siempre. Hace tiempo que Jose no se siente así, una mezcla perfecta entre ilusión por haber vivido algo y nostalgia por haberlo perdido.

Pero ¿estás contento?

Nisa lo mira de reojo, conduce por la carretera que antes estaba sobre la tierra y ahora está sobre la colada.

Sí. Bueno, yo qué sé. Siempre empiezo bien, me gusta lo de que todo sea nuevo, pero al final me acabo cansando, dice Jose.

Eso nos pasa a todos un poco, ¿no?

Ya, pero es un poco un bucle, tengo la necesidad de volver a empezar, en otro sitio. Ya lo tengo comprobado, cada dos años… zas.

¿Y cuánto llevas en el hotel de Berlín?, pregunta ella.

Casi dos años, contesta él.

Los dos se ríen, él un poco más.

Ya estoy pensando en el siguiente lugar.

Nisa vuelve a mirarlo. Jose está perdido en una casa que quedó a medio destruir por el volcán.

Ahora tú eres yo y yo soy tú, dice Jose.

¿Por?

Que tú eres la que vive feliz aquí y yo soy el que va de un sitio a otro, buscando eso que no tengo. O eso que perdí.

Es la primera vez que hacen ese recorrido sin darse la mano. Guardan la distancia, observándose el uno al otro, aprovechando cada ocasión para sacar una nueva conclusión de en qué personas se han convertido. Las piedras se desprenden del suelo con sus pasos. La piel empieza a enfriárseles porque el sol está cayendo y ambos aceleran el ritmo.

Debe quedar media hora para que oscurezca, dice ella.

Los años también han hecho que tarden más en hacer ese mismo recorrido. La ladera cada vez es más empinada. La sombra que proyecta la propia montaña deja a Nisa y a Jose teñidos de azul, pero cuando miran hacia abajo solo ven el negro de la roca volcánica.

Fueron los últimos en subir a esa montaña antes de que la lava la bordease y fuese imposible llegar a ella. Desde allí vieron cómo la colada se tragaba parte de aquel lugar donde habían sido felices. Su apartamento, donde tantas noches vivieron, se salvó unos días más, pero al final quedó enterrado. También fue la montaña en la que se besaron por primera vez, ese atardecer fue mirando al mar, ignorando que el paisaje a sus espaldas acabaría destruido. Nisa prefiere quedarse con el beso y, aunque mira de reojo hacia atrás, no quiere volver a ese momento.

Los dos están mudos, por tercera vez en esa cima. Es un atardecer de los que le gustan a ella, de los que tienen las nubes justas. Jose sí que se gira hacia el negro, dejando que media cara esté iluminada por el naranja del sol y media cara quede en un azul oscuro.

¿A veces piensas en qué fue lo que pasó?, pregunta Jose.

Hace años que no lo hago.

Yo sigo con ello dentro.

¿Y?

Nisa espera a que Jose hable. Ese desconocido que tiene a su lado es en realidad la persona a la que mejor conoce. A él le cuesta hablar, aunque ha imaginado esa conversación muchas veces en su cabeza.

La gente va arrasando con todo lo que encuentra. Acuérdate, cuando venían aquí. Sentían que podían hacer lo que quisieran sin importarles nada más. A nosotros nos daba igual porque nos teníamos el uno al otro, pero cuando nos fuimos de aquí, creo que tú y yo también queríamos hacer eso. Al menos yo quería. Hacer en la ciudad lo que tantas veces había visto hacer… y pasar por encima de todo y de todos. Pero no pude. Creo que tú tampoco. Y, antes de dejar que todo me volviese a arrasar, acabé haciéndotelo a ti, dice Jose.

Nos lo hicimos los dos. No fuiste tú solo.

El sol se esconde y se lo pierden. Esta vez no es por un beso, pero ahora Nisa y Jose prefieren hablar. Nunca lo hicieron muy bien.

Creo que no es exactamente lo que dices… no era lo que pasaba por encima, sino lo que pasaba por debajo. Y no lo vimos porque fue muy lento…, dice ella.

Le apetece cogerle de la mano, lo necesita. En estos años lo ha necesitado en algunas ocasiones. Le gustaría ser la Nisa que subió allí hace tanto, la que no sabía lo que venía, esa a la que no le había pasado nada. Nisa acaba entrelazando las manos en vez de coger la de él. Vuelve a hablar.

… Y todo explotó porque llevaba años a punto de hacerlo, sin que nos diésemos cuenta.

320

La tierra tiembla y es imperceptible para la mayoría de los habitantes de la isla. Esa noche el temblor es tan pequeño que nadie se entera. Tampoco lo hacen Nisa y Jose, aunque llevan temblando desde que se volvieron a ver.

Agradecimientos

A Alberto Marcos, David Trías y Cristina Lomba, por ver que teníamos una historia que contar antes que nosotros mismos.

A Marta Pintor y a Jorge Begega, por ser siempre los primeros en leernos y soñar junto a nosotros.

A Clara Lluch, Irene Chaparro, Iván Cooper y Carmen Villar, por cada nota y cada sugerencia, y por el cariño y mimo en todas ellas.

A Rafael Hernández y Xian Díaz, por su ayuda y sus consejos cuando estamos un poco perdidos.

A Mercedes Sierra y Javier Pintor, por ese amor a la lectura que se ha convertido en esencia de la familia.

A Mavi Santidrián, por ser parte de cada historia. Aunque diga que no, le encanta.

«Para viajar lejos no hay mejor nave que un libro».

EMILY DICKINSON

Gracias por tu lectura de este libro.

En **penguinlibros.club** encontrarás las mejores
recomendaciones de lectura.

Únete a nuestra comunidad y viaja con nosotros.

penguinlibros.club

Penguin
Random House
Grupo Editorial

 penguinlibros